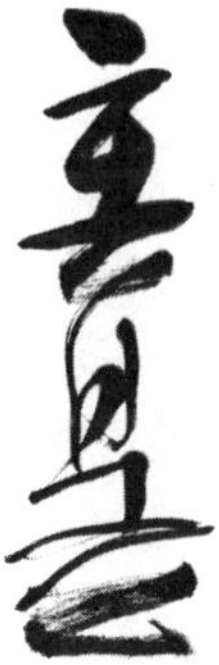

대하소설 혼불

1부 흔들리는 바람

崔明姬

2

매안

魂불

9 베틀가

인월댁(引月宅)은 드디어 북을 놓는다.

그리고 허리를 편다. 두두둑, 허리에서 잔뼈 부서지는 소리가 나며 갑자기 전신에 힘이 빠진다.

그네는, 오른손 주먹으로 왼쪽 어깨를 힘없이 몇 번 두드려 보다가 허리를 받치고 있는 부테의 끈을 말코에서 벗긴다.

뒷목도 뻣뻣하고 다리도 나무토막처럼 굳어져서 이미 감각이 없는데, 마치 그네가 베틀에서 내려앉기를 재촉이라도 하려는 듯 닭이 홰를 친다. 벌써 세 홰째 우는 소리가 새벽을 흔든다. 용두머리 위에 놓인 바늘귀만한 등잔불이 닭이 홰치는 소리에 놀라 까무러치더니, 이윽고 다시 빛을 찾는다.

방바닥으로 내려앉은 인월댁은 그제서야 허릿골이 빠지는 것처럼 저려와 그대로 무너지듯이 드러누워 버렸다. 불기 없는 바닥이라

등이 서늘하다. 비록 여름이지만, 늘 이렇게 새벽녘이 되면 찬 기운
이 돌아 몸이 떨리는 것을 느낀다.

(한여름에도 이다지 속이 치운 걸 보니, 이제 사지 육천 마디마다
시린 바람이 들어차는가 부다.)

그것은 이 방이 북향 뒷방이기 때문인지도 몰랐다.

한낮에도 볕이 들지 않는 까닭에 일년 열두 달 햇빛을 쐬지 못한
냉기가 벽 귀퉁이에 고여 있는 셈이었다.

거기다가 집이라고 해야 부엌 한 칸과 창호지만한 안방, 그리고
베틀이 있는 뒷방뿐이었지만 하루 한나절도 손에서 북을 놓지 않
았으니, 문득 생각하면 방안에 고인 냉기가 몸 속으로 스며들어 살
이 식어 내리는 것도 같았다.

그네는 희미한 등잔불 아래 비치는 앉칭널을 바라본다.

(내가 반평생을 저기 앉아서 보냈구나.)

그네가 금방 벗어 놓은 부테가 앉칭널 위에 얹혀 있는 것이 마치
무슨 허물 같다.

인월댁은 무심코 창문을 바라본다.

북향으로 난 창문은 아직 캄캄하다.

지금쯤은 한밤의 어둠에서 깨어난 새벽이 푸르스름하게 공기 속
으로 풀려들고 있겠지만, 북향 뒷방 길쌈하는 이 방에는 빛이 새어
들어오지 못하고 있다. 다만 제풀에 흔들리다가 잠잠히 빛을 밝히
고 그러다가 금방 꺼질 듯이 잦아드는 미영씨 기름 등잔 하나만이,
방안의 묵은 어둠을 쓰다듬고 있을 뿐이었다.

베틀에 앉은 채 밤을 세웠으나, 이렇게 방바닥으로 내려와 누워

도 몸만 물먹은 솜처럼 무거울 뿐, 새벽잠이나마 들어 줄 것 같지 않았다.

"아니, 그렇게 그 물이 다 말러서 밑바닥을 뒤집고 있당 거이요?"

담장 밖에서 옹구네의 목소리가 찰지게 들린다.

그 소리를 신호로 사람들의 발자국 소리가 한꺼번에 쏟아져 들어온다. 양철 부딪치는 소리며 물지게 삐그덕거리는 소리, 부산하게 고샅을 지나가는 바쁜 걸음 소리들은 원뜸으로 넘어가는 것이 분명하였다.

"아이고매, 그렇게 후딱 가서 미꾸라지 꽁지라도 하나 더 건지자고 요러고 가능 거 아녀? 그것도 먼첨 가야 임자라고오."

"어쩌끄나. 뱀장어 붕어 새끼 공으로 건져 먹는 것은 이 흉년에 괴기국 한 그륵이 어디냐마는, 일은 참말로 일어났네잉."

저것은 공배네의 목소리이다.

"시상 돌아가는 꼬라지를 조께 보시요. 아, 물 밑바닥만 뒤집히겠소? 내가 발바닥 붙이고 섰는 이 땅뎅이도 언지 홀까닥 뒤집힐랑가 모르는 판인디, 누가 아요? 인자 꺼꾸로 서서 대그빡으로 땅을 짚고 손바닥으로 걸어댕기는 날이 올랑가?"

거멍굴의 사람들은 남녀노소 할 것 없이 첫새벽 동이 트기도 전에, 옹배기나 양철 대야, 물동이, 물통을 하나씩 옆구리에다 끼고 산 밑에 저수지로 달려가고 있는 것이다.

청호(晴湖)라고 불리는 저수지의 넘치던 물이 어느 날부터인가 마르기 시작하더니, 기어이 물 밑바닥이 뒤집히고 있는 모양이었다.

저수지의 둘레가 사방 오 리라고 소문이 나 있는 청호는 지난번만 하여도, 조개바위의 등허리가 거뭇 비치다가 잠기다가 할 만큼 줄었었다. 청암부인이 웅덩이만 하던 것을 그렇게 넓고 깊게 파 놓은 뒤에는, 웬만한 가뭄에도 수면이 파랗게 찰랑거리며 물비늘을 일으키던 청호는 날마다 내리쪼이는 뙤약볕에 드디어 견디어 내지를 못하였다.

청호가 그럴 정도였으니 동네 우물은 더 말할 나위도 없었다.

그렇지 않아도 걸핏하면 황토물을 토하며 뒤집히던 우물물, 샘물들은 이제는 아예 두레박을 두 손에 받치고 섰다가, 한 바가지가 채 고이기도 전에 곤두박질을 치며 거꾸로 머리를 박고 퍼내야 했다.

그것도 부지런한 사람이 먼저 차지를 하기 때문에, 한 발만 늦으면 그날 하루 물 구경을 못하고 마는 일이 빈번하였다.

"하이고오. 일월성신이 굽어살피사 비나 한 줄금 쏟아져 줍소사."

밑바닥이 마르는 우물가에 물통과 동이를 한 줄로 늘어놓고 관솔불을 밝힌 채 꼬박 밤을 새우며 하늘을 우러러 보건만, 하루살이 모기떼만 극성스럽게 달겨 붙을 뿐, 별빛은 흐려질 기미조차도 보이지 않은 것이 벌써 근 한 달이 넘어가고 있었다.

우물과 샘물이 그러한데 논바닥은 말하여 무엇하겠는가. 논이란 논은 모조리 거북이 등짝처럼 쩌억쩌억 갈라지고, 자라나던 벼포기들은 꺼칠한 모가지를 허옇게 들고 꼬딱 선 채로 말라 비틀어졌다.

사람들이 먹을 물도 이 지경이 된데다가 논의 물꼬가 마른 것은 어느 날짜였는지 짐작조차도 할 수가 없으니,

"웬수엣녀르 시상. 기양 논바닥에 가서 팍 어푸러져 쎗바닥을 박고 죽어 부리제 이 꼴 저 꼴 못 보겠네. 주뎅이에 침도 다 말러 터져

서 어디다 뱉어 볼 수도 없응게, 이러고 앉어서 꼬실라져 죽어야 제."

하고 옹구네가 두 다리를 퍼벌리고 앉어 버린 것은 당연한 일이 었다.

"그런디, 이런 가뭄 속에도 신선맹이로 물 안 먹고 사는 양반은 무슨 재주까잉? 이슬만 따 먹능가아?"

옹구네는 허벅지까지 걷어 올린 삼베 두루치를 두 손으로 말아 쥐고 평순네에게 말을 건넨다. 먹을 물은 없어도 그네의 살에는 물 이 올라 탱탱하다.

"또 먼 소리가 허고 자퍼서 그렁고? 주뎅이가 근지럽제, 시방. 독 자갈 아닌 담에야 누가 물을 안 먹고 산다고 그리여?"

"누구는 누구? 인월마님 말이제. 요새 같은 때 언제 한 번 물 질 러 나오도 안허고 얼굴도 안 뵈잉게 허는 말 아니여?"

"원뜸에서 안서방네가 날마동 한 동우썩 이어다 주능갑대."

"하이고오, 누구는 좋겄다아, 이런 년의 팔자는 내 손발 오그라지 면 그대로 앉은뱅이가 되야 갖꼬 디져 불고 말 거인디, 어뜬 사람 팔짜 좋아 그런 시상을 사능고오."

옹구네는 인월댁의 초가 쪽을 향하여 눈까지 흘겨 보인다. 도톰 한 눈두덩 꽁지에 빈정거림이 묻어난다.

평순네는 으레 그런 옹구네에게 아무런 대꾸도 하지 않는 것이 보통이었으나, 응대를 한다면 핀잔을 주게 되었다.

"무신 노무 팔짜가 어디를 봉게로 그렇게도 좋당가? 그 양반 사 정을 몰라서 그런 소리 허능갑네."

"사정을 앙게 더 그러제잉. 나도 인자 요 다음 시상으 날 적으는 기연히 양반으로 나야겄다. 두 손발 펜안히 내놓고 살아도, 이고 지고 갓다 바치는 것만 받어먹는 시상 한 번 살어 보고 죽었으면 원이 없겄네."

"인월마님이 머 두 손발 놓고 살간디? 이날 펭상 이십 년을 단 한 가지 아무 낙도 없이 베틀에서 내리오들 못허고, 여치 베짱이맹이로 베만 짜다 청춘이 다 가신 양반인디. 무신 부러울 팔짜가 없어 그 양반 팔짜를 쪼사쌓능고……? 무단히."

"하이튼간에 이 복더우 가문 날에 물걱정만 않는 팔짜라도 나는 부러 뵈능 것을 어쩔 거이여? 그나저나 저수지 물도 인자 바닥이 뵌다데잉. 조개바우가 집채뎅이맹이로 시커멓게 솟아났다드니."

이런저런 소리들을 주고받으며 우물가에 앉아서 차례를 기다리며 넋을 놓고 있던 거멍굴의 아낙네들은, 마침 춘복이가 어둠 속에서, 삼태기에 펄떡펄떡하는 붕어와 가물치를 무겁게 들고 오는 것을 어젯밤 보았던 것이다.

"춘복아. 너 그거 머이냐?"

공배네가 고개를 꼬아올리며 물었다.

그 바람에 아낙들이 웅긋중긋 일어서며 삼태기를 넘겨다보았다.

그리고는 입을 함박만큼 벌리고 다물지를 못했다.

"어디서 난 거이여?"

옹구네의 검은 눈빛이 번쩍, 관솔 불빛에 빛났다.

"방죽으서 건졌제."

"방죽? 청호 말이여?"

평순네가 놀란다.

"거그말고 방죽이 또 있간디요?"

"어쩔라고 거그 치를 이렇게 겁도 없이 건져 온디야? 청암마님 아시먼 큰 베락 날라고, 왜 이런 일을 했당가아⋯⋯."

평순네의 얼굴에 근심과 두려움이 지나간다.

"난리는 먼 놈의 난리가 난다요? 사램이 날이 날마동 밀지울만 먹고 똥구녁이 찢어지는디다가 날까지 가물어놓게 오장육부가 다 말러 비틀어지는 판국에, 임자 없는 괴기 조께 건져 먹는다는디 누가 무신 소리를 헐 거이여?"

춘복이가 퉁명스럽게 대꾸한다.

사람들의 입에 군침이 돈다.

"임자는 왜 임자가 없당가? 청암마님이 임자제잉."

공배네가 얼른 평순네의 말을 거든다.

그러면서, 그것보다 훨씬 더 걱정스러운 일이라는 듯,

"춘복아, 청호으 물이 참말로 그렇게 다 말러 부렀냐? 삼태기로 괴기를 건지게?"

하고 물었다.

"방죽 바닥에 물괴기가 기양 막 드글드글 헙디다. 시커매요. 인자 올 농사는 다 틀려 부렀다고요. 가망이 없응게, 일찌감치 넘보다 한 발이라도 얼릉 가서 붕어 새끼 한 소쿠리라도 후딱 건지능 거이 지 일이요. 하늘만 체다봐도 말짱 헛심만 씨이는 일잉게."

춘복이는 삼태기를 추스리자 붕어의 미끄럽고 검은 등허리에 관솔 불빛이 기름비늘처럼 번뜩였다.

우물가의 아낙네들 눈빛도 따라서 번뜩였다.

옹구네는 춘복이의 삼태기를 탐욕스럽게 넘겨다보더니, 덥석 손을 넣어 한 마리를 잡아 보려고 한다.

"왜 이런데요?"

춘복이가 삼태기를 털어낸다.

"하이고오오…… 가물치도 있네잉?"

옹구네의 손이 머쓱하게 제자리로 돌아오면서 간절한 탄식처럼 말꼬리를 뺀다. 그 말꼬리에 안타까움과 아쉬움이 끈끈하게 묻어났다.

그러나 모른 척하고 춘복이는 쩔걱쩔걱 발바닥에 물소리를 내며 어둠 속에 잠겨 앞길도 잘 보이지 않는 농막(農幕) 쪽으로 걸어갔다.

그는 떠꺼머리 총각으로, 거멍굴 산 비댕이 밭 기슭에 얽어 놓은 농막에서 혼자 살고 있었다.

춘복이가 사라지는 쪽을 바라보고 있던 아낙네들은 이미 우물물이 고이거나 말거나 그것에는 관심이 없고, 오직 내일 꼭두새벽, 남보다 먼저 나서서 저수지로 달려갈 생각에 들떠 있었다.

"호랭이 물어갈 노무 예펜네들. 저수지 바닥 말르능 거는 걱정도 안되고 괴기 건져 먹을 일만 그렇게 신바람이 난당가? 청호으 물이 바닥나면 그거로 끝장나능 거이여, 끝장."

공배네가 못마땅한 듯 핀잔을 주자

"성님. 우리가 머 언지는 시작이고 끝장이고 딱부러지게 있었간디요? 거멍굴에 엎어져 삼서 무신 햇빛 볼 날이 있다요? 이런 년은 날 때부텀 그거이 시작이 아니라 끝장 아닝교……? 눈구녁에 뵈이

먼 먹고, 안 뵈이먼 굶고, 닥치는 대로 사능 거이제, 무신 바랠 거이 있능교? 인물이 출중허드라도 청암마님이 될 수가 있소오, 행실이 음전허다고 인월마님이 될 수가 있소. 생긴 대로 산다고, 나는 타고 난 팔짜대로 살라요. 눈앞에 물괴기 있으먼 건져 먹고, 저수지 밑바닥 말르먼 목 태우고 살제 머."

웬일인지 옹구네는 홍이 나 있었다. 고개를 까딱거려가며 무어라고 주워섬기더니, 물도 긷지 않고 빈 물동이를 옆구리에 끼고는 횡하니 자기네집 쪽으로 가 버렸다.

그 바람에 한 자리를 앞당겨 앉게 된 평순네는 속으로

(지랄허고 자빠졌네. 먼 쇡이 있어서 물도 안 질어 갖꼬 저렇게 궁뎅이를 흔들어댐서 종종걸음을 치능고.)

하고 중얼거렸다. 그리고, 옹구네가 급하게 일어나서 가느라고 빠뜨리고 간 또아리를 대신 챙겼다.

바람 한 점 없는 밤이었다. 사람의 속을 모르는 별의 무리만 쏟아지게 총총하여 공배네와 평순네는 서로 마주 보며 한숨을 쉬었다. 별이 기울면서 졸음이, 매캐한 생쑥 모깃불의 연기에 섞여 덤벼들었다. 어떤 아낙은 벌써 물통에 얼굴을 묻고 엷은 코까지 골며 자고 있었다.

새벽녘이 가까워서야 한 동이의 흙탕물을 길어 올린 평순네는, 뜨물같이 부우연 머리 속이 흔들거리는 것을 간신히 참으면서 동이를 머리에 이었다. 그리고 가는 길에 또아리를 옹구네에게 주고 갈까, 내일 날 밝으면 줄까, 궁리하였다. 옹구네는 평순네와 토담 하나를 사이에 두고 살기 때문에 아무러나 무관한 일이기는 하였다.

(이 빼빼 마른 가문 날에도 어디 이슬 맺힌 물끼는 있었등고.)

평순네의 다리에 잡초가 감기면서 이슬이 느껴진다.

(아이고오. 한숨 눈 붙일 새도 없이 날이 새 부리고 말겄구나. 하루 이틀도 아니고 참말로 이 노릇을 어쩌까잉. 눈에 뵈능 거는 머엇이든지 한심 천만, 큰일이 나기는 날랑갑다. 난리가 날라면 산천초목이 몬야 안다등마는. 그나저나 동이 트면 평순이 아부지라도 일찌감치 원뜸으로 올라가서 괴기를 좀 건져 와야 헐랑가. 그래도, 청호가 청암마님이 쥔이신디, 아무리 캉캄헌 새복에 몰리 건져 온다고는 해도, 그거이 도독질이제 사람 헐 일은 또 아니고잉. 넘들은 다 가서 퍼올랑갑등마는. 그나저나 어쩌끄나. 시상에도, 그 강물맹이로 시퍼렇게 넘실대든 청호으 물이 바닥이 나서 괴기가 구물구물, 손으로 건져지다니……..)

평순네는 이마로 흘러내리는 물을 손으로 씻어 뿌려 버린다.

그네는 막, 옹구네의 사립문을 지나쳐 자기 집 문간에 들어서려다가 문득 발걸음을 멈추었다.

"?"

농막 쪽에서 오는 길이 분명한, 희뜩한 그림자를 본 것 같아서였다.

그냥 들어가도 좋았겠지만, 평순네는 그 자리에 서서 이마로 흘러내리는 동잇전의 물을 연신 손으로 훑어 뿌리면서, 눈에 모를 세우고 그림자를 기다린다.

"하이고매. 깜쩍이야. 누구당가아?"

평순네는 짐짓 이제 막 사립문간으로 들어서는 시늉을 하다가,

놀랐다는 듯, 다가온 그림자 쪽으로 화들짝 돌아선다.

그림자는 옹구네였다.

한들거리고 걸어오던 옹구네는, 느닷없는 사람 소리에 당황하는 기색이 역력하였다. 순간 머쓱하여 어쩔 줄 모르더니 들고 있던 함지박을 뒤쪽으로 감추려고 한다.

"하앗따아. 물동우만 옆구리에 꿰어 들고, 또아리도 내팽개치고, 무신 볼 일로 그러고 갔당가? 대가리 벗어지게. 여그 내가 줏어들고 왔그만. 사방에다 그렇게 질질거리고 내불고 댕길 거이 많어서 좋겠네."

평순네는 물동이를 붙들고 있는 두 손을 내리지 않은 채, 허리춤에 묶어 온 또아리를 옹구네 보고 풀어 가라 한다.

옹구네는 실로 난색을 감추지 못했다. 들고 있는 함지박을 땅에 놓지 못하고 주춤거리기만 할 뿐, 선뜻 어쩌지를 못한다.

"아이갸, 얼릉 풀어 가랑게. 나도 후딱 집이 들으가서 밀지울이라도 싯쳐 갖꼬 한 숟구락 먹어야제잉. 왜 이렇게 사람을 문깐에다 촛대같이 세워 논당가아? 그 손에는 머엇 들었간디 그리여? 신주단지맹이로 뫼세 들고는? 으엉?"

평순네는 일부러 급한 소리를 한다. 자기가 속으로 눈치채고 있는 것을 기어이 알아내려고 하는 수작이 분명하였다.

"호랭이 물어갈 노무 예편네. 무신 목청이 그렇게 때까치맹이로 땍땍거린디야? 지랄허고 자빠졌네. 누가 자개보고 또아리 챙게 돌라고 했능게비. 시기싫은 일을 허고 그러? 그께잇 노무 또아리, 시암 바닥에다 천날 만날 내부러 두먼 누가 가지가께미, 잘났다고

받들어서 챙게 들고 댕기는고?"

옹구네는 뒤로 감추려던 함지박을 마지못하여 땅에 내려놓으며 한마디마다 쏘아붙인다. 그네도 평순네의 속셈이 어디 있는지를 눈치 못챌 만큼 둔하지는 않다. 이럴 때는 맞붙어 버리는 것이 상수다.

"어이고오, 호랭이 물어가네에. 똥 뀐 놈이 성 내드라고, 됩대 꼬깔을 씌우고 있네잉."

"조께 지달러 봐."

옹구네는 캄캄하여 잘 보이지도 않는 평순네의 허리춤을 더듬어, 허리끈에 묶여 대롱대롱 매달린 또아리를 풀어낸다.

그러는 사이 평순네의 함지박에서 제법 묵직한 무게로 자멱질을 하는 물 소리를 들었다.

(그러면 그렇제, 가물치 아니여?)

순간 평순네는 역겨움이 목에 꼬이는 것을 느꼈다.

(허고 댕기는 지랄 좀 보라지.)

속으로 콧방귀를 쿵, 하고 뀌었다.

그렇지만 다음 순간, 평순네의 눈앞으로 살진 가물치가 도대체 몇 년을 묵었는지조차 알 수 없는 탐스러운 몸채의 배를 커다랗게 뒤집으며 덤벼들었다. 그리고는 사라졌다.

영험한 물 속에서 배암과 흘레하여 낳는다는 가물치, 그것은 실제로 방죽 옆의 나무에 기어 올라가, 그 가지 끝에서 제 무게를 이기지 못하고 퉁, 퉁, 떨어진다는 신묘한 물고기가 아닌가.

깊은 밤 정적 속에서 장단 맞추는 소리처럼 쿠웅, 쿵, 울려오는 난데없는 소리를 들으면, 누군가 그렇게 중얼거린다지.

"가물치 승천 헐랑갑다."

어른의 팔뚝만큼씩 한 것이 짙은 암청갈색 검은 빛을 띠는 등허리에 가로 한 줄로 무늬가 놓여 있고, 등 지느러미 양쪽으로는 여덟 개의 무늬가 점점이 박혀 있는 가물치의 저 허연 배, 돌이 지난 애기보다 더 무겁고 크고 탄탄한 그것은, 평순네에게는 평생에 한 번만 먹어 보았으면, 죽어도 여한이 없을 것 같은 간절한 것이 아니었던가.

그러나 청호의 물 밑바닥에서 유유히 헤엄치고 노닐던 가물치며 조개바위와 더불어 노니는 물고기는, 붕어새끼 한 마리일지라도 다치지 않는 것이, 이십여 년 동안 문중과 인근 사람들 사이에 말없이 지켜져온 불문율이었다.

그러니 그 속에서 건져온 가물치라면, 산삼 못지않은 보약이 될 것은 자명한 일이 아닌가.

가물치.

평순네는 입에 침이 돌았다.

지금까지 평순이를 비롯하여 연년생으로 자식 여섯을 낳는 동안 단 한 번도 먹어 보지 못한 가물치였다.

산모에게 그렇게 좋다는 것을. 크고 기름진 것은 그만두고라도 새끼 한 마리조차 고아 먹어 보지 못하였다. 그것을 어찌 감히 꿈에라도 언감생심 맛볼 수가 있었으랴. 풀뿌리를 삶아 먹을망정 굶지만 않는다면 그것으로 하늘에 감사할 일이었다.

더욱이나 평순이 아버지는 오른쪽 팔이 쏘부라져 붙은 채 쓰지 못하여 헝겊 쪼가리 한가지 아닌가.

"가물치여?"

안 물어도 되는 말이었지만, 평순네는 이상한 원한과 아니꼬움, 그리고 역겨움이 뒤섞인 한 마디를 뱉어냈다.

그네는 허리까지 구부리며 함지박 속을 들여다본다.

어느새 그네의 눈은 함지박에 꽂혀 있었다. 그러나, 새벽빛이라고 는 하지만 아직은 어두운 속에서 그것이 제대로 보일 리가 없었다.

옹구네는 대답 대신, 풀어 낸 또아리 끈을 입에 물고 또아리를 머리에 얹는다. 그리고는 함지박을 불끈 들어올려 머리에 인다.

"옹구네 재주도 참말로 좋네잉? 이 밤중에 맨손으로 어디 가서 그렇게 귀헌 가물치를 잡어 온당가아?"

그러자 옹구네가 돌아서려다 말고, 눈을 내리뜨며 목소리를 차악 낮추어 쏘아붙인다.

"걱정도 팔짜여잉? 넘이사 어디 가서 무신 짓을 허고 가물치를 잡어 오든 말든, 자개가 멋 헐라고 짚고 넘어 선디야? 왜? 어뜨케 잡어 왔으면 어쩔라고 그리여?"

"어매? 이 예편네가 왜 새복부텀 사람을 밀어붙이고 이런데? 무신 짓을 어디 가서 하고 왔간디, 매급시 언성을 높이고 그리여?"

평순네는 웬일인지 독이 올라 있었다. 다른 때 같았으면 농판인 척하고 옹구네의 입심을 그저 받어 삼켜 주었는데, 지금은 다르다. 까닭을 알 수는 없었지만 밤새도록 샘가에 쪼그리고 앉아 물동이에 이맛전을 기대고, 졸며 깨며, 흙탕물 한 바가지 받어 이고 돌아오는 다리가 장작개비처럼 느껴졌었는데, 이제는 오장과 가슴속까지 바싹 말라 부싯돌을 켜대면 화르르 불길이 일 것만 같다.

그 부싯돌을 번쩍, 하고 옹구네가 켜댄 셈이었다.

갑자기 세상살이가 귀찮게 여겨지는 것은 또 웬일일까.

물 긷던 동이를 옆구리에 꿰어 차고 통통한 몸뚱이를 흔들며 어둠 속으로 사라졌던 옹구네는 지금, 함지박에 가물치 한 마리를, 그것도 틀림없이 볏단만한 것이 분명한 놈을 채워 들고 호기롭게 돌아오고 있다. 그런데 평순네는 흙탕물 한 동이가 고작이었다.

옹구네는 평순네에게 다그친다.

"무신 짓은 무신 지잇? 넘으 상관 말으시고 어서 들으가서 밀지울이나 싯쳐 갖꼬 한 순구락 잡술 일이제. 아까막새는 바쁜 소리 혼자 다허등마는, 왜 가는 사람을 붙들고 찐드기맹이로 놓들 안히여?"

"하이고오, 오밤중에 어디 가서 가물치를 잡어 올 거이여어? 누가 그 속을 몰르께미, 넘 밀지울 먹는 것을 약올리고 자빠졌당가?"

"무신 약을 누가 올려? 매급시 지가 몬야 눈꾸녁에다 쌍심지를 돋과 갖꼬 불을 씨고, 지내가는 사람을 불러 세웠잖응게비? 무단히 넘의 것을 넹게다보고 택도 없는 입맛을 다시능 거이 누군디?"

드디어 평순네가 침을 탁, 뱉어 버린다.

"던지러라. 누가 그께잇 노무 가물치, 먹고 자퍼서 환장헌 줄 아능게비. 그거 온전한 거이 아니라, 농막에 가서 치매 걸고 얻어 온 거인지 내가 머 몰르께미?"

"허엉."

옹구네의 얼굴이 어둠 속에서도 팽팽하게 약이 오르는 것이 보인다.

"무신 챙견이여? 헐 일도 잔상도 없등갑다. 내 몸뗑이 갖꼬 내 밥 벌어서 새끼랑 먹고 살았다는디, 누가 왜 나서서 간섭이셔?"

"하앗따야. 자식 생각 한 번 오지게 잘했다. 더러운 노무 거 부정 타서 나 같으면 자식한티는 못 멕일 거이다."

"부정을 타도 내가 탈 거잉게, 걱정을 말드라고오."

"늙어감서 그거이 먼 짓이여? 동네 사람 남새시럽게."

"그런 소리 말어. 썩어 죽으면 흙 되는 노무 인생, 수절헌다고 누가 열녀문을 세워 준다등가? 그것 다 속절없는 짓이라고. 나 같은 상년의 팔짜에 과부된 것만도 원통헌디, 거그다가 소복 단장허고 그림자맹이로 앉아서 지낼 수도 없는 것을, 무신 수로 뿐 넘어서 산당가아? 수절 열녀, 그거 다 양반들이 매급시 뿐 내니라고 그러능 거이여, 머. 내가 무신 인월마넘이간디? 누가 나를 멕에 살려준대? 인간의 한 펭상, 구녁으서 나와 갖꼬, 구녁 속을 들락날락허다가, 구녁 속에 파묻히는 거이여. 뻴 것 있는지 알어? 곰배팔이 영갬이라도 있는 사람은 천방지축 등불도 없고 질도 없는 이런 년의 팔짜를 귀경 험서, 헤기 좋은 말이라고, 되나캐나 넘 말헐 재격이 없다고오."

옹구네는 탄식조로 오금을 박아 놓더니, 뒤도 돌아보지 않고 핑하니 들어가 버린다. 보란 듯이 머리에다 함지박을 떠받쳐 이고.

펭순네는 기가 차서 한참을 그대로 서 있다가, 옹구네 마당 쪽으로 길게 눈을 한번 헐기고는, 그 눈길을 걷어들여 하늘을 본다.

검푸르게 개는 새벽 하늘에 밤새도록 메말라 물기가 빠진 별의 무리가 힘없이 깜박인다.

오늘도 비 오시기는 틀렸구나.

식구들은 아직도 깊은 잠에 빠진 채 부엌에서 나는 물 쏟는 소리에도 깨어나는 기척이 없다.

(청호으 괴기 건지면 죄로 갈랑가? 아이고, 아서. 그거이 어뜬 물이라고…… 신령님이 참말로 홰를 내시면 어쩌게. 청암마님이 아시면, 또 가만 두든 안허실 거이고오.)

나 좀 바라, 내가 시방 무신 생각을 허고 있다냐, 평순네는 망설이면서도, 눈앞에 어른거리는 가물치를 지워 버리지 못하였다.

그때 그네의 귀가 쫑긋 일어섰다.

조심스럽게 발걸음을 죽이며 담장을 끼고 고샅을 지나가는 소리 때문이었다.

(저 예펜네가?)

순간 평순네는 반사적으로 삼태기를 찾아들고 사립문을 나섰다.

벌써 하늘은 보랏빛을 머금고 있었다. 그러나 아직은 어두컴컴하여 사람의 얼굴이 얼른 분별되지는 않았다.

(한 마리만 고아 먹어도 초벌, 재벌, 세 번, 네 번, 열 번은 고아 먹겠그마는, 저 노무 예펜네, 그걸로는 성이 안 차서 청호까지 지 발로 쫓아가 건져 올랑갑다. 오냐, 너만 먹겠냐? 너 혼자만 홍자 만나겠냐고.)

평순네는 순간적으로 마음에 까닭 모를 앙심을 품으며 발끝에 힘을 모으고 고양이 걸음을 걷는다.

옹구네는 제 뒤를 따라오는 평순네를 본 체도 안한다.

평순네가 옹구네의 궁둥이를 바짝 뒤쫓고 있는데, 원뜸으로 가고 있는 사람들은 그네들 둘만이 아니었다. 걸음걸이만 보아도 얼른 알 수 있는 거멍굴의 사람들이 웅성웅성 소리를 낮추어 수군거리며,

옆구리에 물통이니 대야니 물동이 같은 것들을 하나씩 끼고 줄을 지어 가고 있었다. 처음에는 남이 알까 몰래 눈치 보며 한 사람씩 나섰겠지만, 몇 사람이 모여지자 아주 마음 놓고 한 패가 된 것이다.

그들이 실핏줄까지 말라 버린 도랑을 지나 논배미와 밭머리를 끼고 자갈밭이 드러난 아랫몰 냇물을 건널 때, 매안의 지붕들은 다 소곳이 엎드린 채 어둠 속에서 눈을 어슴프레 뜨려 한다.

사람들이 인월댁의 초가 모퉁이를 돌아설 때, 고샅 쪽으로 난 북향 창문에 젖은 듯한 불빛이 새어나오는 것을 보았다. 옹구네는 그 불빛에 눈빛이 부딪치자 도톰한 입술을 샐쪽해 보였다. 일부러 평순네 보라는 시늉인 것 같았다. 그러나 평순네는 모른 체하고 걸음을 재게 하여 그네를 앞지르려 하였다.

"가난은 나랏님도 못 구허신다는디, 이런 난세에, 내비두어도 물이 없어 말라 죽어가는 물꾀기 조께 건져 먹었다고 설마 호통이야 치겠어? 안 그리여?"

저것은 춘복이 소리다.

평순네는 울컥 억하심정이 치민다.

(아무리 그런대도 청호는 우리 꺼이 아닌디, 거그서 살고 있는 물꾀기를 건져다 먹는다면 도적질이나 한가지여. 잘허는 짓은 아니라고. 주신다면 몰르지만……. 그래도 어쩔 거이여? 넘들은 다 허는 짓을 나만 발 개고 앉어 있다고 누가 상 주도 안헐 거이고. 아이고 모르겄다. 덕석말이를 당허먼 모다 같이 당허제 나만 당헐라디야? 그거는 그렇다치고, 아이고매, 저 년놈들 낯빤대기 두껀 것 좀 바.)

평순네의 마음은 도무지 어수선하기만 하였다.

24

(일은 저 예펜네가 저질렀는디 왜 속은 내 속이 이렇게 시끄럽다 냐. 뭡대로 내가 무신 들킬 일이라도 있는 것맹이로, 두근두근, 왜 이렇게 정신이 없능가 모리겠네.)

그 시각은 인월댁이 막 베틀에서 내려와 앉은 시각이었다.

인월댁은 고샅을 지나가는 어수선한 발자국 소리에 마음이 어지러워진다. 그리고, 어떤 무거운 예감을 느낀다. 논바닥에서 흙먼지가 누렇게 일고, 수숫대 울바자에 올린 호박 덩굴들이 애호박 한 덩이도 제대로 달지 못한 채 잎사귀를 축축 늘어뜨리고 있는 날씨는 어째서인지 심상치가 않았다.

(무슨 일이 일어나려는고.)

처음에는 가뭄이라고 해도, 그다지 큰 근심은 하지 않았었다.

그만큼 청호는 크고 넓고 깊었다.

그리고 물 밑바닥에 거대한 몸집을 누이고 있는 조개바위의 영험을 또한 믿었다.

그것은 청암부인이 나이 마흔을 바라보면서 서른아홉의 몸으로 일으킨 관수(灌水) 공사가 아니었던가.

순종 임금대 융희(隆熙) 4년, 만 이태에 걸쳐 공사가 끝난 저수지는, 설마 그렇게까지야 될까마는 둘레가 오 리는 된다고 소문이 났다.

"멩주실 한 꾸리 풀어 갖꼬는 밑바닥으 못 닿겄네잉?"

어느 날인가, 저수지를 구경하러 모여든 사람들 틈에서, 평순네가 파란 물비늘을 일으키며 반짝이는 호면(湖面)을 보고는 공연히 뿌듯하여 가슴을 뒤로 좌악 젖혔을 때.

"한 꾸리가 머이여? 서너 꾸리라도 들으가겄다. 인자느은 누구든 이 물 속에 한번 풍덩실 빠져 불면 그것뿐이여. 옛날에맹이로 횃불 밝히고 장정들이 건져내고 그러든 못헐 거이네. 한 많은 시상 등지고 자픈 사람은 원도 없이 죽을 수 있겄네에."

옹구네가 맞받아 말하였다. 평순네는 옹구네의 옆구리를 쿡 찌르며 눈살을 찌푸렸다. 그것은 지금도 사람들의 마음속에 남아 있는 놀라운 일로, 인월댁의 젊은 날에 있었던 서러운 사건을 빗대어 한 말이기 때문이었다.

저수지 공사가 끝나던 날, 흥겨운 꽹매기와 천지를 울리는 장구 소리에 그대로 마을이 뒤집힐 것 같았었다.

엄청난 관수 공사가 무사히 끝났다는 안도와 즐거움에 잔치가 벌어진 것은 물론이지만, 그것보다도 산자락의 흙더미에 깔려 있던 집채 같은 조개바위의 출현으로 인하여, 마을은 걷잡을 수 없는 흥분에 빠져들었던 것이다.

저수지를 넓히느라고 깎아 내던 산자락 밑에는 뜻밖에도 영락없이 조갑지를 엎어 놓은 형국을 하고 있는 거대한 바위가 묻혀 있었다. 조개 봉우리 높이가 일고여덟 자 남짓이나 되며, 동서로 열다섯 자 네 치, 남북으로 열녁 자 두 치가 넘어가는, 둥그스름한 바위의 동산 날맹이 같은 등을 캐내고는, 탄성을 울리며 바라보던 사람들은 너나없이 자기도 모르게 두 손을 모으며, 온몸에 뜨겁게 돋는 소름을 후루르, 부둥켜 안았다. 그것은 이상한 감격이었다.

그 순간에 사람들은 이 바위가 이씨 문중과 종가는 물론이거니와 온 마을을 지켜 주는 수호신이 될 것을 믿어 의심하지 않았다.

그도 그럴 수밖에 없지 않은가.

대저 조개라 하는 것은 물 속에서 물을 먹고 사는 생물이 아니랴.

물 속에 있어야 목숨을 부지하고 종족을 번식시킬 조개가 엉뚱하게도 산기슭에 자리를 잡았다는 것부터가 상서롭지 못한 일이었다. 그런데다 그것도 무거운 흙더미에 깔려 숨조차 제대로 쉴 수가 없다니, 그 조개는 빈사 상태에서 죽어가고 있었을 것이 분명하였다. 그나마 눈앞에 바짝 방죽이 보이고 그곳에 사시사철 푸른 물이 찰랑거리고 있다면, 그 목마르고 애타는 심정이 오죽하겠는가. 몇백 년 동안.

자연 마음속에 앙심이 솟아 엉뚱한 이씨 문중 대종가의 부인들, 반남박씨, 청주한씨를 비명에 잡아가고, 남양 홍씨부인을 달아나게 하였다고 수군댔다.

그것만으로도 모자라서 청암부인의 초립동이 신랑 준의를 열여섯의 나이에 조세(早世)하게 하였다는 것이다.

조개가 그렇게 캄캄한 흙 속에 파묻혀 짓눌린 채 목이 말라 있으니 자손이 번성할 리가 없다고들 하였다. 산 속에 묻히는 것은 곧 죽음이고, 죽음은 무덤을 의미하지 않느냐는 것이다.

그 조개는 용궁의 신령님이라고도 했다.

그 신령님을 이제 종손부 청암부인이 구해 드렸다.

죽어가던 조개를 살려 내고, 그것도 세세생생(世世生生) 물 속에서 살 수 있도록 넓으나 넓고 깊고 깊은 집까지 마련해 드렸으니, 이보다 더한 공덕이 어디 있으랴. 해원(解寃)을 해 드린것이다.

말랐던 조개에 물이 오르면 자식을 낳을 수 있다.

그리하여 마을 안팎은 물론이요, 몇 십 리 바깥에서도 아들을 낳지 못하는 여인들이 정성을 드리러 조개바위를 찾아왔다. 그 치성의 행렬은 끊이지 않았다. 그만큼 영험이 있다고 하였다. 그리고 치성을 드리고 난 떡과 밥, 음식들은 정갈하게 쪼개서 물 속으로 던져 넣었다. 신령님도 잡수시고 신령님의 신하들인 물고기들이 먹으라는 정성이었다.

그러나 지금은 다르다. 그렇게나 공을 들이고 정성을 바치던 물 속의 조개바위가 검은 등허리를 내밀어 버린 것이 한 달여 전의 일이다.

그때 인월댁은 안서방이 조심스럽게 전하여 주는 말을 듣고는 가슴이 철렁하였다. 농사의 풍흉보다 훨씬 더 깊은 불길함을 그 속에서 느꼈던 것이다.

하늘받이 매안리에서 빗방울이 떨어지지 않으면 물이 마르는 것은 오히려 당연한 일이다. 그리고 저수지의 물이 마르니 그 속에 숨었던 조개바위 등허리가 솟아나고, 드디어는 누가 잡지도 않고 몇 십 년씩 신성하게 여겨 온 물고기들도, 물바닥에 새까맣게 몰려 드글드글 뒤재비를 치며 흰 배를 뒤집을 수도 있는 일이리라.

그러나 그런 것들이 인월댁에게는 결코 예사롭게 들리지가 않았다.

"참 이상한 일이었지. 왜 그랬던고. 나는 마치 무슨 예감이라도 한 것처럼 그때 관수 공사를 서둘렀네. 내가 목이 타서, 꼭 무엇에 씌인 사람마냥 저수지를 팠던 게야. 숨이 넘어갔어……. 헌데, 이듬해…… 막바지로 공사가 치달아 마무리가 되려는데, 꼭 기다렸다는 듯이, 나라가 망했다, 하지 않는가. 나는 믿을 수가 없었네. 하늘과 땅이 합벽을 하고 맷돌을 갈아, 천지가 캄캄한 일이었지. 그런데 묘한 것은, 그 와중에서도 남모르게 벅찬 희망이 샘솟았다는 것이야. 맷돌질 해 보면, 왜, 우아랫짝이 맞물려 돌면서 곡식을 가루로 만들어 버리지만, 껍질도 벗겨지지 않은 채 통째로 빠져 나오는 놈이 있지 않던가? 신기하지. 꼭 그 통밀이나 통팥, 녹두같이 또글또글 살아서 튀어나온 희망, 그것이 저수지였어. 그때 나는 믿었네. 우리 조선이 망했다 하지만, 결코 망할 수 없는 기운을 갈무려 여기 우리 매안이 저수지에다 숨겨 둔 것이라고. 남모르게 그득 채워 놓고 우리를 살려 줄 것이라고. 예사로운 일이 세상에 어디 있는가. 모두가 다 뜻이 있지. 밖으로 난 숨통을 왜놈이 막았다면, 한 가닥 소중한 정기는 땅밑으로 흘러서 예 와 고인 것이라, 나는 확신했었네. 아무한테도 발설한 일은 없었지만, 나는 누구인가 내게 맡긴 이 물을 잘 간수하리라 다짐했어."

청암부인은 인월댁한테 그렇게 말했었다.

"그러매, 저것이 혈(穴)이지. 혈."

그런데 지금 그 '혈'이 마르고 있는 것이다.

인월댁의 피가 마른다.

"청암마님 근력은 어떠시든가?"

인월댁은 안서방한테 그것부터 물었다.

"실섭(失攝)을 허셨지요."

안서방은 조심스럽게 대답하였다.

"실섭을…… 언제부터……?"

인월댁의 목소리가 툭, 꺼져 내렸다. 그 목소리를 따라 안서방의 수그린 고개도 아래쪽으로 무겁게 떨어졌다. 두 사람은 잠시 말이 없다. 인월댁의 얼굴빛이 바랜다. 그네는 진정을 하려는 것처럼 저고리 소매 끝을 손가락으로 오그려 잡는다.

"실섭하신 지 며칠이나 되었다고?"

"한 사날 되능만요."

"대서(大暑)에?"

인월댁은 손가락 마디를 짚으며 날짜를 속으로 헤아려 보았다.

"예."

"어떻게?"

"그날 아침으 누우신 자리서 기양 못 일어나시고 말었답니다. 첨에는 아무도 그렇게끄정 되신 중을 몰랐지요."

"그럼 오늘까지 벌써 나흘째나 되지 않았는가."

"예."

"그런데 왜 인제서야 그 말을 허는가? 그날로 올 일이지."

"일어나실지 알고요."

"원, 사람…… 참."

인월댁은 쯔쯔 혀를 차고, 소식을 전한 안서방은 근심스럽고 송구스러운 낯빛으로 두 손을 맞잡고만 서 있었다. 그러고 나서 인월댁은 그 걸음으로 원뜸의 청암부인에게 서둘러 올라갔다. 그리고 그런 뒤로도 지금 벌써 몇 차례인지 모르게 종가에 다녀온 것이다.

그네의 걸음걸이는 초조하고 빨랐다.

"이날 펭상에 질쌈만 허시제 덧문 한번을 활짝 안 열고, 마당에도 제대로 안 나오시든 인월마님이 저렇게 자조 원뜸에 오르내리시능 거이 암만해도 청암마님 오래 못 사실랑갑다."

사람들은 수군거렸다.

소복을 하고 아랫몰에서 원뜸 사이를 오르내리는 인월댁의 모습에서 까닭 모를 불안을 느낀 평순네는 놉들과 같이 중뜸의 고추밭을 매다가 공연히 몸 둘 바를 몰랐다.

"이날 펭상, 그림자맹이로 사시는 양반이⋯⋯."

그것은 인월댁을 두고 하는 소리였다.

인월댁은 청상의 과수도 아니면서 자신이 소복을 입기 시작하던 날을 잊을 수가 없었다. 잊을 수가 없는 것만이 아니라 그날을 생각하면 뼛골이 사무쳐 왔다. 그날로부터 입기 시작한 올 굵은 무명옷은, 살아 있다 할 수 없는 그네의 반생을 그렇게 허연 빛으로 표백해 주고 있는 것인지도 모를 일이었다.

인월댁은 원뜸의 청호로 올라가는 사람들의 발소리가 고샅을 훑고 지나간 다음에도, 한참 동안을 그렇게 찬 방바닥에 망연히 누워만 있었다. 미영씨 기름 등잔의 빛이 바래어지는 것으로 보아 동이 트고 있는 모양이었다.

인월댁은 기진한 듯 눈을 감는다.

청호 저수지의 물이 마르다 마르다 못하여 뻘을 드러내고 있는 모습이 선하게 보인다. 내장을 드러내고 있는 셈이었다.

허옇고 검은 옷 입은 사람들이 다리를 걷어붙이고 소쿠리며 삼태기, 물통에 물고기를 건지는 모습 또한 그대로 눈에 보이는 것 같았다.

뙤약볕이 하얗게 내리쪼인다.

둥그렇게 드러난 조개바위가 뙤약볕을 받아 불덩어리처럼 달구어진다. 이글거리며 달구어진 조개바위가 타오르면서, 그 불길에 뜨겁게 끓어 넘치는 청호에 사람들이 와글거린다.

흡사 장바닥 같다.

온 마을 사람들이 모두 쏟아져 나온 것이 아닌가 싶어진다.

남자 여자 할 것 없이 웅성거리는 사람들은 손에 손에 횃불을 들고 있다. 불빛이 넘실거린다.

횃불이 햇빛을 가리운다.

햇빛이 가리워지자 천지가 캄캄해지면서 관솔불, 횃불들이 어지럽게 쏟아진다. 가슴의 복판에 쏟아진 불덩이로 꺼멓게 뚫리는 인월댁의 가슴이 써늘하게 식는다.

달도 없는 깊은 밤이었지.

천지는 무거운 어둠에 쏠리며, 한쪽으로 기울어 무너지고 있었다.

그날따라 소쩍새는 온 산에서 음울하게 울었다. 그 울음의 울림이 밤바람을 타고, 번뜩이는 방죽의 수면으로 젖어 내리었다.

봄이 흐드러질 대로 흐드러져 여름으로 넘어갈 무렵, 밤이면 그렇게 목이 갈라져 쉰 소리로 소쩍새는 울었다.

그 몹쓸 소리.

컴컴하게 핏속으로 잦아드는 소쩍새의 울음 소리에 홀린 듯이 앉아서 해마다 몇 봄을 그렇게 그네는 쓰라리게 넘겼었는지.

내게 아무러면 소쩍새만한 한(恨)이 없으랴.

기미년, 그때 서른 살을 막 넘기었던 그네는 아무 미련도 없이 초가삼간을 나섰다. 그네가 시집이라고 와서 십여 년 동안을 의탁하였던 집이었다. 그 사립문을 지그려 닫고 허청허청 원뜸의 방죽을 향하여 걸어가던 인월댁은 어둠 속에서 초가를 돌아보았다. 집은 마치 벗어 놓고 온 신발처럼 봄밤의 어둠을 쓸어 안고 있었다.

하기야 그네가 매안의 이씨 문중으로 오게 된 것부터가, 기구하다면 기구하였고 억지라면 억지였다.

"사람의 한평생이란 뜻 같지만은 않은 것이네. 뜻밖의 일이란 항상 뜻밖에 일어나는 법 아닌가. 비록 지금은 이와 같이 서러운 신행을 왔네마는, 참고 살자면 좋은 날이 오지 않을 것인가. 나도 빈 집으로 신행을 왔었네. 오속(五屬)의 가까운 일가도 없이, 의지하고 살 사람 하나도 없는 집에 흰 옷 입고 왔었지. 이 사람아, 그때 내가 몇 살이었는줄 아는가? 자네 나이와 꼭 같은 열아홉이었어. 나는 그때…… 속으로 그랬었네……. 얼굴도 제대로 생각나지 않는 신랑을 두고, 죽지만 않았다면 좋겠다, 한평생 만날 일 없이 살아도 좋고, 평생토록 소식 한 자 못 듣고 살아도 좋으니 어디서든지…… 아무 곳에서라도…… 나 모르는 어떤 곳에서라도…… 살아만 있었으면 원(願)이 없으련만…… 하였더라네. 지금도 가끔 그런 부질없는 생각을 해 보아. 목숨이 살아 있다는 것만으로도 다른 모든 설움을 갚어 줄 수 있을 것만 같더란 말일세."

(차라리 죽고 없으면 심정이 이와 같으리오. 청암아짐은 마음속에 한은 있으되 원이 없으시니, 원한을 함께 품고 있는 저와 같으시겠습니까?)

"내가 남의 일이라서 쉽게 말하는 것이 아닐세. 사람이 살아 있으

면, 마음에 품은 원이건 한이건 대상을 삼을 수 있지 않은가? 그것
이 나를 세상에 있게 해 주는 끈이 되는 것이야."

(그 끈이 나를 동여매고, 목을 조이고, 한평생을 속박하는 것은
또 어찌리까? 지난 봄, 삼일운동에는 남원 읍내 온 사람이 다 나와
서 목이 메이게 대한독립만세를 불렀다 하더이다만, 나는 무엇에
묶여 있길래, 무엇에서 벗어나고자 이리하는 것이리잇가.)

"대상 없는 허공을 향하여 사는 것보다 더 고달픈 일은 없느
니⋯⋯. 장애가 디딤돌 되는 일도 있으매, 묶여서 오히려 떠내려 가
지 마소. 비록 그 사람이 오늘은 여기에 없지만 기다리는 마음으로
집을 지키고 있게. 누추하나마 아랫몰에 초가 한 채를 지어 놓았네.
나의 심정으로는 솟을대문에 기와 겹집이라도 얼마든지 지어 주고
싶네만, 떠나간 사람을 생각하여 일부러 저만치 아랫몰에 조촐하
게 초가를 지었으니, 과히 섭섭히 여기지는 말게나."

그것은 옳은 처사였을 것이다.

과연 그것을 신행이라고 부를 수 있을는지는 모르겠지만, 열아홉
에 신행을 온 인월댁을 앞에 앉히고, 청암부인은 마치 인월댁의 심
경을 거울로 들여다보기라도 하는 것처럼 말했다.

인월댁은 그때 하늘보다 높은 어른 앞이라 고개를 수그린 채 드
러내지도 못하고 속으로만 자신의 말을 새기고 있었다.

(첫날밤에 소박을 맞은 여인이 시집의 문중으로 들어온 것만 하
여도 소문거리이온데, 무슨 염치로 고대광실에 살겠습니까? 하늘
을 바로 볼 수 없는 부끄러운 사람이니 초가 삼간도 제게는 바늘방
석입니다. 오히려 목숨이 붙어 있다는 사실만으로도 호사스러운

일이지요. 친정에서 죽지 않고 시댁의 문중으로 들어와 죽는 것조
차도 제게는 과분한 일입니다.)

"기서(起瑞)가 일찍이 조실부모 해서 집안에 자네 시어른이 안
계시네. 자격은 없으나마 내가 그래도 명색이 종가의 종부로서 시
어른 대신 기서 부모님의 흉내를 낸 것일세. 그리 알게나. 지금은
자네가 죄도 없이 근신을 허게 되었네만, 달리 또 어찌하겠는가. 일
단 이씨 문중으로 들어왔으니 우리 같이 세월을 기다려 보세."

청암부인은 인월댁을 안쓰럽게 여기며, 집 한 채를 내려 주었다.

그때 청암부인의 나이 서른일곱, 인월댁은 열아홉이었다.

아랫몰의 개울가에 세워진 인월댁의 초가 토담 옆에는 각시복숭
아 나무 한 그루가 애잔하게 서 있었다.

그 개울을 경계로 저쪽은 거멍굴이었고 이쪽은 문중의 마을이었
다. 열매도 탐스럽게 맺지 못할 각시복숭아의 꽃잎은 무엇하러 그
렇게 진분홍으로 고울 일이 있었던가.

기껏 설레게 꽃잎이 피어도, 결국은 도토리만한 열매를 맺고는
그만일 것이. 인월댁이 안서방네의 안내로 그 초가의 사립문을 들
어서려 할 때, 복숭아 꽃잎은 하염없이 날리며 개울로 졌다.

물 위에 진분홍의 꽃잎이 물 소리에 섞여 떠내려 가던 그 밤에 온
산에서는 소쩍새가 그렇게도 음울하게 울었다.

인월댁은, 신랑 기서가 잠깐 나갔다 올 것처럼 일어서서 장지문
을 열던 모습이 눈에 선하게 밟혔다.

사모관대도 벗지 않고 자색 단령 자락에서 휙 바람 소리를 내며
나가던 때의 그 써늘한 기운은 오래오래 인월댁의 가슴에 남았다.

그 기운은 가슴에 자리를 잡으면서, 살 속으로 파고들고, 뼛속으로 근(根)을 내렸다.

기서는 그 길로, 매안에도 들르지 않고 경성으로 떠나 버렸다.

"기서한테 역마살(驛馬煞)이 있는 것이라……. 역마살을 타고난 사람은 아무리 반가(班家)에 나도 끝내는 엿장수라도 하고 마는 법이거늘, 한 사람의 청춘이 가엾고, 끝내는 인생이 안쓰러운 일이로다."

청암부인은 그 소식을 듣고 홀로 탄식하였다.

그저 단순히 가엾고 안쓰러운 것이 아니라, 핏줄이 땡기는 것 같은 아픔에 가슴을 오그리며 한숨을 토하였다.

결국, 문중은 종가에 모여 인월댁의 일을 의논하게 되었다.

남의 일이라 가끔 궁금하게 생각하고 염려는 하였지만, 구체적으로 어떻게 하겠다는 생각까지는 가지지 못했던 문중 사람들은, 청암부인이 주도한 문중 회의에서도 의견들이 분분하였다.

그렇게 분분한 의논 중에도 가끔씩 가라앉을 것 같은 침묵이 무겁게 좌중을 짓누르는 것을 막을 수가 없었다.

다만 청암부인만은 시종 자신의 뜻을 분명히 하였다.

"책임을 질 사람도 없이 무조건 이쪽으로 데리고만 오면 무슨 수가 나겠습니까? 차라리 친가에 있는 것이 신간이 편할 겁니다."

그때 생존해 있던 병의는, 데리고 오자는 청암부인의 말에 난색을 보였다. 병의는 기표의 부친으로 청암부인에게는 시아재였다.

형수인 청암부인은 간곡하게 말했다.

"이미 이씨 문중의 사람이 되었습니다. 한 번 출가하면 그뿐,

친가에는 더 머무를 수가 없는 법 아니겠습니까? 이쪽에서 오라는 말이 없으면 그곳에서 한평생을 얹혀 살아야 하는데 그 정경이 오죽 딱합니까? 비록 신방(新房)에는 신발 한 번 벗었다 신은 인연밖에는 짓지 못하였으나 그 역시 내외는 내외인지라, 남편의 가문에 와서 생애를 보내야지요. 이곳에 와서 사는 것이야 어찌 살든 흉될 것이 없습니다만, 그쪽 친가에서 산다면 껀껀이 말이 될 것이며, 처신에 괴로움이 많을 터이고, 죽어도 이곳에 와서 죽어야 도리일 것입니다.

기서 부모님께서 구존해 계시다면 그 어른들께서 알아 하실 일이나, 지금은 두 분이 계시지 않는 형편입니다. 문중이 책임을 지고 보살펴 주어야지요. 새댁도 지금이야 나이 젊고 부모님이 계시다지만 미구에 타계하시면, 그 인생이 어디에 몸을 의탁하고 살겠습니까? 결국 자진을 하게 될 것입니다. 우리가 마음을 소홀히 하고 있는 동안에 한 인생이 시들어 죽어간다면, 이는 사람의 도리가 아닐 것입니다.

기서는 이미 돌아오기 어려운 사람이나, 법도대로 새댁을 신행 오게 하십시다. 비록 신랑은 없는 집이라 하나, 이씨의 가문으로 오는 것이 바른 이치일 겝니다. 결정만 내리면 목수를 불러 초가 한 채를 짓겠습니다. 새댁도 호사할 생각은 없을 것이니, 죄인은 아니로되 누옥에서 근신하며 살자면 때가 오지도 않겠습니까? 어쨌든 이 가문의 사람이라 종가에서 돌보겠습니다."

청암부인의 심정이 너무나도 간곡하여 사람들은 무해무득한 일에 공연히 반대할 까닭이 없었다. 아랫몰 개울가에 초가를 짓고 홀로 있는 듯 없는 듯 살 것인데, 정경은 딱하겠지만 굳이 막지는 않았던 것이다.

그렇게 해서 오게 된 신행이었다.

물론 잔치도 없었다. 다만 구경꾼들이 울타리같이 두르고 있는 중에 종가(宗家)의 청암부인에게만 시부모님께 올리는 구고례(舅姑禮)를 대신하여 절을 하였을 뿐이었다.

그리고 아랫몰 개울가 초가집에 들어서, 토방 아래 마당에도 나서지 않을 만큼 방안에서만 숨어 살다시피 하던 만 십이 년의 세월.

그것을 어찌 말로 다할 수 있으랴.

십삼 년째 되던 해 봄, 소쩍새가 그렇게도 울음을 토하던 밤.

그네는 방죽에 몸을 던졌다.

울다 울다가 제 목에서 피를 토한다는 새, 토한 피를 다시 삼키며 무슨 서러운 일, 무슨 한 많은 일로, 제 속에 피멍이 들게 간직한 원통한 일로, 한세상을 밤이면 울다가 죽어 가는 새.

인월댁은 방죽의 수면 위로 번득이며 파고들어 울려 오던, 그 낮고 목 쉰 울음 소리가 조금도 무섭지 않았었다.

내가 죽으면 그 넋은 무엇이 되랴.

그때 여우가 빈 어둠을 향하여 길게 울었던 것도 같았다.

그네의 귀에 마지막으로 남은 것은 차가운 물 소리뿐이었다.

그런데 어찌하여 제방(堤防)으로 건져내졌는지 알 수 없는 일이었다. 전신이 물에 젖어 혼곤하게 눈을 떴을 때, 인월댁의 눈에 들어온 것은 불똥이 떨어지고 있는 횃불의 무리였다. 횃불들은 허공에서 아우성을 치고 있는 것처럼 보였다. 어지럽게 웃으며 춤을

추는 것도 같았다. 하늘이 불붙으며 쏟아져 내렸다. 그 불덩어리 하나가 가슴에 떨어지면서, 그네는 다시 정신을 잃어 버렸다.

그러고 나서 얼마 동안이나 그렇게 길고 긴 혼수에 빠져 있었던가.

그네가 깨어났을 때, 북향의 뒷방에는 청암부인이 보낸 베틀이 그네의 정신이 들기를 기다리고 있었다. 그것은 인월댁을 위하여 각별히 새로 맞추어 만든 베틀이었다.

"한꺼번에 다 살려고 하지 말게나. 두고두고 살아도 꾸리로 남는 것이 설움인데, 원수 갚듯이, 그렇게 단숨에 갚아 버릴 생각일랑 허지 말어……. 그런다고 갚아지는 것도 아니니."

청암부인은 지그시 눈을 내리감고 한참씩 쉬어가며 숨소리로 말했었다. 인월댁은 아직도 얼굴빛이 제대로 돌아오지 않아 푸르게 질린 채 듣고만 있었다. 그 말소리와 숨소리 사이에 복숭아 꽃잎이 지는 소리가 들리었던가, 아니었던가.

그날로부터 이십여 년의 세월을 하루같이 인월댁은 베틀에 앉아 살아 왔다. 동무라면 오로지 속으로 나직이 흥얼거리는 베틀가 한 자락.

천상에서 놀던 각시가
세상으로 귀양을 왔더라오
배운단 게 질쌈이요
부르나니 베틀가라
명주 한 필 짜을라니

베틀 놀 데가 전혀 없어
좌우 한편 둘러보니
옥난간(玉欄干)이 비었구나
베틀 놓세 베틀 놓세
옥난간에 베틀 놓세
낮에 짜면 일광단(日光緞)
밤에 짜면 월광단(月光緞)
옥난간에다 베틀 놓고
베틀 몸을 동여매어
베틀 다리는 네 다리요
앞다릴랑 두 다릴랑
동(東)에 동창 배겨 놓고
뒷다릴랑 두 다릴랑
남(南)에 남창 맞쳐 놓고
앉을개라 돋우 놓고
그 우에가 앉은 각시
허리 부테 두른 양은
절로 생긴 산지늙에
허리 안개 두른 것고
북 나드는 저 기상은
피징강도 건넌 기상
대동강도 건넌 기상
용두머리 우는 양은

조그마한 외기러기
벗을 잃고 슬피 우네
황새 같은 도투마리
청룡 황룡이 여의주를 다투난가
달을 따서 안을 삼고
해를 따서 거죽을 삼고
삼태성의 끈을 달아
무지개로 선을 둘러
금자[金尺]를 갖다 대어
옥자[玉尺]로 재어 보니
서른 대자[五尺]로오구나
청태산 구름 속에
만학이 넘노난 듯
옥색 물을 반만 놓아
서울 가신 서방님
청도포라 지어 보세
옷이라도 지어 보세

누가 올 리도 없고 달리 갈 데도 없는 세월이, 베틀에 짜여지는 무명필처럼 흘러갔다.

다만 인월댁이 남의 눈을 피하여 청암부인에게 다녀온 몇 번을 제하고는, 그 긴 세월 동안 집을 비운 일이라고는 손가락 안에 꼽을 정도였다. 그리고 원뜸의 종가에서 안서방 내외가 번갈아 심부름을 내려오는 것이 손님의 전부라고나 할까.

그네는 그림자처럼 홀로 살아왔다.

인월댁의 길쌈 솜씨는 그다지 두드러진 편은 아니었다.

동틀 무렵부터 해질녘까지, 꼬박 앉아서 하루 열 자를 짜기도 하였으나, 매달리어 억세게 일을 하지는 않았다.

(내 할 일이 이것뿐인 것이라…… 그저…… 벗 삼아서…….)

그네는 때때로 잉앗대에 이마를 대고 베틀에 엎드려 울었다.

멍울멍울 떨어지는 눈물은 무명의 올 사이로 스며들어 실을 젖게 하였다. 실은 살이었다.

그리고 용두머리 위에 기름등잔을 밝혀 얹어 놓고, 밤을 새워 베를 짠 적이 한두 번이 아니었다.

마을이 깊이 잠든 한밤중에 그네가 잠 못 이루며 길쌈하는 소리는 덜컥, 덜컥, 밤의 가슴에 얹히곤 하였다. 그럴 때 차갑게 귀를 적시며 흘러가는 개울물 소리는 얼마나 시리었던가.

차마 베틀에도 앉지 못한 채, 가슴을 오그려 우는 밤도 있었다.

명주실낱 같은 핏줄 하나하나가 땡기어 그대로 터져 나갈 것만 같은 설움에 목이 메어 홀로 우는 밤이면, 각시복숭아 꽃잎이 개울에 날려 떨어지는 소리까지라도 역력히 들리었다.

무섭게 적막한 밤이었다.

"부질없는 것들같이 보일지라도 무엇에다 마음을 묶어 두면 의지가 되느니. 바늘쌈지 부지깽이 하나라도 애중히 아껴 보면 어떻겠는가. 한 세상이라는 것이 허허벌판 위태로운 바람닫이인 것을, 바람벽도 없이 어디에 마음을 가리우고 살 것인고."

청암부인은 인월댁에게 그렇게 간곡하게 이야기하였다. 그러나 인월댁은 길쌈한 것으로 논이나 밭을 사지는 않았다.

그네 앞으로 단 한 마지기의 논이나 하루갈이의 밭조차도 없는 것이다. 그렇다고 무슨 다른 치장을 할 리도 없었다. 다만 그네는 겨우 연명할 곡식과 몇 가지의 일용품을 구하는 것이 고작이었다. 그 일은 장날이면 안서방이 한 번도 거르지 않고 충직하게 맡아서 해 주었다.

인월댁은 늘 그렇게 생각하였다.

(논 사고 밭을 사면 무얼 하겠는가. 그것도 애착의 끈이 된다. 내 무엇을 위하여 흙덩어리에다 마음을 묶어 두리오. 내 마음 하나도 나한테 묶여 있는 것이 짐스럽고 무거운 것을……. 삼간 초가에 이 한 몸 의탁하고 있다가, 때 되면 툇마루에서 일어나 길 떠나가면 그뿐이라. 무엇에든지 나를 묶어 두면, 떠나는 발걸음이 또 얼마나 무거우리.)

그런 인월댁의 생각에 청암부인은 아무 말도 하지 않고 혼자서 깊이 고개만 끄덕이었다. 인월댁은 인월댁대로 그러한 청암부인의 모습에서 풍우를 가려 주는 지붕을 느끼었다.

그런데 지금 청암부인은, 이미 며칠째 혼수에 빠져 있는 것이다.

부인의 연세는 올해 일흔.

고희(古稀)에 이르렀다.

'인생칠십고래희(人生七十古來希)'라, 해서 사람의 나이 일흔은 예로부터 드문 일이니. 일흔 살이 되는 생일에는 환갑 때보다 더 융숭히 차려 큰 잔치를 한다.

이는, 다른 사람의 경우에도 물론이겠지만, 청암부인의 고희연이라면 가히 그 정성과 규모를 짐작할 수 있었을 뻔했으나. 이기채의 간곡한 소청에도 부인이 끝내 허락 아니하여서, 내놓고는 준비하지 못하던 중, 팔월 열나흗날, 그러니까 추석 하루 전날이 생신이라. 율촌댁이 알게 모르게 마음쓰고 있는데, 그 눈치를 못 챌 리 없는 청암부인이 아들 내외를 불렀다. 그리고 준절히 나무랐다.

"시절이 이와 같아, 나라를 잃은 것도 분하지마는, 그 통한을 지금에 비하겠느냐. 나는 일개 아녀자라 큰일은 모른다. 다만 내 앞에 주어진 일, 내가 할 수 있는 일만큼은 나라 이름 앞세운 것보다 더 크게 생각고, 내 힘을 다 하려 했다. 만일에 결과가 불미스럽거나 미흡했다면, 이는 내 능력이 모자라 할 수 없었을 뿐. 내 뜻이 부족한 것은 아니었다. 헌데 오늘, 이 가문의 성씨를 바꾸어 왜놈의 이름으로 갈아야 한다는데. 창씨개명을 내 손으로 해야 하는 마당에, 내가 무슨 염치로 낯을 들고 앉아서 고희 상(床)을 받는단 말이냐. 조상님께 사죄하고 스사로 목숨을 끊어도 부족하리라. 내 일찍이 너희 아버님 조세(早世)하신 것이 늘 애통하여, 세상의 온갖 목숨이 다 아름다워 보이고, 곰배팔이 째보도 살아만 있다면 귀해 보였다만. 이제 와 이런 참혹지경을 당하니, 일찍 죽지 못한 것이 오직 한스러울 뿐이로다. 내가 오래 살아 이런 전고(前古)에 없는 옥을 당하는 것이야. 너희가 나를 진정으로 위한다면, 고희라고 물 한 그릇도 따로 떠 놓지 말아라."

그리고…… 쓰러졌다.

(아무래도 큰집에 좀 올라가 봐야겠다. 오늘은 차도가 있으신가.)

인월댁은 찬 방바닥에서 몸을 일으켜 앉는다.

그리고 아직도 빛을 밝히고 있는 등잔불을 불어 끈다.

(저렇게 사람들이 청호로 몰려가서, 공들이던 고기들을 손으로 거머잡고, 저수지 바닥은 거북이 등처럼 갈라진다면 종가의 운수가…….)

마음이 허방으로 떨어진다.

그네는 서둘러 매무시를 고친다.

이만큼 날이 밝았으면 청암부인을 찾아뵙는 것도 이르지는 않을 것 같았다. 그러고 보니 인월댁은 아까부터 아침이 되기를 기다리느라고 애가 탔었던가 보다.

여자가 식전 손님이 될 수는 없는 탓이리라.

그네가 막 방문을 열고 나오자, 햇살이 실린 감나무 가지 위에서 까치가 까악 까악 운다.

지금까지의 인월댁은 아무리 아침 까치가 울어도 마음이 설레지 않았었다.

설렐 일이 없는 것이다. 기다릴 소식도 없었다. 그리고 까치에게라도 걸어 보고 싶은 아무 소망도 없었다.

그저 무심히 까치 둥우리를 한번 올려다보면 그뿐이었다.

그럴 때 까치는 검은 감나무 가지 꼭대기에서 까악 까악, 눈부시게 아침 햇살을 토해 내곤 하였다.

그러나 오늘 아침에는 달랐다.

저수지로 몰려가던 거멍굴 사람들의 어수선한 발소리와 양철 대야, 물통, 물지게 소리를 몰아내 주는 주문이라도 되는 것처럼,

인월댁은 까치 소리를 깊이 들이마셨다.

그리고 뻘밭이 되어 버린 저수지 밑바닥과 뒤재비를 치는 가물치, 뱀장어, 큰 붕어들의 검은 몸부림, 그것들을 삼태기로 건져 내는 사람들의 손, 덩그렇게 드러나 불덩어리처럼 달아오르는 조개 바위들이 한꺼번에 청암부인에게로 달려들어, 덮어 누르는 것이 눈에 보이기라도 하는 것처럼 머리를 털었다. 그리고 다시 한번 까치 소리를 마셨다.

10 무심한 어미, 이제야 두어 자 적는다

女兒奉見(여아 봉견)

去(거) 二十一日(이십일일)은 날도 淸明(청명)하엿다.

梅岸驛(매안역)을 出發(출발)하야 順天(순천)서 一宿(일숙)하고
二十二日(이십이일) 午前(오전) 十時(십시) 得粮着(득량착) 汽車
(기차)로 無事(무사)히 집에 도라왓다.

그런데 너의 母親(모친)과 南旭(남욱)이는 무탈한데 蓉源(용원)
이가 二十日(이십일)부터 알키 시작하엿다는데 그 형상이 대단
안탁갑게 되엿다. 곳 醫師(의사)에게 왕진을 청하여 진찰하니 身
熱(신열)이 四十五度(사십오도)이며 급성폐렴에 늑막염이 겸하엿
다 한다. 겁이 안 날 수 업서 百方(백방)으로 치료하여 十一日(십
일일) 만에 어제부터 게우 四十度(사십도)가 넘든 熱(열)도 나리고

차차 미음도 마시고 잠도 자기 시작한다. 한참 동안은 大小家(대소가)가 소동되고 정신이 수수하엿난데 이제는 安心(안심)이다. 조금이라도 걱정은 하지 말어라.

요사이 너의 媤祖母主(시조모주) 氣力(기력)은 엇더하시냐. 좀 差度(차도)가 잇스시냐. 궁금하구나.

요사이 蓉源(용원)이 藥(약)하려 露洞(노동) 의원이 오섯난데 老患(노환)에 조흔 藥(약)을 좀 지엇기로 조생원 편에 보낸다. 지극 精誠(정성)으로 다려 드려라.

그리고 너의 性質(성질)을 잘 아는 바이나 每事(매사) 承順(승순)하면 탈이 업스리로다.

日氣(일기) 화창하면 한번 갈가 한다. 南旭(남욱)이는 날로 충실하게 자라고 잇스니 걱정 말고 너의 몸을 注意(주의)하여라. 日字(일자)가 너무 오래되어 네가 답답할가 하여 두어 자 소식을 전한다.

日後(일후)에 너의 母主(모주)도 편지할 것이다.

大小(대소) 충절이 一安(일안)하시기를 빌며 이만 긋치니 너는 速(속)히 소식을 通(통)하여라.

　　　　　　己卯(기묘) 陰三月(음삼월) 二日(이일) 父書(부서)

효원은 아버지 허담의 편지를 손에 들고 글씨를 가만히 만져 본다. 글씨에서 아버지의 체온이 묻어난다. 가늘고 선명한 주색(朱色) 붉은 줄이 세로 그어진 편찰지 칸에 잉크를 찍어 쓴 글씨였으나, 서법과 필체가 여전히 예 같고 역력해, 마치 아버지의 숨결을 마시는 것만 같다.

日前(일전) 조생원 편에 네 消息(소식)을 들엇스며 또 너의 手
書(수서)로 대략 알고 잇섯스나, 네가 조생원 편 口傳(구전)으로
蓉源(용원) 病氣(병기)를 들엇스면 얼마나 놀라 傷心(상심)하엿
슬가.

蓉源(용원)이는 지난 번 병치레 끝이 아물기도 전에, 다시 이번
陰六月(음유월) 二十日(이십일)경부터 偶然(우연) 목이 앞으기 시
작하여 낫지 안터니, 할 수 없이 陰七月(음칠월) 二十日(이십일)에
光州道立醫院(광주도립의원)에 入院(입원)하여 그날 午後(오후)
九時(구시)에 手術(수술)한 후 人工呼吸(인공호흡)하여 차차 치료
하니 七月(칠월) 二十五日(이십오일)에는 完治(완치)되어 이날에
退院(퇴원)하여 歸家(귀가)하엿다.

入院(입원)한 지 累(누) 二十日間(이십일간)에 七百圓(칠백원)의
經費(경비)를 내엿스나 醫師(의사)의 말에 딸 하나 病院(병원)에
서 어더가지고 간다고까지 말하엿스니 病勢(병세)가 엇더하다는
것은 알 수 잇슬 것이다. 病名(병명)은 지유데리(디프테리아)라
는 것이엿는데 呼吸(호흡)이 不通(불통)되어 못 사는 것인데 手術
(수술)하기 前(전) 三十分(삼십분)만 경과하엿스면 困難(곤란)하
다고 醫師(의사)로서는 一喜一悲(일희일비)를 마지안엇섯다.

不幸中(불행중) 多幸(다행)인 것은 그 가운데 秋夕(추석)은 집
에서 맞은 점이다. 보름달을 갓치 보았다. 그러니 이 앞으로는 安
心(안심)하고 一身(일신)을 保全(보전)하여라. 南旭(남욱)이도 濕腫

(습종)으로 不安(불안)하나 藥治(약치)를 하고 잇스니 요사이는
좀 나은 듯하다. 以外(이외)에는 別(별)다른 말 업스니 다음에 자
상히 通信(통신)하겠다.

陰八月(음팔월) 二十日(이십일) 父書(부서)

追信(추신). 너의 媤祖母主(시조모주)께서는 여전 그만하시다
니 일변 多幸(다행)이고 일변 근심이다. 이럴 때일수록 誠心(성
심)을 다하여 孫婦(손부)로서의 道理(도리)를 다하기 바란다.

매안에 거짓말인 듯, 꿈결인 듯, 아버지 허담이 들리어 며칠간 사
랑에 유(留)하다 간 것은 작년 봄, 음이월 말이었다. 부녀 상봉이라
고는 하나, 허담은 사랑에 머물며 이기채와 함께 이씨 문중 대소가
종족(宗族)들을 만나면서, 담소로 인사하는 데 거의 모든 일과가
다 지나고, 막상 효원과는 마주 앉을 겨를조차 제대로 가지지 못하
였다.
그러나 그것이 법도였다.
시가(媤家)에 어른들 엄존하신데, 저의 친정에서 살붙이가 왔다
하여 버선발로 뛰어나간다거나, 그 곁에 붙어앉아 떨어질 줄을 모
르는 것은 몰풍(沒風)스럽고 본데 없는 짓이었다. 벙싯거리며 반가
움을 참지 못하는 것도 마찬가지다. 범상한 낯빛으로 은근히 교감
(交感)하고 오히려 한 걸음 뒤로 물러나 비켜 서서 친정붙이를 대하
며, 시댁에 자신이 잘 적응하고 있는 모습을 보여 드리는 것이 도리
였다. 둘이서 낮은 소리로 속삭이거나, 남모르게 무엇을 주고받으

며, 눈물을 짓는 것은 결코 가격(家格) 있는 집안의 풍도(風度)가 아니었다.

지그시 가슴을 누르고, 가까운 곳에 와 계시는 밧어버이 훈김을 느끼는 것만으로도 마음이 가득 차, 일상에 흐트러짐이 없는 자세는 위선이 아니라 품위였던 것이다.

그것은 사돈댁을 방문한 친정 쪽에서도 출가한 여식을 대하여 지켜야 할 은연중의 불문율이었다.

하지만, 심정도 그러했으랴.

효원은 돌덩어리를 삼키듯, 복받치는 반가움과 설움을 함께 삼켰다.

늦도록까지 불이 밝혀진 사랑에서 두린두린 홍연대소(哄然大笑)가 터지는 밤. 효원은 이만큼에 서서 남모르게 그 덧문에 번지는 불빛을 바라보며, 어느 그림자가 우리 아버지신고.

헤아려 보았다.

다만, 그렇게.

허담이 떠나는 날, 효원은 큰사랑에 좌정하신 아버지께 마루에서 하직 인사를 올렸다. 아버지는 은혜로이 높으시니, 여식은 문외배(門外拜)로 방문 밖에 엎드리어 공례로 큰절을 하는 것이다.

허담은 묵묵히, 수그린 여식의 노란 저고리 등을 내려다보았다.

그리고 대문을 나서며 말했다.

"삼가 공경을 다해서 조석으로 어른들 지성껏 모시고, 이서방 잘 섬겨라. 아부지, 간다."

효원은 눈물어린 고개를 수긋하였다. 말씀을 잘 알겠다는 표시다.

정거장으로 가는 먼 길까지 고불고불 한눈에 들어오는 대문간에
서서, 허담은 잠시 숨을 깊이 들이쉬었다. 그리고 말했다.

"이 세상에 제일 큰 것은 마음이다. 마음 안에는 담지 못할 것이
없느니."

효원의 고개가 좀더 숙이어졌다.

"항상 부지런하고, 너의 규문(閨門)의 예(禮)에 어긋나지 말아
라."

"……예."

"들어가거라."

"예……."

허담은 시선을 멀리 들어 아물아물한 길 끝 너머를 바라보았다.

"네 어머니한테는, 잘 있더라고 전할 터이니 그리 알고."

효원은 목이 막혀 대답을 못한다.

잘 있지 못합니다. 아버지.

어머니께 차마 여쭙지는 못하옵지요만, 이 불효여식은 아직까지
음양을 모르고, 부부의 도리를 다하지 못했습니다. 처음에는 신랑
이 어리어 초립동이 소년이라 그러한가 하옵고, 다음에는 학업이
중하여 객지타관 전주로 유학(遊學)을 하느라고, 집을 떠나 멀리 있
어 그러하옵고, 혹 어쩌다 집에 들러도 시어르신 뫼시고 사랑에 머
무온즉, 여식은 빈 방에 청등(靑燈)을 홀로 지키고 있사오니, 병자
(丙子)년에 혼인하여 정축(丁丑)에 신행 오고, 무인(戊寅)·기묘(己
卯) 다 지나서 경진(庚辰)년에 이르도록 아직 공규(空閨)를 면치 못,
하릴없는 세월만 축내고 있습니다.

아무 생산 없는 세월은 쌓여서 무엇에 쓰오리까.

손(孫)이 귀한 남의 집 대종가에 종손부로 들어와서, 책임이 막중한 무릎에 좀이 슬고 먼지만 가득하니, 슬하의 근심을 어디에 하소하올지. 시조모님 뵈옵기 민망하고 면구스러워 삿갓을 쓰고 싶은 심정입니다.

어머니. 한 여인으로서 이 수모를 어찌 당하며, 어찌 갚으리잇가.

눈물이 굳어서 돌덩이 되었단 말 들은 일은 없으나, 이 마음은 돌보다 더 굳어 풀리기가 어려우니. 이 돌로는 또 인생에 무엇을 하오리요. 성벽을 쌓으리잇가.

"자, 이제 들어가거라."

허담이 효원에게 눈빛을 남긴다.

대문간에 저만큼 고샅길로 내려선 이기채가 기표, 기웅과 함께 몇몇 안면들을 대하며, 허담을 배웅하려고 나와 있다. 그만큼까지 나가 있는 것은 부녀 작별의 말미를 잠시 주고자 하는 배려이다.

이제, 언제나 다시 뵈올꼬.

근친(覲親)이나 한번 간다면 모르지만.

그날이 쉽게 올 것 같지는 않았다.

효원의 뇌리로 나부산[蝶首峰]형님이 근친 오던 날이 번개처럼 스친다. 그네가 나이 아직 어려서 철 모를 때 본 정경이었지만, 하도 기이하여 잊히지 않았던 것이다.

마을 뒷산이 나비머리 모양이라 동네 이름도 그러한가, '나부산'으로 시집간 재종매가 대실 친정 부모님께 처음 근친을 온 것은, 출가한 지 사 년인가 오 년인가 다음이었다고 한다.

그때 재종매는 젖먹이 아이를 하나 안고 왔는데, 안에서 비자(婢子)가 나와 아이만 안고 들어갔다.

그리고 나부산형님은 개구멍으로 들어갔다.

시부모 상(喪)을 당하였거나 시댁에 우환이 있어 피치 못할 경우가 아닌데, 시집간 딸이 친정에 가서 어버이를 뵙는 '근친'을 신행 후 삼년 안에 못하면, 그 다음에는 가도, 버젓이 대문으로 못 들어가고 개구멍으로 기어서 들어가야 하는 것이 법이라 했다.

왜 그리했을까.

사람 못났다는 나무람일까.

괘씸하다는 꾸중일까.

야속하고 매정한 시댁에 대한 무언의 응징일까.

금의환향을 해도 시집간 딸은 바라보기 애처로운데, 굳이 이처럼 홀대하여 우세 망신을 주는 심정인들 오죽하리야.

이러한 시속을 아는 까닭에 시댁에서도 어지간만 하면 삼 년 안에 며느리 근친을 보내 주는 것이 상정(常情)이었다.

그러나 죄 많은 세상에 여자로 난 것이 또 하나 죄라서, 한번 시집가고 끝내 친정에는 못 오고 만 사람도 있었다.

개구멍을 기어 나가느라고 흙투성이가 된 나부산형님이 친정어버이께 절을 하면서, 온 식구 한바탕 폭소를 터뜨렸다는 말도 있고, 폭소 끝에 목을 놓아 울었다는 말도 있었으나.

지금 와 생각하니, 그 둘 다 맞는 말 같았다.

어떤 마을에서는 개구멍 입납(入納)을 시집간 햇수로 세어 '삼년'이라 하고, 어떤 마을에서는 햇수와 상관없이 '첫아이 낳도록까지’ 안 오는 경우에 행한다고도 하지만.

아무러나 두 세월 모두 짧다고야 어이 하리.

눈이 짓무를 시간인 것이다.

효원은, 내가 언제 매안으로 왔던가, 헤아려 본다. 그리고는,

(나도 이미 대문으로 들어가기는 틀렸구나.)

고개를 젓는다.

“매안이 작별이 본대 길어서 아마 오늘 해 지기 전에 정거장까지
닿기는 어려우실 겝니다. 아예 천천히 이약 이약 하면서, 만나는 사
람마다 별사(別辭)가 섭섭잖게 나누고 가시지요.”

기표가 농을 섞어 말했다. 그러나 아주 빈말도 아니었다.

“다 정 깊은 일이지요. 그래서 귀문(貴門)에 예부터 체리암(滯離
巖)이 있지 않겠습니까?”

허담의 응대에 기표가 호오, 놀란다.

“체리암을 알고 계십니까?”

“아름다운 이름입니다.”

체리암은, 동구밖에서 한참 오 리 바깥으로 나간 길목에, 큰 내
[川]를 낀 갈림길 어귀를 지키고 있는 커다란 바위다.

매안 이씨 문중에 손님이 왔을 때, 헤어지기 몹시 서운하여 떠나
는 길의 발걸음 동무를 하면서 따라 걷다가, 차마 떨치기 어려운 소
맷자락을 아쉽게 서로 놓고

“자, 이제는 여기서 헤어지자.”

고 명표(銘標)를 해 놓은 이 바위의 글씨는 매안 이문(李門) 몇 대조
할아버님께서 몸소 쓰시어 음각한 것이라 하였는데.

머물 사람은 남고, 갈 사람은 떠나는 바위.

이 은근하고 그윽한 바위까지 효원은 아직껏 한 번도 나가 본 일이 없으나, 대문간에 선 채로 흰 두루마기 자락이 펄럭, 펄럭, 걸음을 따라 나부끼는 아버지의 뒷모습을 보이지 않을 때까지 바라보았다.

그날은 날씨도…… 청명하였다.

그 아버지가, 매안역을 출발하여 순천에서 하룻밤 자고, 이튿날 대실이 있는 득량역에 무사히 도착했다는 편지를 보내온 것이 음력 삼월 초이틀. 그리고 다시, 소식 없는 효원에게 두번째 서한을 띄운 것은 팔월 스무날이었다. 그 사이에 반 년이나 흘렀건만 효원은 일자(一字) 서신을 감히 올리지 못하고, 날마다 속으로 먹만 갈았다.

효원은 벼루에 붓을 적시려다 말고 무릎에 얼굴을 묻는다. 손끝이 떨리는 것을 진정하기 위함이었다. 아직까지 시집와서 한 번의 문안서도 올리지 못한 까닭은 단순히 인편이 없어서만은 아니었다. 힘주어 버티고 있는 어깨의 천근 같은 무게가 손끝으로 쏟아지면, 결국 그것이 오히려 더욱 큰 불효인 것을 그네는 알고 있기 때문이다.

그네는 탄식이 두려웠다.

검은 벼루 시꺼먼 먹물보다 더짙은 한숨을 밀어내며, 효원은 아우 용원의 봉서를 펼친다. 여린 듯 부드럽고 애처러운 글씨체가 아직 병중(病中)인 기색을 머금고 있어, 울컥 눈물이 솟는다.

아아, 내 동기간.

간절 사념(思念) 나의 형님은 무용제(無用弟)의 필적을 받으쇼서.

우리 형님 옥음을 언제 드렀든고. 수십 년 수백년이나 되온 듯 기억에도 아득하고 지체없는 세월은 머나먼 곳으로 달리는지 발셔 기묘(己卯)를 지나 경진(庚辰) 중춘이라. 가물거리는 아즈랑이는 만첩청산의 너울이 되고 진달래 봉오리가 오는 봄을 재촉난대 이 수심 많은 아녀의 심리를 울울케 하오며 일우우일우(一雨又一雨)하니 시드는 고목에 꽃봉오리가 구슬 갓고 빽빽 마른 잔디 우에 새 움이 돋아 금수강산이 형형색색으로 아름다온데, 그간이라도 우리 형님 기체후 여전 만안하시온지요.

이곳은 아버지 기체후 강녕하시옵고 어머니께서도 여일하시오나 아버지께서는 몃 가지 집안일로 분망하시오며, 거번에도 기곳 행차하려 하셨사오나, 이제는 단 십 리만 왕래하셔도 기력이 부치시니 하정에 뵈옵기 죄송만만, 작추지사(昨秋之事)를 생각하면 심장이 탈 지경이나 뉘라서 일호(一毫)인들 아라 주리요.

이 쓸모업는 아우 뜻박게 병을 얻어 목을 찢고 구멍을 뚤어 대수술을 하온 끝에 대대로 내려오던 전답과 가산을 만금(萬金)이나 탕진하여, 아버님 그 일로 십년은 쇠(衰)하시고, 문서(文書)와 곳간이 남의 것이 되오니, 이 사제(舍弟)의 찌저지는 설움을 뉘기다려 말 한 마디나 할까. 입술이 마르고 심장이 타는 이 속을 그 뉘라 일 분인들 아라 주오며 뉘게다 반 분인들 호소하올가요.

쓸 곳 업는 이 인생, 무엇하러 차세에 탄생하여 이러케 자랏는고. 분분(憤憤)하고 원통절통.

전생에 뉘게다 척을 지어 이세상에 태였든가.

피어나는 한 시절에 설빙(雪氷)을 뿌려노니, 무쇠라서 견듸오며 철석이라 견듸리요. 부귀영화로 한없이 살아도, 초로인생이니 부유인생이니 하난대 이 갓탄 인생이야 무엇에나 비하리오.

삼경 월색 명백하야 남창에 가득하고 고요이 들려오는 귀촉도 슬은 소리 깊어가는 울울심사 더욱 잡지 못하온대 꽃 피어도 아까운 청춘의 구곡지중(九曲之中)에 회한만 가득 넘치나이다.

상전이 벽해 된다 하더니만, 사람의 사는 일이 일일 한(恨)만 커지오니 우리 형님이나 계시오면 만단정회를 풀어 볼가.

집안의 형세가 이와 갓타 마음이 무너지고 질정을 못하온대 여자로 태어난 죄를 또 어이할까, 무용제의 혼사로 걱정만이 크십니다.

우리 형님 떠나실 때 그다지도 작별을 설워하여, 소맷자락 잡고 울고, 놓고 돌아서서 울고, 꿈속에서 반겨 만나 또 울었는데, 이 무용제, 부모님께 불효를 저지르고, 천산 갓튼 한이 남아 이 한 몸 바회에 부서뜨려 다 바친다 할지라도 손톱 티끌만치라도 갚을 길이 전혀 없어, 앉아 생각하여도 어즈럽고 일어서서 헤아려도 일천간장이 촌촌이 잘리우는 것만 갓타서 첩첩한 이 죄를 어디다가 호소하여 용서를 받으리오.

터질 듯한 심정을 가눌 길이 업나이다.

그리운 우리 형님, 해동하여 일기 온화하면 만사 제폐하시고 이 아우를 생각하여 이삼 일 경영하시와 부듸부듸 오시압소셔.

아모쪼록 이 소원이 공허가 되지 안토록 천신께 복원(伏願) 축수

하나이다. 학수고대 일각이 여삼추로 우리 형님 반가운 발소리를 기다리오니 형님은 사제의 심정을 저바리지 마오소셔.

만일에 못 오실 테면 점점이 금옥 갓튼 알들하옵신 글이라도 반기게 하여 주옵기 간절히 바라오며 금츈 상봉을 고대고대하옵고 회생하난 봄바람에 내내 귀체 만안하시옵소셔.

그리운 우리 형님.

경진 중츈 염일일(念日日) 사제 용원 올림

글자마다 가슴을 짓찧으며 바늘로 찌르는 것 같은 용원의 편지를 차마 접지 못하고, 옷고름짝 하나도 떼어 줄 수 없어 애간장이 미어지는 효원의 무릎 위에, 어머니 정씨부인의 두루마리 궁체글씨 편지가 어루만지듯 펼치어져 놓여 있다.

시시로 보고 십흔 여아 보아라.

무심등한한 어미 이제야 두어 말 적난다. 너를 일생 삼세 유아로 아랏더니 너의 연기 어나듯 스무 살이 되여시여 어언간 다리 밧기여 열두 다리 가고 또 몃 해가 가니, 보고 십흔 내 여아야. 우리 모녀 몽즁 상봉은 밤마둥 안면을 대하여 흔흔 반기다가 깨다르면 헛본 몽즁이라 실 데 업더라. 내 새끼야.

이제나 저제나 마음 조려 문 밧글 내다보아 이리저리 둘러보나 내 여아 오는 기색이 업섯구나. 일구월심 고대하던 너의 제(弟) 용원이 하로에도 몃 차례나 문 소리에 놀라건만, 지나가는 바람 소리 마음을 희롱하니 그 정경이 안스럽다.

어미가 너 가는 아침, 어엿븐 너의 거동 새로 한번 보려 하고 깃차 오기를 기달르며 머리를 들고 보니 너의 거동 실 잇기로 새로 한번 보려 한즉 번개갓치 가난 깃차 언듯 압폐 드리다라, 다만 나믄 게 석탄 연기뿐이더라.

집에 오면 네 모습을 다시 볼가 급한 걸음 드러와서 문을 열고 둘너보니 내 새끼는 간 곳 업고, 신엇든 너의 보선만이 웃목에 노엿구나. 밤낮으로 신고 다닌 하릴업난 보선 들고 내 새끼 발목인 듯 쥐어 잡고 불너보니 이리저리 다 보아도 듯고 십흔 여아 음성 대답 소리 간 데 업다. 들리난 듯 보고 십흔 그 거동을 인제 어디 가서 어이 보랴.

지척이 만 리라고 매안이라 하난 곳이 어느만한 거리인고. 첩첩산중 가로 노여 빈 구름만 오갈 뿐 소식조차 듯기 어려운데 어미 살아생전 내 새끼를 다시 만나 반길 날이 잇기나 잇슬 거신가.

너를 보내고는 엇지 그리 보고 십흔지 어디서 그리 소사나는지 모를 눈물로 심정을 적시더니 이제 용원이도 저와 갓치 중병을 치르고 기사회생 목숨만을 건졋난대 허청허청 거러가는 발거름이 안스러온지라 어미 마음 새삼 진정을 못하는구나.

어미 심정 이 갓틀 때 미듬직한 내 새끼야 네가 곁에 잇슬지면 그 얼마나 조흐리오. 내 새끼야 어미가 너를 볼 때 헌헌장부 남아를 의지하는 심정이엇으나 안개 갓튼 꿈결인 양 한 번 가고 나니 모든 거시 하릴업다. 세월은 어디 가서 머물고 있는고.

이곳 사정은 날이 갈수록 핍박하여 안팍그로 근심이 천 근 만 근.

거번 공출에는 제사에 쓰라고 감초아논 쌀마져도 헤집어서 뒤져가니 억장이 무너지고 심사울울 답답하기 그지업다. 몃 바가지 안되나마 지성으로 감고 싸서 뒤안 담장을 허무러 그 밋트로 숨겼으나 엇지 그리 자세 알고 대창으로 헤적이니 야속 한심한 정경이야 말로 다할 수가 잇스리오.

문중에도 지붕을 못 이어서 초가가 기와 되게 골골이 패어나고 연긔 아니 나는 집이 한둘이 아닌지라.

사람 사는 지경이 설상 가상 트인 곳이 업구나.

그저 다만 비난 거슨 너이 내외 평안하고 우리 사돈께서도 기체 안영하시며 우리 현서(賢壻, 어진 사위)게서도 일일이 재수 대통하오며 우리 사돈게서 미거한 너를 사랑이 역이시여 귀히귀히 어엽비 보시기를 천만축수하는구나.

매사 온순 정직 부듸 마음 단단히 먹고 심신을 중히 하여 위로는 층층 시어른 지극 봉양할 일이며 부덕을 게을리 하지 마라.

흉중이 어즈러와 이만 난필을 총총 접으나 너는 어미 뿐을 보지 말고 다만 두어 자씩이라도 편지 자조 하여라.

경진 칠월 그믐 어미 씀

11 그물과 구름

"어머니, 창씨개명을 하기로 문중에서 결정이 됐습니다."

이기채는 단도직입으로 말을 던진다.

"혈손을 보전할 수 없는 지경에 이르러 허울뿐인 성씨만 가지고 있으면 무얼 하겠습니까? 우선은 급한 불을 끄고, 강모, 강태, 목숨을 보존하고 있자면 언젠가는 일본이 망허지 않겠습니까? 그놈들이 오래 간다면 얼마나 가겠습니까? 몇 백 년 몇 천 년을 갈 것인가요? 아이들이 제 근본만 잊지 않고 정신을 놓지만 않는다면, 성씨야 언제든지 찾을 수 있는 것이나, 자손이란 한 번 맥이 끊어지면 다시 잇기는 어려운 법이라, 강물 같은 시세(時勢)를 어찌 손바닥으로 막아 볼 수가 있겠습니까. 징병 문제만 해도, 한 번 출병허면 그 목숨은 개나 도야지 값도 못허는 형편인지라, 기표가 손을 써 보겠다고 했구만요. 우선 이렇게 창씨개명을 허지마는, 이것은 사람이 옷만 바꿔 입는 것이나 한가지라서 근본은 그대로 남는 게지요. 어머니, 너무 심려는 하지 마십시오. 때가 이와 같으니 참아야지 어쩌겠습니까."

이기채는 자신에게 타이르듯 한 마디 한 마디 힘을 주어 말했다.

청암부인은 그런 이기채를 바라보지도 않고, 묵묵히 고개를 떨구고 있더니, 한참만에야

"별 도리 없는 일이지."

하고, 한마디만 말하였다.

그리고는 두 사람은 서로 깊은 침묵 속으로 떨어지고 말았다.

이윽고, 질식할 듯한 침묵의 무게에 눌린 이기채가 고개를 들자 청암부인도 이기채를 바라보았다.

그때, 이기채가 본 것은 그네의 눈매였다.

그 눈매에는 이미 서리가 걷혀 있었다.

무심코 이야기하다가 부인의 눈매에 부딪치면, 보는 사람을 서늘하게 하였던 허연 서릿발은, 지금 습기처럼 축축한 물기로 번져나고 있을 뿐이었다.

순간, 이기채는 가슴이 철렁 내려앉았다.

그것은 까닭을 알 수 없는 일이었다.

내가 큰 죄를 지었구나.

그는 노안(老眼)의 늙은 주름 갈피로 번지는 습기를 보면서, 지금까지 보아온 청암부인의 어떤 모습에서보다 깊은 충격을 받았던 것이다. 이날 이때까지 거대한 기둥처럼, 혹은 질긴 힘줄처럼 버티고 긴장시켜 오던 무엇인가가, 순간에 무너져 내리면서 탄력을 잃어

64

버리는 것을 느꼈기 때문이었다.

그의 손끝이 차게 식어들었다.

(이 일을 어찌하랴.)

그는 심장이 거멓게 죽어드는 것을 가까스로 견디며 허리를 곧추세우려 하였으나, 한쪽 어깨가 자기도 모르는 사이 허물어지고 있었다.

청암부인은 소리 없이 낙루(落淚)한다.

눈물이 옷섶으로 떨어져 젖는다.

"한 생애가 허사로다……."

청암부인의 허리가 앞으로 꺾인다.

삭은 나무토막이 부러지는 것처럼 힘없이 앞으로 고꾸라진 그네는 두 팔로 몸을 버티며 고개를 떨어뜨리고 울었다.

이기채는 감히 그 앞에서 아무 말도 더는 잇지 못한 채, 자실(自失)하여 넋이 나간 얼굴이다.

그리고 자신의 몸이 티끌처럼 형체도 없이 흩어지는 것을 느낀다.

자기 몸을 이루어 주던 단단한 껍질을 잃어버리고 나니, 남는 것은 티끌뿐이었다.

아아, 내가 이 어른에게 지금까지 이대도록 마음을 의지하고 살아왔었단 말인가. 어찌 사람이 태산이며 하해(河海)이리요. 한낱 생물에 불과한 것을. 그런데도, 나는 어머니를 사람이 아니시라고 생각했었다.

이기채는 자신의 심정을 진정하기 어려웠다.

(물이란 그릇에 따라 그 모양이 일정하지 않다. 좁은 통에 들어가

면 좁아지고 넓은 바다에 쏟으면 넓어진다. 높으면 아래로 떨어지고 낮으면 그 자리에 고인다. 더우면 증발하여 구름이 되고 추우면 얼어 버린다. 그릇과 자리와 염량(炎凉)에 따라 한 번도 거역하지 않고, 싸우지 않고 순응하지만, 물 자신의 본질은 그대로 있지 않은가.

모습과 그릇은 일시적인 현상에 불과하다. 땅 속으로 스며들어간 물은 없어진 것처럼 보이지마는 지하수가 되어 샘물을 이루고, 하늘로 증발한 물은 이윽고 구름이 되어 초목을 적시는 비를 이룬다. 대저 형식에 집착한다는 것이 무엇이랴. 보이는 것에 연연하여 보이지 않는 것의 이치를 깨닫지 못한다면, 오히려 형식에 본질이 희생을 당하는 것이리라.

작금은 시세가 불운하여 내가 조상을 욕되게 하고 가문의 문을 닫는다마는, 이것은 다만 형식일 뿐이다. 얼음이 아무리 두꺼운들 실낱 같은 봄바람을 어찌 이기며, 구름이 하늘을 뒤덮고 천지를 한 입에 삼킬 것 같아도, 구름이란 세력이 커지면 커질수록 그 무게를 못 이기어 빗방울이 되고 마는 법. 기다리면 때가 안 오랴……. 내 대에 안 오면 강모가 있고 강모 대에 안 오면 그 다음 대가 있지 않은가. 그러고도 자손은 면면히 대를 이어갈 것이니, 아무러면 때가 안 오랴…….)

그러나 그런 것들은 어거지에 불과한 이론이었다.

이리 돌리고 저리 돌려서 심중을 편히 하려고 생각을 고쳐 보아도

(잃어버렸다…… 잃어버리고 말았다.)

하는 허전한 절망감은 어떻게도 메울 길이 없었다.

(무엇으로 보상을 받으리오. 내가 무슨 부귀영화와 복락을 누리

66

려고 이런 욕된 일을 하고 말았을까. 무엇인가 이 일에 합당한 대용(代用)의 결과가 있어 주어야 하지 않겠는가.)

이기채는 자리에 앉아 있지 못하고 일어서서 서성거렸다.

자신의 내부에서 허물어져 버린 맥락의 기둥을 어떤 것으로든지 떠받치지 않으면 금방이라도, 가문이고 재산이고 그냥 그대로 쓰러져 무너질 것만 같았다.

그 빈 곳을, 눈에 보이고 손에 잡히는 것으로 채워 넣어야만 이 허전함이 다스려질 것 같았다.

"한 생애가 허사로다……."

청암부인의 사그라지는 한숨 소리가 이기채의 가슴에 흙더미 무너지듯 무너져 얹힌 것이, 숨을 들이쉬어도 내쉬어도 뱉어지지가 않는다.

(한번 잃어버리면 그뿐, 어찌 다른 것으로 채워 넣을 수 있으리오. 내가 믿느니 다음 대라고 하지만, 강모가 어디 실한 사람인가. 제 심중 하나를 이기지 못하여 비틀거리는 허약한 놈이고, 그놈이 아들을 낳는다고 해도 어찌 그 아들을 또 믿을 수 있겠는가. 어머니 저러다가 힘없이 돌아가시면, 나도 성치 않은 몸 언제 덜컥 죽을는지 아무도 모르는데, 누가 다시 성씨를 찾아 줄 것인고. 어허어. 이 노릇을, 허망한 이 노릇을 어디 가서 하소연을 헐 수 있을꼬.)

확실히 이기채는 평정을 잃고 있었다.

그의 안색이 노랗게 졸아들었다.

본디도 이재에 밝은 사람이었지만, 그가 눈에 핏발을 세우며 재산을 관리하기 시작한 것이 바로 이 무렵이었다.

이기채의 곤두선 신경 때문에 그의 소맷자락까지도 손이 스치면 베일 정도로 날이 서 있었고, 기표는 이기채의 사랑에서 살다시피 하였다. 이기채는 문갑 속에 쟁여져 있는 문서들을 빈틈없이 점검하고, 산판(算板)으로 계산을 맞추고, 때때로 깊은 한숨을 쉬었다. 어느 결엔지 가슴이 무너진 자리에는 불안이 소리 없이 스며들어 조금씩 이기채를 삼키고 있었다.

"대실 사가(査家)에서는 별반 거조할 기미가 없지요?"

이기채가 문서를 접어 봉투에 넣는 것을 보며 기표가 무심히 지나가는 말로 묻는다.

"허가(許哥)들이 뭐 언제는 거조를 했는고?"

이기채의 말꼬리가 아니꼬움을 참지 못한다.

"참, 내색을 드러내 놓고 헐 수는 없는 노릇이지만 웬만하면 그만 헌 살림 몇 천 석씩 가지고 있다면서 여아를 출가시키는데 그래 한 백 석거리 논 문서 한 장을 농지기에다 못 끼워 보냅니까? 다 그만 못해도 사오십 석의 문서 정도는 으레 예의로 따라오는 거지요. 쓸모없는 장롱 이부자리에 온갖 가구 집기만 바리바리 싣고 오면 뭘 합니까? 실속이 있어야지요. 더구나 며느리가 또 있는 것도 아니고 달랑 하나 외며느리인데, 그 사장(査丈) 어른도 어지간히 변통이 없으신 분이구만요."

이기채가 마른 기침을 돋우어 한다.

"새삼스러울 것도 없는 일이지."

"뭐 며느리 맞어들여 치부를 허자는 것은 아니올시다만, 이쪽에서 바라지 않더라도 그러허는 것이 저쪽 인사가 아니겠습니까?

혼인 당시에야 어찌어찌 사정이 있었다손 치더라도 이씨 문중 대종가의 외며느리가 자신의 눈치나 수완으로 그만한 일을 못해내고 맙니까. 부혼(富婚)이라고 남들이 부러워했던 일도 다 빛 좋은 개살구고, 남보기만 민망하게 되었지요."

"그렇다고, 가서 내놓으라겠나?"

"형님이 그러실 수야 없는 일이고, 강모를 시켜서 제 안(아내)한테 말하랄 수는 있지 않습니까?"

"그게 속보이는 일이 아닌가? 집안의 체면도 있는 것이고."

"속은 무슨 속이 보인다고 그러세요? 어찌 보면 당연한 일이 아닙니까? 백모님은 저렇게 맥을 놓아 버리시고, 강모는 나이만 스물 몇이지 그 소견이나 언행이 유아를 벗지 못하였습니다. 시국 또한 심상치 않아요. 이런 고비에 집안 고삐 단단히 틀어쥐지 않으면 어느 귀신이 와서 채갈는지 아무도 예측할 수 없는 일입니다, 형님."

이기채는 알았다는 듯 고개를 끄떡였다. 그의 머릿속에는, 대실에 혼행 갔을 때 일이 잊혀지지 않고 있었던 것이다.

그때 대실의 허담은 기표의 예언을 무색하게 하고 말았었다. 기표는 그쪽의 살림 형세로 보아 상당한 인사가 있을 것이라고 했다. 그리고 시속(時俗)으로 보아, 그가 터무니없는 말을 한 것은 아니었다. 행세하는 집안의 혼수에 논 문서가 끼여오는 일은 종종 있는 일이었다. 경우에 따라서는 만만치 않은 재산이 여식을 통하여 시댁으로 건네지기도 하였으니까. 그것은 무슨 과잉 혼수라든가 허세가 아니라 비록 여식으로 나서 삼종지도와 여필종부의 법도를 따라, 연한이 차면 자라던 집과 낳아 주신 부모를 떠나 시집으로 가는 자식이지만, 그도 소중한 자식이 분명한 까닭에 재산 있는 부모로서는 아들에게 그러한 것과 꼭 같이 딸에게도 상속을 해 주었으니, 아들은 부모 임종 후에 그 재산을 분배받고, 딸은 시집갈 때에 미리 받는다고 생각하면, 논 문서란 천박한 시속의 오랑캐짓이 아니라, 어쩌면 자식이 부모에게서 받는 당연한 지분일는지도 몰랐다.

근자에는 같은 자식일지라도 남녀를 엄히 구분하여 출가하는 여식을 남 된다, 치부해 버리는 것이 시속으로 퍼져 있으나, 거슬러 선대로 올라가 선조 임금 때까지만 하여도, 부모의 재산을 상속하여 문서로 남길 때, 출가한 딸이라 하여 조금도 차별하지 않았으니, 시속이 변했다뿐이지 근본 없는 일은 아니었던 것이다.

강모의 혼담으로 매파가 바쁜 걸음을 치며 안채에 드나들 때, 가장 돋보이는 자리에 대실의 효원이 올려진 내면에는, 이러한 계산이 어느 정도 숨겨져 있었던 것은 사실이었다.

그런데 어찌된 일인지 막상 혼인은 이루어졌으나 그 인사라고 하는 것이 빠진 채 짐꾼, 일꾼, 하인, 하님 들이 엄청나게 기다란 행렬로, 살림살이 농지기만을 싣고 온 것이다.

"그렇다고 내가 어찌 내색을 할 수 있겠는가? 사돈이 딴전만 보면서 고담준론(高談峻論)으로 자신의 청빈을 자랑하는데야 난들 어찌하겠어? 양천 허씨 가문에 청백리가 몇몇이며, 허씨 선조들은 치부나 벼슬보다 낙향은자(落鄕隱者)로 시서화(詩書畵)에 능하였다, 하는 선비 앞에서 무슨 흉금을 털어놓아, 털어놓기를. 혼자서 마냥 이 청백허고 혼자서 도도허게 고상헌 사람한테 말이야."

대실에서부터 내내 심기가 편치 않던 이기채는 매안으로 돌아와 기표에게 내뱉았다.

"농인 척허고 흉금을 좀 털어놓으시지 그랬습니까?"

하는 기표에 대한 대답인 셈이었다.

"형님 성품이 너무 깐깐허신 탓이올시다."

"깐깐허지 않으면 어쩌라고? 이런 일이 어디 말로 해서 될 일인가?"

"안되는 일을 되게 해야지요. 세상 일이 가만히 앉아서도 된다면야 오죽 좋겠습니까? 그렇다면 그게 무릉도원이지 누가 인간 세상이라 허겠습니까?"

"답답한 일이야."

"가문, 가문 하지만 그도 다 선대적 말입니다. 팔한림(八翰林)에 열 두 진사(進士)가 나고 정승, 판서 즐비하게 했다는 족보가 자랑이 아닌 것은 아니올시다마는 이 당장에 그 후손인 우리는 무엇으로 가문을 빛냅니까? 벼슬을 하려니 조정이 있기를 합니까아, 충신이 되자니 임금이 계시기를 합니까. 거기다가 선비로서 갈고 닦은 학문으로 후학(後學)을 기르자니 학동이 있기를 합니까. 죽림칠현(竹林七賢)이 되자 해도 대밭이 없는 세상 아닌가요? 도대체 무얼 가지고 이 가문을 번창하게 할 수 있겠습니까? 체면, 체면, 지금 이 세상 돌아가는 난국이 어디 체면 있는 세상인가요? 상놈이 상전 되는 세상 아닙니까아. 왜놈들이 상감노릇 허는 것을 눈 뜨고 보고 있을 수밖에 없는 무력한 백성이라면, 솔직히 무력헌 것을 인정하고 쓸데없는 양반 체면 따위에 매이지 말 일입니다. 힘도 없는 주제에 정신만 살아 가지고 앉은 방석을 못 돌리면 결국 앉은뱅이 노릇밖에 더 헐 게 무에 있단 말입니까? 이럴 때는 시대를 이용해야 합니다. 시대를 거슬러 산 사람치고 성명 삼 자 온전허게 보존헌 사람이 없습니다. 형님. 도대체 지금 이 가문에 구체적인 힘이 될 수 있는 게 무업니까? 형님 당대에 와서 무얼로 대종가의 명맥을 이어 놓으실 겁니까? 다른 아무것도 할 수 없는 시대에 무엇으로 반석을 만들어 강모한테 물려주려고 하시는 건가요? 큰집 재산이 결코 적은 것은 아니지만, 그것도 다 청암백모님 자수(自手)로 이루신 것인데, 형님 대에 와서 얼핏 안심한다면, 이런 난세에는 그 재산이 하루아침에 남의 것 되기란 일도 아닙니다. 가세(家勢)란, 명성으로든지 재물로든지 창성해 나가야지, 기울기 시작하면 그도 또한 순간의 일이올시다."

기표의 음성은 꼬챙이처럼 이기채의 심정을 아프게 쑤신다. 그럴수록 이기채는 정신이 헛갈릴 만큼 어지러워 저절로 탄식이 터져 나왔다. 그리고 움켜쥐고 있는 것들을 송두리째 누구에겐가 떠맡겨 버리고 싶어진다.

"대장부로 태어나서 일세를 풍미하는 것은 그만두고라도 내가 나이 마흔여섯이라 오십을 바라보는 이 마당에, 공명(功名)을 떨친 것도 아니요, 그렇다고 바라지게 가세를 일으킨 것도 아니고, 참 무슨 학문에 몰두하여 대성한 바도 없으니, 유야무야(有耶無耶) 한평생이 허통하기 짝 없는 일인데. 무엇으로 이 세상에 왔다 갔다는 점을 찍으리. 그것도 명맥이 끊기다시피 된 종가에 종손으로 들어와서 제 노릇을 제대로 못하고 있는 것을 생각하면, 어찌 나라고 생각이 없고 중정(中情)이 없겠는가……? 다만 선조에게 누(累)가 되지 않고 사람 사는 도리에 어긋나지 않으면서 가산을 늘리자니, 안 먹고 안 입고 안 쓰는 게 제일이라. 피가 나게 절약하여 살고는 있지만 그것만으로는 신통치가 않아. 한 살이라도 젊었을 때는 모르겠더니만 이제 나도 나이 오십 줄에 들어서려니. 몸 속에서 가랑잎 소리가 나⋯⋯. 어디 평지를 걷다가 허방에 빠진 것 같기도 하고 현기증이 나게 초조한 생각이 나서, 나도 내 정신이 아닐 때가 많다."

대실에서 돌아온 이기채의 심기가 그러하였으니, 며느리 사랑은 시아버지한테서 나온다는 말도 있었으나, 불편하게 구겨진 그의 심정이 쉽게 풀릴 리가 만무하였다.

그때 만일 청암부인의 재촉과 채근만 아니었다면 효원의 묵신행은 삼 년, 혹은 몇 삼 년이 미루어졌을지 알 수 없는 일이었다.

뿐만 아니라, 막상 신랑인 강모의 태도도 왠지 대실에 두고 온 신부에 대하여 서먹한 것 같은데다 좀체 어울리려 들지 않아서, 아무리 나이 어려 음양을 모르고 부부의 도리에 서툴다 하나, 그것만으로 보아 넘기기 섬서한 면면이 남의 눈에도 드러났으니.

대실 말만 나오면 강모는 얼굴이 굳어졌다.

그런 기미를 누구보다 민감하게 알아차린 청암부인이 서둘러서 효원을 불러온 것이 사실이었다. 그렇게 해서 이 집안으로 들어온 며느리인지라, 사사건건 눈 밖에 날 수밖에 없었다.

거기다가 며느리는 터무니없이 손만 컸다.

(제 구실도 못허는 주제에 대갓집 마나님 흉내부터 배운답시고.)

그것은, 이기채에게는 심히 못마땅한 구석이었다.

지난번 일만 해도 그랬다.

물론 곳간의 열쇠꾸러미는 율촌댁이 지니고 있었지만, 살림을 가르칠 요량으로 논에 내갈 놉밥 양식을 효원에게 맡겨 보았다.

"네가 장차는 이 집안을 꾸려갈 사람 아니냐? 쌀 한 톨이라도 허비하지 말고 규모 있게 살림을 해야 헌다. 아무리 바깥 어른이 천석꾼 만석꾼이라 해도 안에서 살림을 흘려 버리면 모조리 허사가 되고 마느니라. 집안 살림이 불어나고 줄어드는 것은 오로지 안사람 손끝에 달린 것. 손끝이 곧 재산이라, 쓰러져가는 초가 삼간 누옥일지라도 안식구가 바지런하고 아껴 살면 훈김이 나는 법이요, 천하 없는 부호 갑부라도 손끝에서 살림이 새 나가면 빈 집이나 한가지다."

한평생 이 생각을 명념해라.

율촌댁은 한 말 또 하고 한 말 또 하면서 곳간을 열어 주었다.

그네의 마음속에는 시험을 해 보자는 심산도 들어 있었다.

아니나 다를까.

뒤주에서 함지에 쌀을 퍼내는 바가지를 보고 놀란 사람은 율촌댁만이 아니라 안서방네도 마찬가지였다.

쌀에 섞을 보리와 콩에 이르러서는 더 말할 것도 없었고, 듬뿍듬뿍 반찬거리를 담아 내줄 때는 아예 율촌댁이 고개를 돌리고 말았다.

그날 논에서는 경사가 났다고 할 만큼 양껏 포식들을 하고 나서 놉들이 신바람이 나, 평소보다 곱절이나 일을 많이 하였다.

"너, 무슨 심산으로 그렇게 양식을 퍼냈느냐? 그렇게도 대중을 못하겠더냐? 그릇 수 따라서 알맞추어 양식 대중하기가 그렇게 어려워?"

율촌댁 음성에 모가 섰다.

효원은 고개를 비스듬히 기울이고 앉아 아무 대꾸가 없었다.

"그래서야 어디 대궐 살림이라고 견디어 낼 재간이 있겠느냐? 허허어. 네가 시에미 말을 귓등으로도 안 들었구나. 한 끼니 눌밥이 세 끼니 모가치가 넘는 것이 어디서 배운 요량이란 말이냐? 그렇게 네가 표시내지 않아도 천석꾼 만석꾼 대갓집 따님인 것은 내 알지만, 가난헌 집으로 출가해 왔으면 이 집 가풍대로 다소곳이 따러야지, 참으로 괴이하고 알 수 없는 일이로다. 인심을 얻을 데가 따로 있지 눌들한테 인심 얻어 무슨 일을 꾀하겠다는 것이냐? 누구는 칭송을 들을 줄 몰라서 쌀 한 톨을 애끼는 줄 알았더냐? 괘씸한 것 같으니라고."

효원이 고개를 수그린 채 가만 있자 율촌댁은 할 말을 한꺼번에 다하겠다는 듯이 다그쳤다.

"우리집은 그런 집 아니다. 수챗구멍에 밥티가 허옇게 쏟아지고, 돼지 구정물통에도 쌀밥 붓는 집이 아니야. 친정에서 그렇게 배웠거든 여기서는 그 버릇 고쳐라. 눌한테 퍼 주고 하인, 머슴, 계집종 멕이자고 농사짓는 거 아니다."

그제서야 효원은 고개를 들었다.

그러나 여전히 눈은 아래를 보고 있었다. 어른 앞에서 눈을 똑바로 뜨지 않는다는 공손한 예의로 다소곳이 내리뜨는 것이었는지 모르겠으나, 효원의 꼿꼿한 고개와 곧추세운 허리로 보아 오히려 그렇게 내리뜬 눈이 율촌댁으로서는 불손하기 그지없게 느껴졌다.

"어머님. 말씀이 너무 지나치신 것 같습니다."

"지나친 것 하나도 없다. 네가 무얼 잘했다고 꼬박꼬박 말대꾸를 하는 게야? 지금."

"어른 말씀에 대꾸를 하는 것이 아니라, 제가 한 일로 친정 부모한테 욕이 돌아가니 민망하여 그렇습니다."

"민망? 민망할 일을 왜 해?"

"어머님. 놉이 누군가요? 놉은 남이 아닙니다. 바로 우리 집 농사를 지어 주는 우리 손이요, 우리 발 아닌가요? 놉을 남이라고 생각하면 놉도 우리를 남이라고 생각합니다. 남의 일에 제 몸을 부릴 때 누가 성심을 다 허겠어요. 눈치보고 꾀부리고 한눈 파는 게 당연하지요. 우리가 놉한테 주는 밥그릇을 애끼면, 놉도 우리한테 주는 힘을 애끼는 것은 불을 보듯 훤한 일이 아닌가요? 아무리 종이라도 신분이 낮아 천한 대접을 받을 뿐, 사지에 오장육부는 똑같이 타고 났고, 그 속에 마음이 있는 것은 양반이나 무에 다르겠습니까? 마음에서 우러나야 몸이 움직여지는 법인데, 배를 곯리고 마음을 상하게 한 뒤에 무슨 정성을 바랄 수 있을까요? 많이 먹고 즐거워서 힘이 나면 결국은 내 집 일을 그만큼 흥겹게 할 터이니, 한 그릇의 밥을 더 주고 한 섬지기 쌀을 얻는 것이 아니겠습니까? 아낄 것이 따로 있지 밥심으로 일하는 일꾼들한테다 몇 숟가락 밥을 아낀다고, 그것이 쌓여 노적가리가 되어 주겠습니까……."

눈을 내리뜨고 침착하게, 낯색 하나도 변하지 않고 말하는 효원의 모습에, 율촌댁은 가슴이 벌벌 떨려 턱이 다 흔들렸다.

앉은 채로 다리가 후들거렸다.

그리고 눈앞이 캄캄해졌다.

그만 자리를 차고 일어나 버리고 싶은 것을 율촌댁은 기어이 참는다.

내 이날까지 어머님께 눌리어 산 것도 어느 순간 생각하면 억장이 무너지거늘 이제는 며느리 시집까지 살아야 한다니, 무슨 놈의 한세상이 돌아가며 시어머니뿐이냐. 아니 저년, 저 눈꼬리 저 입귀퉁이 좀 보아라. 저것을…… 저것을 어쩔꼬. 말로 해서 다스리기는 이미 틀렸다. 제가 감히 누구 앞이라고 또박또박 끊어 가며 말대답을 한단 말인가. 무어? 놉이 누군가요오? 놉이 놉이지 누구란 말이냐. 타고날 때부터 근본이 다르고 하는 일이 다르니 돌아오는 몫도 당연히 다를밖에. 그런데 무엇이라고? 오장육부는 다 똑같으니 무엇이 어썼다고? 어히구우.

율촌댁은 드디어 한숨을 터뜨렸다.

"너 아주 말 잘허는구나. 그렇게도 소견이 훤하고 뜻이 분명하다면 삼정승 육판서도 돌아가며 허겄다. 터진 입이라고 아무 앞에서나 앞뒤 가릴 것도 없이 말을 잘해. 그래서, 네가 지금 이 시에미를 가르칠 작정이냐? 훈장 노릇을 해 보기로 마음에 아주 작정을 세웠어?"

그네가 무릎 위에 얹고 있는 주먹이 저도 모르게 안으로 오그라지면서 푸르르 떨린다.

효원은 그런 율촌댁의 서슬에도, 앉은 자세를 고치지 않고 그대로 방바닥만 내려다보고 있다. 그네는 할 말을 했다는 듯 조금도 당황하는 기색이 없다.

"옛말 그른 데 하나도 없구나. 하나도 없어. 개같이 버는 놈 따로 있고 정승같이 쓰는 놈 따로 있다더니, 바로 이 집안에서 그 꼴이 날 줄이야 누가 알았든고. 이날 이때껏 싸래기 한 토막이라도 쪼개서 애껴 먹은 사람 따로 있고, 그렇게 애낀 곡식 노적가리째 퍼다가 남 좋은 일 시키는 사람 따로 있지 않은가. 도대체 이것이 무슨 징조란 말인가."

율촌댁은 좀처럼 심사를 가리지 못한다. 효원이 요지부동하고 앉아 있으니 그네의 끓어오르는 심정은 더욱더 다스리기가 어려워진다.

그런데도 효원은 그런 율촌댁에게 무슨 변명조차도 하지 않는다.

"말을 해 보아, 말을. 찍소같이 그렇게 버티고 앉아 있지만 말고. 네가 아직도 잘했다고 생각허는 것이냐?"

그제서야 효원이 고개를 든다. 물론 감히 똑바로 시어머니를 바라보는 것도 아니요, 목소리 또한 불손하지 않았다.

"어머님. 사람이 무슨 일을 할 때는 큰일이든 작은일이든 자기 속에 심중을 가지고 할 것입니다. 심중을 가지고 한 일이라면, 남이 무어라고 한다 해서 쉽사리 부화뇌동, 주견도 없이 남의 의견을 따라 이리저리 흔들리는 것은 아예 처음부터 하지 않음만 못합니다. 이번 제가 한 일이 설령 어머님 보시기에 잘못 되었다고 하더라도, 그것은 평소에 제 생각이 그랬던 것이라 아직은 잘못이라고 깨닫지 못하겠습니다. 속으로는 자기가 잘했다고 생각하면서 겉으로만 용서를 빈다는 것은 오히려 어른께 욕되는 처사가 아니겠습니까. 그것은, 속으로는 비웃으면서 겉으로만 아부하는 것과 조금도 다를 바 없으니, 어른을 능멸하는 일입니다. 그저 앉은 자리나 모면하자는 얕은 잔꾀로 어머님께 마음에도 없는 말씀을 드리는 것은 도리가 아니라고 생각합니다."

효원이 말을 마치기도 전에 율촌댁의 주먹은 방바닥으로 내려앉았고, 그 주먹으로 효원을 후려치고 싶은 것을 억누르는 율촌댁의 얼굴은 벌겋게 달아올랐다.

"강모가 불쌍하다. 강모가 불쌍해. 그렇게도 여리고 순한 사람이 어쩌자고 너같이 대찬 사람을 만났을꼬. 여자란 그저 위아래로 순탄해야 집안이 화목한 법이거늘, 꼬챙이 같은 그 성정으로 어떻게 남편의 마음을 잡는단 말이냐. 어허구우, 가련한 인생이로다."

율촌댁은 누구에게랄 것도 없이 허공을 향하여 혼자말처럼 탄식한다. 이번에는 효원의 얼굴이 벌겋게 된다.

"너 그래 가지고는 평생 공방(空房) 면허기 어려울 것이다."

드디어 율촌댁은 그 한 마디를 뱉는다. 마치 벼르고 별러 오기나 한 것처럼. 그러더니 바람 소리를 내며 몸을 일으켜 안방 미닫이를 거칠게 열어붙이고 대청으로 나가 버린다.

효원은 앉은 자리에서 움쩍도 하지 않고 바람벽을 쏘아본다.

그네의 뒷등에서 쩌엉, 소리라도 날 것 같다.

그날 밤 율촌댁으로부터 자초지종을 소상히 전해들은 이기채는

"못난 송아지 엉덩이에 뿔 난다더니 집구석 되어가는 꼴 허고는. 참 잘헌다 잘해……. 시애비도 아껴 먹는 곡식을 그렇게 함지로 퍼다가 놉이나 멕이고. 공덕비를 세워 주겄그만."

하고는 죄없는 놋재떨이만을 두드리며, 불편한 속을 어떻게도

다스리지 못하였다.

"무엇 하나 변변한 것이 있어야지. 한 톨 양식이라도 보태기는커녕, 도리어 물 퍼내듯이 퍼내기는."

"그저 대만 세어 가지고, 어디 보드랍게 스미는 구석이라고는 눈 씻고 봐도 없으니 강모가 그렇게 마음을 잡지 못하고 바깥에서 떠돌 수밖에요……."

"허허어, 이거 집안이 어찌 되려고 이 지경인가. 온 식구 권속들이 손발같이 한 속으로 정신을 채려도 눈만 뜨면 도척이가 천지에 시글거리는 이 마당에, 이건 식구마다 각동 삼동으로 흩어져서 제멋대로 논다니……. 어머니 쾌차하시기는 바랄 수 없는 일이 되고 말았는데, 여기다가 어머니까지 돌아가시기나 하면 대체 이 집안은 무엇이 될꼬."

이기채의 일그러진 얼굴은 마치 덮쳐 오는 불안과 씨름을 하는 사람처럼 어둡고 침울하였다.

"무엇이든 어머님 혼자서 다 해오셨으니까 이렇게 어머님 한 분 실섭하시자, 아무 일도, 아무도, 어떻게 손을 못대 보는 게지요."

"이게 어디 어머니 탓으로 그런가? 그 어른은 또 왜 들먹이는 거요?"

"그전에도 그런 말 있답디다. 큰 나무 그늘에서는 풀 뿌리도 다리를 못 뻗는다고."

율촌댁은 이기채와는 다른 심정으로 말꼬리를 꼬았다.

그네는 아무래도 아까 효원에게 당한 일을 가라앉히기 어려운 모양이었다. 그것은 당했다고밖에 말할 수 없는 수모였기 때문이었다.

"평소에 어머님이 나를 허수룹게 알으시니 이제 겨우 귀때기에 솜털도 안 벗어진 것까지 제 시에미를 짚신짝같이 아는 거 아니겠소……."

"이건 또 무슨 봉창 뚫는 소린고? 아니 지금 새삼스럽게 시집살이 하소연을 허자는 게요, 무어요."

이기채가 역정을 내자, 모처럼 만에 남편 앞에서 속에 응어리졌던 말을 털어놓으려던 율촌댁은 입을 다물어 버린다.

(그저 오나 가나 나는…….)

그네는 웬일인지 전에 없이 서러운 생각이 들었다.

그러나, 이기채는 이기채대로 여편네의 소가지란 어쩔 수가 없구나 싶어 쓴 입맛을 쯧 다신다.

이기채는 온 밤을 앉아서 새우다시피 하였다. 날이 밝으면 부르지 않아도 기표가 올라오겠지만 마음 같아서는 당장이라도 사람을 보내서 부르고 싶었다. 그만큼 초조하고 불안했다. 무슨 소리라도 내지 않으면 이 어둠의 무게에 짓눌리어 숨이 끊어질 것만 같았다. 본디 그는 성품이 느긋한 사람이 아니었다. 그러나 그가 놋재떨이를 새되게 두드리면 두드릴수록, 깊은 밤은 깜짝깜짝 놀라면서 뒷걸음질을 쳐 더욱 깊어지기만 할 뿐, 좀처럼 날은 밝아 주지 않았다.

결국 닭이 첫홰를 치고 나서 숨 몇 모금 마실 여유도 참지 못하고 그는 붙들이를 내려 보냈다. 기표는 바로 올라왔다.

"안색이 아주 안 좋으십니다."

"안색이나마나."

기표는 무슨 일이 있었느냐고 묻지 않는다. 그는 묻지 않으면서도 이기채의 의중을 환히 들여다보듯 알고 있다. 이기채는 그래서 마음이 놓인다. 일일이 말로 하지 않아도 이쪽 생각을 전할 수 있으니 어찌 다행한 일이 아니리오.

"형님. 강모한테 직접 말씀허시기가 난처하면 제가 변죽을 울리지요. 마침 강모도 이따 전주서 온다고 했으니까 말하기 좋겠습니다."

기표의 말에 이기채는 말끝을 잘라 대답했다.

"그래?"

"이젠 저희들도 내외지간에 흉허물 없을 때도 되지 않았습니까? 이런 일은 어차피 집안일이니까 질부도 한 속이 되어야 할 것이고요. 시집간 딸은, 친정의 명당도 훔쳐 온다는데."

"알아서 해 봐."

이기채는 쫓기는 사람처럼 보였다.

(그놈이 이런 일을 경우지게 해낼 수 있을까? 웬만한 자각만 있다하더라도 이만한 일은 스스로 알아서 하련만. 제가 무슨 집안일에 뜻이 있으랴. 강단도 없고 무슨 계획도 각오도 없는 자식놈. 아들이 둘만 되었으면 내 심사가 이러지는 않을 것인데…… 정신이 공중에 떠서 도무지 실속이라고는 없는 저 허수아비 같은 놈을, 그래도 자식이라고 믿고…… 도대체 이 집안이 어찌 되려고…… 난데없이 앵금을 치켜들고 풍각쟁이가 된다고를 하지 않는가, 동경으로 가겠다고를 않는가…… 제놈이 어떤 종손이라고, 제 몸 알기를 길가의 돌멩이처럼 천하게 굴리다니…… 강모가 실하다면 내

심정이 이 지경이 되랴.)

이기채는 그만 속이 메슥거리면서 휘잉하니 어지럼증이 돌았다.

그것은 이기채에게 이제는 고질이 되어 버린 병이었다.

워낙 위가 실하지 못하여 삼시(三時)를 죽으로 살아온 그였지만 창씨의 일이 있은 뒤 그의 심신은 몰라보게 쇠삭하여, 눈을 감고 누워 있으면 의식을 놓아 버리다시피 한 청암부인과 별반 다를 바가 없었다. 그는 머리도 허옇게 세어 버리고 수염도 누르께한 빛으로 바래어, 일어나 앉아 있는 모습조차도 종잇장처럼 얇아 보였다.

그러나 그럴수록 그의 신경은 파랗게 긴장되어 혼신의 힘을 다하여 한 가지 일에 골몰하는 것이었다.

(위태하다.)

이 생각은 한시도 이기채의 뇌리에서 떠나지 않았다.

(위태하다.)

그는 가만히 앉아 있지 못하고 일어서서 방안을 서성거리거나 연신 마른 기침을 했다. 아랫사람들도 사랑 근처에서는 발걸음을 조심하여 더욱 숨죽였다.

이기채가 그러하니 자연 집안의 사람들은 물론이고 대소가에서도 마음이 어지러워, 모여앉기만 하면 낮은 소리로 술렁거렸다.

바둑판같이 네모 반듯하던 판(板)이 흔들리고 있는 것이다.

그것은 창씨의 일이 있은 후, 지난 대서(大暑)를 고비로 끝내 청암부인이 자리에서 못 일어나고 만 뒤, 급작히 더하여진 증세였다.

(위태하다.)

그날 아침 안서방이 사랑에 와서 더듬더듬 청암부인의 실섭(失

攝)을 전할 때 이기채는 뒷머리를 번개처럼 후려치는 이 생각에 아찔하였다. 그리고 결코 돌이킬 수 없는 길, 낭떠러지를 향하여 치닫고 있는 어떤 운명을 절감하였다. 그것은 청암부인의 임종에 대한 예감이었다. 그와 더불어 이 집안과 자기 자신에 대한 소름 같은 예감이기도 하였다.

드디어.

그렇게도 두려워하던 일이 이다지도 순식간에 닥쳐 오다니.

이기채는 오한이 났다.

그리고 그 오한을 감추려고 짐짓 심상(尋常)한 체 꾸미었으나, 청암부인은 눈을 감은 채 아무 말도 하지 않았다.

청암부인의 와병 소식은 그날로 거멍굴에까지 번져갔다.

그리고 전주에 있는 강모에게도 다녀가라는 전보가 날아갔다.

바이올린 일이 있고 나서, 다시는 매안으로 돌아오고 싶지 않았던 강모가, 급한 연락을 받고 단걸음에 와 불안한 기색을 감추지 못하는데. 기표는 미리 안서방한테 귀띔을 해 두었다가 강모를 수천댁으로 불러서, 이기채와 의논하였던 일을 말한 것이다.

본디 강모는 수천 숙부 기표를 별로 좋아하지 않았다. 까닭없이 어색하고 마음에 경계심을 품게 하는 사람이기 때문이었다. 더구나 기표는 이야기를 하다가 도중에 눈을 가늘게 뜨고 상대방의 눈속을 지그시 들여다볼 때가 있었다.

그것은 어쩌다 한번 그러는 것이 아니었다.

자신의 말이 고비에 이르거나 꼭 관철시키고 싶은 확신이 전신에 팽팽하게 차 오를 때, 마치 상대방의 속셈을 한눈에 캐내려고 하는 것도 같고, 자기의 계획을 상대방에게 심지 박으려고 하는 것도 같은 지긋함이었다. 지긋함이라고 표현하지만, 그 눈빛은 오히려 바늘끝같이 예리하여 피할 수 없는 것이었는데, 그런 눈빛을 눈치채지 못하게 하기 위하여 눈꺼풀로 눈동자를 가리는 형국이라는 편이 옳았다.

계산과 집념.

강모는 기표의 그런 눈빛에서 사갈(蛇蝎)의 차가운 번뜩임을 느낀다. 그리고 그때마다 그 파충의 비늘이 자신의 살갗에 밀착하여 휘감기는 섬뜩한 감촉을 어쩌지 못하였다.

허나 강모는 누구에게라도 허심(虛心)하지 못한 성격이었다.

내색을 하지 않은 채 그저 기표의 말을 듣고만 있을 뿐.

"대실 질부한테는 네가 눈치껏 운을 띄워 봐라. 할머님 저렇게 실섭하여 누워 계신데 핑계야 얼마든지 댈 수 있지 않으냐? 약차(藥借)하시라는 친정의 성의라고 해도 좋고 다른 무슨 구실이라도 좋겠지. 그 질부가 남달리 명민하다면 이런 일쯤은 본인이 먼저 나서서 일을 추진하련만, 그 사람 마음이 곰살가운 데가 없어 무뚝뚝하기가 쇠망치 같은 성품이 아닌가. 기왕에 일이 이 지경에 이르러 대대로 내려오던 성씨마저 잃어 버린 마당인데, 무엇으로든지 집안의 기둥을 탄탄하게 붙들어 매야 할 것이 아니냐."

말을 하고 있는 기표와 말을 듣고 있는 강모는 서로 시선이 빗겨 있었다. 물론 그것은 새삼스러운 일은 아니었다. 마주치는 일이 있어도 의례적인 인사말고는 할 말이 별로 없었던 강모로서는, 이런 자리의 이런 이야기가 더욱이나 귀에 들어올 리가 없었다.

"너도 잘 알다시피, 이씨 문중 대종가가 그리 평탄한 명맥을 이어 온 거 아니지 않느냐. 까딱하다가는 다시 풍비박산 되고 말 것이야. 네 아버님의 심기를 편안케 해 드리고, 실섭하신 할머님께도 위안 을 드릴 수 있는 길이라면 오직, 가산이 느는 일이니라. 언뜻 생각 한다면 선비의 집안에 비럭질 같은 해괴한 일이라고 비난하겠지마 는 세상 일이 꼭 그런 것만은 아니다. 지금은 너나 할 것 없이 우왕 좌왕 혼란에 혼돈이 겹쳐 있는 판국이야. 이럴 때일수록 민첩해야 헌다. 수단을 다하여 좋은 결과를 이루어야지. 너도 나이 한두 살이 아니다. 이 집안을 이끌어 갈 종손 된 입장으로 그만한 안목쯤은 네 게도 있을 것인즉, 내 말을 허수로이 듣지 마라. 내가 내 임의로 이 말을 너한테 허는 것이 아니라 집안 어른들의 뜻이고, 너로서도 집 안을 돕는 일이 된다. 결국 누구를 위해서 이런 일을 획책하는 것인 고. 따지고 보면 너를 위하는 것이고, 집안을 위한 것이고, 문중의 번성을 위한 것이니라."

기표는 조그조근 말을 해나갔다.

그러나 막상 기표의 말을 들은 강모는 다만 난감하고도 어이없 는 낯색으로 일언반구 아무런 대꾸 한 마디 하지 않았다.

"내일 아침 아버님께 문안 여쭐 때 달리 묻지 않으시더라도 네가 자세히 말씀 여쭈어라. 대실 질부가 어찌 하겠다고 허는지를 말이 다."

강모는 기표가 오금을 박는 말에 일종의 포기와 체념 같은 것이 어둡게 얽히는 얼굴로

"말을 해보지요."

86

하고는 자리에서 일어서 버리고 말았다.

그런 강모의 뒷등에 대고

"단단히 일러 두어야 헐 것이다. 적당히 네 생각대로 얼버무려서 말씀드렸다가는 아버님 노여움만 사고 말 게야. 말이 서로 앞뒤가 다르다가 실없이 되면 안된다. 그랬다가 공연히 집안 분란 일으키지 말고. 지난번 일도 있고 하니, 각별히 유념해라."

기표는 다시 한번 단서를 붙였다.

'지난번 일'이란 바이올린 사건을 말하는 것이다.

강모의 표정이 구겨진다.

굳이 이런 일이 아니더라도 강모는 자신을 가누어 견디기가 어려운 데다가 도무지 마음이 내키지 않을뿐더러, 무슨 절실한 문제로 느껴지지도 않는 일이 짐덩어리처럼 자기를 짓누르는 것이 참으로 답답하기 짝이 없었다. 그러나 무엇보다도 그의 마음을 비릿하게 한 것은 비루하다는 느낌이었다.

(무엇이라고 발라붙여도 이것은 치욕스러운 일이다. 더러운 비력질이 아니라고 누가 말할 것인가? 아무리 할머니께서 실섭을 하셨다고 그 어른 눈앞에서 당장에 이렇도록 비천해질 수 있을까. 있는 위에 더 있게 하여 기왕에 있던 것을 더 공고하게 다지고자 하는 것은, 없어서 기진맥진 위태로운 지경을 면하고자 무엇을 원하는 것과는 비교가 안된다. 이것은 오직 욕심이다. 탐욕. 그것도 남의 것을 빌어서 내 것을 채우고자 하는. 아아, 참으로 역겨운 일이로다.)

그런데도 그는 그런 말을 끝내 입밖에 내지 못하고 말았다.

또한 강모는 어떤 일에 부닥쳤을 때 그것을 간추리는 힘이나 강단, 혹은 맞서서 싸우는 담력, 아니면 그런 것들이 아닐지라도 질기고 뻔뻔한 당위 같은 것을 가지고 있지 못하였다.

(한없이 무기력한 사람…… 나는 왜 이렇게 되어 버리고 말았을까. 그저 나는 키우는 대로 자라났다. 그리고 만드는 대로 만들어지고 말았다…… 나는 없다.)

그는 고개를 떨구었다.

(살아 보기도 전에 왜 나는 이다지도 미리 지치는 것일까…….)

그의 가슴에는 무엇이라고 집어 내어 말하기 어려운 허무가 안개처럼 자욱하였다. 그리고 엷은 얼음 조각이 녹아 스러지듯, 심정한 구석이 그 허무의 안개에 잠식당하면서 스러지는 것이었다. 그러면 그 자리의 살도 뼈도 그렇게 스러져 강모는 빈 가슴을 지탱할 길이 없었다.

그는 마당에 우두커니 서서, 종잇장처럼 하얗게 말리며 이글거리고 있는 마른 땅을 내려다보았다.

그 자신도 내리쬐는 뙤약볕에 그대로 말리어 버릴 것만 같았다.

(처음부터 이렇게 굴레를 쓰고 태어난 것을 어찌하랴. 나는 나로 태어난 것이 아니라, 이 무서운 집념의 조직 속에 한 수단으로 세상에 난 것을.)

강모는 대낮의 폭양에 희부연 회색으로 빛이 바래 버린 골기와 지붕을 올려다본다.

암키와 수키와가 이를 맞물고 골을 만들어 빈틈없이 엉키어 있는 것이 눈에 들어오자 현기증이 나고 어지러웠다. 울컥 토할 듯한 어지러움이었다. 기왓장의 한 조각 한 조각이 질서정연하게 행렬을 짓고 자리를 지키면서, 몇 십 년 몇 백 년을 두고 그렇게 그물코처럼 얽혀 짜여져 있다는 것을, 그는 처음으로 본 것 같았다.

(그물, 저 그물에 걸려 꼼짝없이 나포(拿捕)되어 버린 불쌍한 사람. 내가 저 치밀한 그물코를 어떻게 벗어날 수 있단 말인가. 속절없는 몸부림일 뿐이다. 날마다 저 그물을 머리에 쓰고, 자고, 깨고, 먹고…… 저 속에서 숨진다.)

강모는 하늘로 머리를 치켜 올린 용마루의 탐욕스러운 대가리를 본다. 거대한 검은 몸뚱이를 서리 틀고 앉은 채로 그것은 목에 힘줄을 돋우고 줄기차게 무엇인가를 탐식하려 하고 있다.

그 용마루 너머에는 아무것도 없다. 허망할 만큼 텅 빈 하늘이 무심하고 아득하게 드리워져 있을 뿐이다. 그리고 몇 조각의 구름이 아무뜻없이 떠서 모였다 흩어졌다 하였다.

(차라리 내 저 하늘을 떠도는 바람 같은 구름이나 되었더라면 얼마나 좋았으리.)

방랑과 자유.

그 말은 사무친 음향으로 강모의 가슴에 울려 왔다. 그것은 어쩌면 신음 소리와도 같았다. 아니면 반란의 음모처럼 숨막히게 그리고 음험하게 숙덕이는 것도 같았다.

강모는 유유한 구름을 하염없이 올려다보았다.

그의 커다란 눈에 구름은 그림자를 드리우며 불안하게 흔들렸다. 그 불안은, 강모의 내부에서 두꺼운 각질을 뚫고 터져 나오려는 욕망이 거세게 소용돌이치는 만큼, 질기고 끈끈하게 내리누르는 어떤 힘과 부딪치면서 뒤흔들리는 파문이었다.

강모는 그 불안을 지그시 참기라도 하는 것처럼 하염없이 하늘을 올려다본다. 하늘의 한복판에 깨진 거울 조각같이 날카로운 태양이 메마른 빛을 내뿜고, 그와는 아무 상관도 없다는 듯 한 조각의 구름은 망설이며 유유히 부드럽게 나홀나홀 흘러가고 있었다.

(어디든지 낯선 곳으로 떠나고 싶다. 이 질긴 그물의 코를 물어 뜯고, 저 한 조각의 구름처럼 나는 방랑하고 싶다.)

강모는 홀린 듯이 구름을 바라보았다.

구름은 그 어떤 그물로도 잡을 수 없는 흰 바람이었다.

으아아앙.

넋을 놓고 서 있는 강모의 귀에 난폭하고도 순간적인, 숨이 깔딱 넘어가는 어린아이의 울음 소리가 터지는 것이 들려왔다.

중문간에서 나는 소리였다.

강태의 아들 희재(熙宰)다.

다섯 살인 희재는 세 살배기 제 동생 영재(榮宰)와 큰집 중문간의 그늘에서 놀고 있었던 것이다. 희재는 두 다리를 뻗고 주저앉아 버둥개질을 하며, 엉거주춤 서 있는 붙들이에게 정신없이 흙을 내뿌린다.

붙들이는 지고 있던 물지게를 벗어 내려놓더니 당황하여 어쩔 줄을 모른다. 그럴수록 희재의 울음 소리는 앙칼지게 찢어지고 붙들이는 울상이 된다.

"이께잇 거 흙인디 멋 땀새 그렇게 우요? 내가 아까맹이로 새로 맹글어 주면 되잖어요오, 예에?"

"으아아앙. 죽어. 너 죽어."

붙들이가 아무리 달래도 소용이 없다.

희재 앞에 쭈그리고 앉은 담살이 새끼머슴 붙들이의 면상에다가 희재는 홱 홱 흙을 뿌린다. 물지게를 지고 오느라고 땀투성이가 된 붙들이의 얼굴은 황토흙을 함빡 뒤집어 써서 호물호물한 늙은이처럼 보였다. 아직 중머슴이 되지 못하고 물을 지어 나르는 물담살이 노릇을 하는 그는 열네 살이 되었건만 몸집이 작고, 무엇이 시원치 않아 그런지 물외 꼭지 마른 것 모양으로 힘이 없어 시들어져 보이는 아이였다.

"죽어. 너 죽어."

희재가 흙을 끼얹는 것만으로는 성이 차지 않았던가, 흙더미 앞에 쭈그리고 앉은 붙들이의 엉덩이를 발로 찬다.

다섯 살배기의 조그만 발길질이라지만 약이 올라 차는 것이라 등판까지 울리는데, 붙들이는 피하지 않고 그대로 맞아 준다.

"이리 와서 보랑게 그러네요. 이것 봐요. 내가 새로 맹글어 준당게요. 이께잇 거 천지에 쌔고 쌨는 거이 흙뎅인디. 흙무데기가 무신 황금단지간디요오……. 이렁 거 다아 장난으로 집 짓고 노는 거이제, 참말로 집이고 참말로 곡석이간디요……?"

"내 놔. 내 꺼 내 놔. 내 놔아."

희재는 발길질을 멈추고 두 주먹으로 붙들이의 등을 두드린다.

"그렇게 내가 시방 새로 맹글어 주잖어요오. 인자, 그만 우시요. 이께잇 노무 흙데미, 내가 산에 가서 바지게로 열 번이고 스무 번이고 지어다 부서 디리께요. 기양 이 마당에다 아조 산꼭대기를 파다가 그들먹허게 부서 디리께요. 예? 울지 마시요. 아앗따아, 그만

울어요오."

그러나 희재는 동그란 얼굴을 위로 발딱 제끼고 목청을 놓아 운다. 그 소리에 놀란 붙들이의 얼굴이 샛노래진다. 애기 도련님 희재의 여린 목에 푸른 힘줄이 돋아 이마빡에까지 뻗친다. 한자리에 앉아 있던 영재는 덩달아 따라 울고 있다.

붙들이는 희재의 조부인 기표가 사랑채에서 튀어나올 것만 같은 조바심에, 마당에 흩어진 흙더미를 쓸어 모으느라고 정신이 없다.

두 어린 것들은 큰집의 집 그늘에 앉아 담 밑의 흙무더기에서 흙을 떠다가 집짓기를 하고 놀고 있는 중이었다.

손아래인 영재는 공연히 제 형의 본을 따라 흙장난만 하고 조막손에 흙을 쥐었다 놓았다 헤적거리기만 하였으나, 희재는 달랐다. 행여 흘릴세라 조심스럽게 깨진 사기대접에 흙을 담아 들고 중문간 그늘 밑으로 날라다가 부어 놓고, 다시 또 가서 퍼 오고 하는 품이 실제로 그 흙대접이 무슨 곡식 노적가리나 황금인 양하였다.

몇 수십 차례를 그렇게 되풀이하여 흙을 퍼 날라다가 드디어
"이거 내 땅이야. 너 오지 마."
하고 영재한테 으름장을 놓았다.

그러고 나서 사금파리 조각으로 제 양껏 넓은 자리를 잡아 둥그렇게 금을 그어 경계를 삼았다.

그리고 그 금을 따라 도도록하게 흙담을 둘러 놓고 담 안에 칸을 나누면서, 이거는 안채, 이거는 사랑채, 이거는 곳간, 이거는 헛간, 이거는 행랑채 이거는…… 하고 일일이 구분을 지었다.

그중 곳간이 제일 넓었다.

영재는 영문도 모르고 희재가 만드는 것들을 재미나게 바라보았다. 그러다가 앙징스러운 손을 뻗어 곳간이며 사랑을 쥐어 보려 한다. 그럴 때 희재는 번개같이 덤벼들어 영재의 손을 쳐냈다.

희재는 무엇이든지 될 수 있으면 크게 넓게만 만들었다.

그런 뒤에, 곳간의 네모 벽안에다가 수북이 흙을 부었다. 금방 소담스러운 흙봉우리가 솟았다. 희재는 옆에 있는 흙을 두 손으로 떠다가 주르르 쏟아 붓고, 다시 떠다가 쏟아 부었다.

그리고는 부을 때마다

"이거는 쌀."

"이거는 콩."

"이거는 보리."

하고 말했다. 콧등에는 땀방울이 송송 돋아나고, 이마에서 흘러내린 땀은 곳간에 쌓인 흙더미 위로 떨어졌다. 그런데도 희재는 떨어진 땀방울 위에 다시 흙을 부었다.

흙이 더미를 이루고 봉우리가 높아질수록 희재의 손은 더욱 빨라지고 신명이 나서 벙글벙글 웃음이 번져났다.

희재는 지금 막 이제 거의 바닥이 나 버린 흙을 아쉬워하였다.

그리고 영재가 헤적거리며 놀고 있는 흙사발이 눈에 들어와 그것을 제 앞으로 채 오려고 하는 찰나였다.

낡은 짚신발이 우왁스럽게 희재의 집을 밟아 버린 것이다.

으아아앙.

발에 밟힌 담이 무너지고, 박살이 난 곳간의 산더미 같은 곡식들이 우르르, 쏟아져 버리는 순간 희재의 울음이 터져 나왔다.

물지게를 지고 뒤뚱뒤뚱 무엇엔가 골몰하여 중문간을 넘어서던 붙들이는 갑자기 발 밑에서 터지는 희재의 울음 소리에 흠칫 놀라 그 자리에 섰다. 그리고 처음에는 무슨 일인가 의아하여

"왜 그렇게 우요?"

하고 꼬마 도령을 내려다보았다.

"죽어. 너 죽어."

그때에도 영문을 몰라 붙들이는 엉거주춤 서 있기만 하였으나, 이윽고 자기가 희재의 살림살이를 밟아 뭉개 놓은 것이 눈에 들어왔다.

그래서 물지게를 벗어 놓고 그 자리에 쭈그리고 앉아

"이께잇 거 흙인디 머엇을 그렇게 운다요? 내가 금방 새로 맹글어 주께 울지 마시요. 이거 다 흙이요, 흙."

하면서 아까대로 모양을 갖추어 집을 만들고, 대문 중문을 세우고, 곳간에 곡식을 수북이 부어 주고 있는 중이었다.

하지만 희재는 점점 더 기승을 부리며 귀청이 찢어지게 울어댄다.

붙들이가 지은 집과 곳간에 쌓은 곡식은 아까 희재의 것보다 훨씬 더 크고 풍성하였다. 마당에는 아까는 없던 노적가리까지도 수북수북 고깔처럼 쌓여졌다. 훨씬 부자가 된 것이다.

붙들이는 이거 보아란 듯이 희재 쪽으로 고개를 돌린다.

허나 희재의 울음은 그칠 줄 모른다.

그 어린 것의 숨이 넘어가는 울음 소리에는 도저히 포기할 수 없는 집착과, 탄식에 가까운 통곡이 질기게 섞여 있었다.

강모는 저도 모르게 몸서리를 쳤다. 까닭을 알 수 없는 일종의 증오

마저도 느껴지는 것을 어쩌지 못하였다.

희재는 영재보다 겨우 두 살 위였지만 조부 기표의 풍신을 닮아 벌써부터 키가 제 또래보다도 훨씬 더 컸고 몸집 또한 다부졌다.

강모는 씁쓸한 얼굴로 고개를 돌린다.

……아이고 이께잇 거 흙인디 왜 그렇게 우요……. 이께잇 노무 흙, 천지에 쌔고 쌨는 흙무데기가 무신 황금단지간디요오, 이렁 거 다아 장난으로 집 짓고 노는 거이제, 참말로 집이고 참말로 곡석이 간디요.

이거 다 흙이요, 흐읅.

강모는 머리를 흔들어 털어 낸다.

붙들이가 희재를 타이르던 좀 전의 말이 그의 귀에 남아 묻어 있어서이다. 그 말은 끼얹은 흙처럼 귀를 덮었다.

……이께잇 노무 흙…… 이거 다 흙이요오, 흐읅.

그 말을 몇 번이고 되뇌어 본다.

(어린 것이 그것이 흙인 줄을 어찌 알리요. 제 몫이라고 꼬깔 봉우리 창고에 쌓아 들일 때, 오직 재물이요 곡식이라 여기면서 애지중지 아끼고 흐뭇해하니, 흙이라도 제가 애착하면 재산이 아니랴. 이제 저의 재산을 잃었다 하면서 저다지도 서럽게 울고 통곡을 그치지 않는 것은 당연한 일이다. 사람의 한살이가 저와 무엇이 다르랴. 흙덩어리를 긁어 모아 산적(山積)을 하고, 그 먼지 같은 흙덩어리를 지키다가 속절없이 죽어간다. 살아 있는 동안에는 그것을 지키려고 파수꾼을 두어 밤을 새우느니……. 참으로 부질없는 일이로다.)

문득 강모의 머리에는 살구나무 아래 차려 놓았던 밥상이 떠오른다.

봄철이면 그렇게도 하염없는 살구꽃 이파리가 눈발처럼 날리고 날리었지. 떨어진 꽃이파리는 꼬막 조가비에 소복하게 담아 꽃밥을 만들고, 꽃잎이 지고 나면 흙밥을 먹었다. 깨진 사금파리의 가장자리를 장독대의 돌멩이에 문질러서 곱게 다듬으면 그것은 또 얼마나 어여쁜 접시였던가. 햇빛을 받아 반짝이는 사금파리 접시를, 강실이는 소중하게, 정말로 금이라도 갈까 보아 조심하면서 옷고름 자락으로 윤이 나게 닦아 내곤 하였다.

(부질없다. 모든 것이 부질없구나. 지나가 버린 그날에는 꿈엔들 그것이 장난인 줄을 내 알았겠느냐…… 어찌 그것뿐이겠는가…… 목숨조차도 한낱 몽상에 불과한 것을.)

강모는 자신의 몸이 용마루 너머 아득한 하늘 저쪽으로 흘러가는 한 조각 구름처럼 무중력의 상태로 되는 것을 느낀다.

그것은 이상한 서글픔에 몸이 잦아드는 것 같은 느낌이었다.

(강실아…….)

어찌하여 그 이름은 이다지도 서럽고 눈물겨운가.

가슴의 살 속 가장 그늘진 곳에 가느다란 금실처럼 애잔하게 반짝이는, 보일 듯 말 듯한 그 간절함을 어떻게 차마 말로 할 수 있으리.

그것은 때때로 촛불의 심지처럼 고개를 내밀었다.

그네의 이름이 떠오르면, 그 이름은 부싯돌같이 순간적인 불꽃을 일으키며 심지에 불을 붙이고 만다.

그것은 강모의 힘으로도 막을 길이 없었다.

아무리 숨을 깊이 들이마시어 꺼 보려고 하여도 속절없는 일이었으며, 가슴을 오그려 불꽃을 죽여 보려 하여도 허사일 뿐이었다.

살에 박힌 심지는 살을 태우며 속으로 잦아들어간다.

가슴 갈피에 매운 연기가 자욱해진다.

강모는 기침을 토하듯 한숨을 토한다.

그리고 저도 모르게 몸을 돌려 대문 쪽으로 걸음을 옮긴다.

그러나 그는 대문간에 이르러 더는 나가지 못하고, 발목을 붙잡힌 사람처럼 그 자리에 선 채로 오류골 작은집의 지붕을 내려다본다.

오류골 작은집은 언제나 고즈넉하다.

사람의 소리도 바깥까지는 들리는 법이 없다.

(둥그런 초가지붕. 무지개 같은 강실아. 너 살고 있는 네 집의 정답고 욕심 없는 지붕이야 너에게 그물일 리가 있겠느냐……. 저 지붕은 너를 감싸고 덮어 주는 너울일 것이어늘.)

12 망혼제

무릇 인간이란, 저 광대 무변한 우주 공간과 영원 무궁한 시간 속에 끊임없이 생성하고 소멸하는 삼라만상 가운데, 가장 미묘 신비한 존재이니. 날 때부터 벌써 사람마다, 천귀(天貴)·천액(天厄)·천권(天權)·천파(天破)·천간(天奸)·천문(天文)·천복(天福)·천역(天驛)·천고(天孤)·천인(天刃)·천예(天藝)·천수(天壽)를 관장하며 하늘을 운행하는 열두 별의 정기를 받고 태어난다.

사람이 세상에 출생할 적에 만약 좋은 별을 만나면 일생 부귀공명하고, 불행히 나쁜 별을 만나면 곤고빈천하게 되는데.

이 운명의 길흉을 누구라서 미리 알 수 있으랴.

다만 그 사람이 난 생·년·월·일·시를 기점으로 해서 간지(干支)를 짚어 보며, 천리묘법(天理妙法)을 짐작할 수 있을 뿐.

육갑(六甲)은, 위로 하늘로 벋은 나무의 줄기와 가지를 묘사한

천간(天干), 즉 갑(甲)·을(乙)·병(丙)·정(丁)·무(戊)·기(己)·경(庚)·신(辛)·임(壬)·계(癸)의 십간(十干)과, 아래로 땅속의 뿌리를 상징하는 지지(地支), 즉 자(子)·축(丑)·인(寅)·묘(卯)·진(辰)·사(巳)·오(午)·미(未)·신(申)·유(酉)·술(戌)·해(亥)의 십이지가 서로 결합하여 갑자(甲子)·을축(乙丑)·병인(丙寅)·정묘(丁卯)……계해(癸亥)까지 육십 개 간지를 이룬 것인데.

이 육십갑자, 육갑으로는 천지 자연의 이치와 도리를 헤아려 만물에 통하는 음양(陰陽)과 오행(五行), 그리고 수(數)와 방각(方角)이며 색(色) 등을 산출할 수 있다.

이것들은 상호 이끌리어 친하게 합(合)하며 상생(相生)하기도 하지만, 어울리지 않아서 배척하는 충(冲)과 극(剋)도 있어서.

서로 합이 들면 복록이 물론 넘칠 것이나 '상충', '상극'이 들면 질병과 고통에 시달리며 파가(破家)하여 고향을 떠나든지 소송·구설에 휘말리어 흉한 일이 그치지 않는다.

이는 간지오행에도 적용된다. 우주 만물을 형성하며 만상을 변화시키는 다섯 가지 원소인 쇠와 나무와 물과 불 그리고 흙, 곧 금(金)·목(木)·수(水)·화(火)·토(土)를 오행이라 하는데, 육갑의 간지마다 이 가운데 한 성질을 띠는 것이다.

말하자면 자신의 생년 간지가 갑자·을축인 사람은 '금(쇠)'에 해당하며, 병인·정묘인 사람은 '화(불)'요, 무진·기사인 사람은 '목(나무)'……이라고 보는 것이다.

그러나 같은 '금'이라 해도 납음(納音)에 따라 속궁이 다르다. 납음이란, 간지마다 오행을 밝히면서, 좀더 구체적이고도 상징적인 글귀로 그 성질을 압축 풀이해 놓은 말이니.

곧 갑자·을축은 '해중금'(海中金)이라 바닷속에 잠긴 쇠요, 갑오·을미는 '사중금'(沙中金)이어서 모래 속에 묻힌 쇠다. 그리고 무진·기사는 '대림목'(大林木)으로 우거진 수풀에 선 나무인가 하면, 무술·기해는 '평지목'(平地木)이매 평평한 땅에 난 나무다.

이 간지오행끼리도 상생과 상극이 있어, 서로 도와 번성하게도 하고 극하여 해치기도 한다.

아아, 풀잎 끝에 이슬 같은 초로인생, 바람처럼 건듯 한 번 왔다 가는 길, 사람으로 난 바에야 귀인으로 권세 높아 복록을 누리고 싶지, 그 누구가 제 운명에 흉액을 바라오며 상충이나 상극을 꿈꿀 것인가.

그러나 인생은 고르지 못하여, 칼을 맞고 살(煞)을 맞아 꺾이고 부서진 상처로 만신창이가 된 사람 수 헤아릴 수 없으며, 일이 뜻 같지 아니하여 평생에 숨은 근심을 곁의 사람조차도 아지 못하는 이 하나 둘이 아니다.

그러다가 끝내는 인생이 운명과 부딪쳐 박살이 나거나, 운명이 인생을 극(剋)하여 절명에 이르기도 하나니.

비명(非命)에 안 가도 죽음은 설운 것인데, 하물며 제명에 못 죽은 원혼들의 원통함이야 달리 일러 무엇 하리. 육십갑자 간지마다 원혼들의 곡성이 낭자하여, 목 놓아 우는 소리 이승을 적시고 구천에 울린다.

어와아, 세상 천지 사람들아.

이 내 원한 맺힌 마음 세세히도 풀어내어, 만리장성 펼친 듯이 구구

절절 읊어 주소. 가련하고 불쌍하다. 이 세상이 원수로다.

갑자 을축 해중금(海中金)은 금생(金生) 남녀 원혼이라아
송죽 같은 곧은 절개 해로 백년 하자고 맹세를 했건마는
이 세상에 태어나아 남 산 세상을 못 사시고
타고난 복을 못다 쓰고오
남 산 부부를 못 사시고
황천객이 되었으니이
근들 아니 원혼인가 나무아미타아불
병인 정묘 노중화(爐中火), 화생(火生) 남녀 원혼이라아
북망산천 달 밝은데 무인산중 홀로 누웠으니
독수공방 기나긴 밤을 어이 홀로 지새리요오
노상천백 타는 불에 무주고혼(無主孤魂) 분별할까
거리중천 떠다니며
야월공산 두견같이 주야장천(晝夜長川) 슬피 운다
구곡간장 썩어드니
근들 아니 원혼인가 나무아미타아불
무진 기사 대림목(大林木)은 목생(木生) 남녀 원혼이라아
동원도리(東園桃李) 섰는 수풀 곳곳마다 푸른 빛이라
울울창송 입하초에 추월상강(秋月霜降) 처량하다
설중매화 독대춘(獨待春)은 홀로 봄빛을 사양하네
눈을 들어 돌아보니 나오는 것은 한숨이요 흐르는 것은 눈물
이라

근들 아니 원혼인가 나무아미타아불
경오 신미 노방토(路傍土)는 토생(土生) 남녀 원혼이라아
살은 썩어 물이 되고 뼈는 썩어 흙이 되니
대로변에 묻힌 무덤 어느 누가 분별할까 한심허고 가련허다
근들 아니 원혼인가 나무아미타아불
임신 계유 검봉금(劍鋒金)은 금생(金生) 남녀 원혼이라아
일락서산 저문 날에 해도 졌다 다시 돋고
월출동명 저 동산에 달도 졌다 다시 돋건마는
저기 앉은 저 혼령은 아차 한번 가고 보면 다시 올 길 적막허니
만리천성 죽은 몸이 충효보행 어이하리
억만장졸 창검하에 객사고혼 가련하다
근들 아니 원혼인가 나무아미타아불
갑술 을해 산두화(山頭花)는 화생 남녀 원혼이라아
잎은 피어 청산이요 꽃은 피어 화산인데
불쌍하고 가련허신 좌우 앉은 조상들은 실신(失身)장군 사자
되야
봉화불을 어이할꼬 꺼져가는 연기라도 부칠 길이 바이 없네
근들 아니 원혼인가 나무아미타아불
병자 정축 간하수(澗下水)는 수생(水生) 남녀 원혼이라아
초패왕의 고집으로 구령 말을 아니 듣고
만경창파 푸른 물에 수중고혼 가련하다
밤은 깊어 삼경인데 짝을 잃은 외기러기
높이 떠서 빈 하늘에 나와 같이 슬피운다

근들 아니 원혼인가 나무아미타아불

무인 기묘 성두토(城頭土)는 토생 남녀 원혼이라아

일락서산 저문 날에 일월공성 처량하다

무주공산(無主空山) 적막하게 토생 남녀 봉분(封墳)하니

청송녹죽(靑松綠竹) 울을 삼고 홀로 누운 고혼(孤魂)이야

근들 아니 원혼인가 나무아미타아불

경진 신사 백랍금(白蠟金)은 금생 남녀 원혼이라아

백약에도 효험 없고 병환 나서 죽단 말가

만리타향 명부(冥府)에서

금의환향 돌아온들 어느 처자 반겨할까

고독으로 우는 몸이 가련하기 측량 없다

근들 아니 원혼인가 나무아미타아불

임오 계미 양류목(楊柳木)은 목생 남녀 원혼이라아

추풍세월 눈물 바다 방울방울 맺혀 있네

녹음방초 성화시에 시내 강변 푸르도다

늘어지고 처진 버들 죽은 고혼 돌아볼까

오고 가는 인간 일월 적막하기 그지없어

한심허고 가련하다

근들 아니 원혼인가 나무아미타아불

"여보, 여러 시주님네, 염불 말씀 다시 듣고 부디 부디 전심하소오. 처자권속 어진 마음 황천 길을 열어 주어 극락으로 나가려니, 홀홀이 모은 배는 풀어져서어 못 가겄고, 돌로써 모은 배는 가라

앉어 못 가았겠고오, 갈잎으로 모은 배는 풍파 쳐서 못 가리요오.
서가여래 귀헌 말씀 반야용선 제일이라아. 어서 가소, 권하시니이
선심으로 극락 가소. 어찌 아니 가련헌가. 인도 환생 하옵소사."

원한이야아, 원한이로오다아.

"일엽편주 돛을 달아 만경창파 짚은 물에 사해팔방 다니다가, 영
결종천 돌아가면 소식조차 돈절하네에. 허망하기 그지없다아. 구곡
간장 썩은 눈물 두 눈에서 솟아나니 눈물에 배 띄워라. 옥황전에 등
장 가자아."

원한이야아, 원하안이로오다아.

잠든 피를 불러 일깨우는 것도 같고 멍들어 울부짖는 피를 달래
재우는 것도 같은 징소리에, 당골네 백단이의 독경 소리가 굽이굽
이 실리면서 밤은 짐점 싶어진다.

"원(寃)이 지면 원을 풀고 한(恨)이 지면 한을 풀소오."

갑진 을사 복등화(覆燈火)는 화생 남녀 원혼이라아
추월춘풍 두견새는 공산야월 달 밝은데
홀로 앉아 슬피운다 어찌 아니 처량하리
무정이야 이팔청춘
어여쁜 그 모습은 간 곳이 바이 없고
등잔 불에 저 혼백은 잠들 길이 전혀 없네
근들 아니 원혼인가 나무아미타아불
병오 정미 천하수(天河水)는 수생 남녀 원혼이라아
칠월칠일 칠석날에 천리 은하 오작교에

일년일도(一年一到) 건너가서 견우직녀 상봉하야

만단설화(萬端說話) 못다 하고 무심하게 이별하네

귀명황천 돌아가며 걸음걸음 슬피 운다

근들 아니 원혼인가 나무아미타아불

무신 기유 대역토(大驛土)는 토생 남녀 원혼이라아

태산이 평지 되고 평지가 태산이 되도록 원혼 맺혀 한이로다

천년 만년 한이 되야 풀어낼 길 망연하다

가련허고 가련허다

이 내 몸이 북망산천 돌아가네

홍도백도 붉은 꽃은 낙화점점 눈물이라

가련허고 불쌍하다 이 세상이 원수로다

근들 아니 원혼인가 나무아미타아불

당골네는 제 설움에 겨운 일이라도 있는 사람처럼 흐느끼는 목소리로 육갑해원경(六甲解寃經)의 고비고비를 왼다.

무너져 주저앉은 초가지붕 귀퉁이에, 종이 등불이 흰 술을 달고 흔들리는 이 집은 문중에서도 기세가 없는 동녘골댁이다.

어쩌다가 성씨 하나만 반듯하게 타고났을 뿐, 이렇다 할 아무런 것도 내세울 만한 것이 없는 집으로, 동녘골양반은 타성들한테조차도 그다지 대접을 받지 못하는 형편이었다. 그러다 보니 자연 동녘골댁은 종가의 허드렛일을 도와가며 근근이 살아가는 궁색스러움을 면하지 못하였다. 그네는 용색조차도 상민들과 별반 차이가 나지 않았다. 처음 시집왔을 때만 해도 얼른 두드러진 모습은 아니

었지만 나이 덕으로 부영기는 하던 얼굴이, 이제는 오랜 세월의 근심과 고생에 찌들어 거멓게 죽어 있는 것이다.

"세상에 무슨 눈물 무슨 눈물 해싸도, 자식 앞세워 죽이는 설움을 당헐 것이 없지. 그것만은 못헐 짓이라."

동녘골댁이 그런 소리를 듣던 것도 벌써 칠팔 년 전의 일이 되고 말았다.

그때 당장으로는 저 집에 쌍초상 나게 생겼다고 수군거렸으나 다행히 그네는 정신을 수습하고 살아 남기는 남았다.

다만 그런 일이 있은 뒤로 그네는 몰라보게 수척해지면서 끝내는 숨이 차 오르는 병까지 얻어 버리고 말았다. 숨만 그렇게 가쁜 것이 아니라 무엇을 잘 먹지도 못했다. 그리고 아무것도 아닌 하찮은 소리나 사람의 기척 그림자에까지도 깜짝 놀라 한참씩 숨을 못 쉬곤 하였다.

"에이그, 천지신명도 무심하시지. 기왕에 한 목숨을 기어이 데려 가실 양이면 실한 놈은 남겨 두고 못난 놈을 업어 가시지, 귀신도 인물을 가리는가. 강수같이 용하고 듬직한 아들을 잡어 가시누 그래."

열아홉의 봄을 채 넘기지 못하고 동녘골댁 강수가 숨을 거두었을 때, 율촌댁은 혀를 차며 말했다.

"그런 소리 허는 것 아니다. 사람 목숨에 귀하고 천한 것이 어디 있는고. 인지상정으로 그냥 생각 없이 쉽게 던지는 말이 죄로 가는 일이 많느니."

무심코 한 율촌댁의 말을 받은 청암부인이 핀잔하였다.

"어찌 됐든 두 자식 중에 한 사람만이라도 살았으면 다 잃은 것에 비기겠느냐. 행여 듣는 데서는 그리 말허지 마라. 곱추도 자식이니라."

청암부인은 자신의 마음속에다 새기듯이 말했다.

그 다음 말을 입 밖으로 내지는 않았으나, 청춘에 먼저 간 청암양반을 생각하는 것이 분명했다.

(시늉만 남아 있더라도 살아만 있다면 오죽이나 좋으리. 문 열어 보면 방에 앉아 있고, 바라보면 얼굴이 보이고, 속에 있는 말 털어 놓으면 들어 주고. 내가 그 외의 무엇을 더 바라겠는가. 대저 남편이라 하는 것이 무엇이냐. 그것은 울타리라. 무심한 사람. 나를 이렇게 벌판에 세워 놓고 먼저 목숨을 거두어 길을 떠나 버리니, 나 혼자서 일구는 이 모든 경영이 황량하도다. 무슨 일이 그렇게도 급하여, 가면 다시 올 수도 없는 길을 그다지도 서둘러 갔었는고. 내게 병신 자식이라도 하나 남겨 주고 갔으면 마음이 이렇게 적막하지는 않을 것인지. 기채가 아들이 아닌 것은 아니지만 변덕스러운 것은 사람의 마음이라, 때로 서운도 하고 야속도 허다…… 동녘골 질부가 참척(慘慽)을 본 것은 절통한 일이나, 남은 자식은 그래서 더 중하고말고.)

청암부인이, 먼저 간 어린 신랑 준의를 때때로 생각하는지 안하는지를, 눈치채는 사람은 없었다.

다만 미루어 짐작으로

(아무리 당신이 천하에 보기 드문 여중군자라고 하지만 홀로 앉아 있을 때는 여인일시 분명한데, 서방님 생각을 하지 않으실 리가

있을꼬. 내색을 안하시니 그 깊은 속은 헤아리기 어렵지만……)

하고 접어 두는 것이 고작이었다.

그렇다고 누가 감히 입을 열어 부인의 심중을 물어 볼 수 있겠는가.

"동녘골댁 강수가 아무래도 숨을 지탱하기 어렵겠습니다."

벌써 칠팔 년이나 흘러가 버린 지난날의 일이지만, 어느 하루 아침, 이기채는 문안을 들어와 청암부인에게 말했다.

그때 부인은 한참 동안 아무 말도 하지 않고 조용히 앉아 있다가

"강수가 지금 몇 살이든고?"

하였다.

"열아홉이지요."

"……열아홉이라……."

청암부인의 말끝이 애석한 한숨으로 흐려지면서 흔들렸다.

"꽃다운 나이로다."

그때 문득 이기채는 청암부인의 비스듬히 내리는 눈빛과 말투에서, 그네가 낭군 준의 모습을 좇고 있는 것을 느꼈던 것이다. 그리고 순간적인 일이었지만, 웬일인지 송구스러워서 다음 말을 잇지 못하고 머뭇거렸다.

"목숨이란 한 번 지면 기약이 없는 것을, 떠나는 사람들은 뒤도 안돌아보고 서둘러 가느니. 야속한 일이로다."

"다 제 명이 그뿐이라 그렇게 부모를 남겨 두고 생병을 얻어서 먼저 가는 것이지요, 뭐."

"내 그런 옛말을 들은 적이 있다. 전생이라는 것이 참으로 있는

것인지 없는 것인지 알 도리가 없지만, 전생에서 서로 지극한 업을 지은 사람들은 이승에서도 지극한 사이로 다시 만난다 하더라. 서로 베푼 마음이 간절하고, 선한 공덕을 많이 쌓은 사람들이 부부나 부모 자식간으로 인연을 맺는다는 게야. 그러니 오죽이나 애지중지하는 사이겠는가. 허나 반대로 원수 척을 진 사람들이 또 그렇게 뗄 수 없는 인연으로 가까운 곳에 태어나거나 만나거나 한다는 말을 들었다."

"원수라면 생각만 해도 치가 떨릴 것인즉 전생에서만도 질릴 일인데, 무엇 하러 이승에까지 와서 다시 만난답니까?"

"그래서 인연이란 조심해서 맺어야지. 원수를 지어 놓으면 갚아야 할 게 아닌가. 뼛골에 사무친 원수를 갚는 길은 서로 뗄 수 없는 처지로 만나 평생 동안 지척에서 괴롭히는 일이거나, 기가 막히게 애틋한 사이에서 먼저 죽어 버려 남은 사람들을 애통하게 하는 일이 아니겠느냐. 원수도, 은혜도, 너무 지극해서 갚으려 할 때는 한 다리만 건너도 벌써 힘이 약해져 안되지. 한 지붕 아래 한 방의 한 이불 덮는 사이가 아니면 갚기 어려운 것이다. 그것이."

그런 맹랑한 말이 어디 있을까.

이기채는 속으로만 그렇게 생각하고 말을 하지는 않았다.

"어렸을 때 들은 이야기라서 아물아물하다만 전에 옛적에 어떤 사냥꾼이 있었다는 게야. 어찌나 명사수였는지 한번 팔매를 던지면 공중에 날아가던 매도 떨어졌다는 사람이지. 그 사람이 하루는 자기 집 밭머리에서 팔매 하나로 까마귀 세 마리를 잡았더라는구나. 그게 귀신이나 할 수 있는 일이지, 어디 사람의 솜씨냐. 그 사람은

110

어찌나 좋던지 입이 찢어질 지경이었단다. 물론 희색이 만면하여, 그날 밤에 까마귀 고기를 내외간에 앉아 맛나게 먹었지. 그런데 그 날 밤에 안사람이 수태를 하게 됐대. 사냥꾼은 이제 남부러울 것이 없어서 기고만장. 하는 일에 힘이 나고 신명이 나지 않았겠느냐."

그리하여 연년생으로 아들 삼형제가 태어났는데 그들은 누구보다도 잘생기고 영특하며 효성이 남다르게 뛰어나 사냥꾼 부부는 행복하기 더할 나위 없는 나날을 보내게 되었다.

그러던 하룻날 뜻밖에도 밭에서 아악, 비명 소리가 들려왔다.

숨이 넘어가게 자지러지는 그 비명 소리에 황망히 뛰어나간 사냥꾼의 아낙은 뜻밖에도 큰아들이 밭에 쓰러져 있는 것을 발견하였다. 정신없이 달려가 아들을 일으켜 세워 보았으나 아들은 이미 절명한 뒤였다.

"아침나절에 밥 잘 먹고 뛰어 놀던 아들이 한 마디 말도 못하고, 왜 그렇게 되었는지 알 길도 없이 죽어 버린 게야. 허나, 일은 그뿐만이 아니었다."

죽은 아들의 시신을 마당으로 옮겨 놓고 망연자실 넋을 놓아 울고 있는 아낙을 밖에서 다급하게 부르는 소리가 있었다.

"당신네 아들이 개울에 빠져 숨이 진 것을 우리가 메고 왔소."

뜻밖에도 동네의 장정들이 어깨에 메고 온 둘째아들을 내려 놓는 것이 아닌가. 그것을 본 아낙은 그만 기절을 하고 말았다.

"생떼 같은 두 아들을 한꺼번에 잃은 아낙은 정신을 수습하지 못한채 죽은 듯이 혼절하여 있는데 사냥꾼이 돌아왔어. 그 사람은 또 얼마나 놀랐으리요. 그게 무슨 참담한 꼴이겠는가……? 혼비 백산 눈이 뒤집힌 사냥꾼은 나머지 아들을 찾으러 온 산야를 헤맸지. 그러나 찾을 수가 없었어. 비오듯이 땀을 흘리면서 집으로 돌아와 이 어처구니 없는 횡액에 가슴을 치며 고꾸라저 통곡을 하는데, 집안 어디선가 아들의 신음 소리가 들리는 게야."

창황히 뒤안의 헛간 쪽으로 가서 소리 나는 곳을 찾았다.

가느다란 신음은 분명히 헛간에서 나는 것이었다. 사냥꾼은 다급하게 문짝을 걷어차고 안으로 들어가 보니, 여태까지 찾아 헤매고 다니던 막내아들이 덫에 치여 피를 흘리고 있지 않은가.

"아이고, 아가."

그 덫은 사냥꾼이 있는 솜씨를 다해서 만든 튼튼한 것으로, 멧돼지를 잡을 때 쓰는 것이었다.

아비가 미친 것처럼 울부짖으며 가까스로 아들의 발목을 잡아 빼내 주었을 때는, 이미 아들이 숨을 거두고 난 다음이었다.

아비는 아들을 찾으러 어리석게도 바깥을 헤매고 돌아다녔던 것을 탄식하며 가슴을 쥐어뜯었다. 그리고 덩클 덩클, 피를 토했다.

(아아, 한 자식만은 건질 수 있었던 것을, 내 집안에서 내가 만든 덫에 내 자식이 치여 숨지다니. 세상 천하에 이런 기구한 일이 어디 또 있을까. 하늘은 참으로 계신가. 귀신이 계신다면 이 속을 아시는가.)

세 아들을 단 하루에 잃어버린 사냥꾼 내외의 상심은 이루 말로 다할 수가 없는 것이었다.

그들은 먹지도 못하고 잠들지도 못하면서 피골이 상접하여 꼬챙이처럼 말라가게 되었다. 사냥꾼은 사냥도 나가지 않은 채 잃어 버린 자식에 대한 애착으로 번민하였다. 이웃 사람들조차도 그들 내외를 알아볼 수 없을 만큼 변해버린 두 사람은, 숨만 붙어 있을 뿐 송장이나 한가지였다. 자연히 그들은 목숨마저 위태롭게 되고 말았다. 그러나 그들은 이미 목숨에도 마음이 없었고, 세상에도 아무 뜻이 없었다.

그러한 사냥꾼의 하룻밤 꿈에 아들 삼형제가 나란히 나타났다.

살아 있을 때와 다름없이 환하고 아름다운 모습에 부드러운 미소를 띄우며, 그들은 낭랑하게 제 아비를 부르는 것이었다.

사냥꾼은 꿈인 줄도 모르고 미친 것처럼 두 손을 벌리며 어푸러질 듯 달려가 아들을 품에 안으려 하였다.

그러나 아들들은 한 발짝 뒤로 물러섰다.

깜짝 놀라 허둥지둥 다시 쫓아간 아비를 피하며 이쪽으로 저쪽으로 팔짝 팔짝 옮겨 앉는 자식들을 애가 타게 잡으려던 사냥꾼은

"야속한 자식들아. 어찌 그리 이 아비 심정을 모르느냐. 꿈이라도 좋고 생시라도 좋으니 한번 안아 보기나 하자. 이 아비 가슴에다 못을 박고 죽은 것도 불효거늘 무슨 억하심정으로 내 가슴을 또 다시 이렇게도 매정하게 태우느냐."

사냥꾼은 피를 토하며 목이 메어 울부짖었다.

그제서야 아들 하나가 입을 열어 말했다.

싸늘하게 비웃는 말투였다.

"네가 아비라니. 그런 소리 하지 마라."

아비인 사냥꾼은 아들이 내뱉는 말에 대경 실색 질려서 말을 잇지 못한 채, 발이 얼어붙어 그 자리에 멈추어 서고 말았다.

"내가 너희들의 아비가 아니라니 이 무슨 해괴한 말이냐. 아무리 유명(幽明)을 달리하였다고 한들 이런 터무니 없는 망언을 하다니. 나는 너희들을 잃은 뒤에 노심초사 애통하고 한스러워 이제는 거의 죽을 지경에 이르렀건만, 너희들은 어느새 아비도 몰라볼 만큼 무정해졌단 말이냐. 이놈들아……."

그는 끓어오르는 분노와 설움을 가눌 길이 없었다.

그러면서도 이 비정한 아들들을 향하여 다시 한번 두 팔을 벌렸다.

"너는 듣거라."

이번에는 다른 아들이 입을 열었다.

여전히 냉랭하고 차가운 말투였다.

"우리들이 너와 함께 순한 인연을 짓고 만난 사이라면, 이렇게 하루 아침 하루 저녁에 한꺼번에 죽어 없어지겠느냐. 우리들은 너에게 원수를 갚으려고 사람으로 태어난 것이니라."

"원수라니, 너희가 나와 무슨 원수를 지었관대 이런 처참한 꼴을 당하게 한다는 것이냐?"

"자기가 지어 놓은 일이 무엇인지를 모르고 있으니, 받은 응보에 대해서도 깨달음이 전혀 없구나. 보아라. 우리들은 네가 연전에 밭에서 팔매로 쏘아 맞힌 까마귀들이다. 멋모르고 노니는 우리를 돌멩이 한 개로 한날 한시에 죽였으니, 우리 원혼이 분을 참지 못하고 네 자식으로 태어난 것이다. 남다르게 인물도 출중하고 남다르게 효행이 빼어났던 것도, 모두 다 훗날에 너를 절통하게 하려고 그리한 것이다."

말을 마친 삼형제는 그 자리에서 홀딱 몸을 뒤집어, 그만 까마귀로 변해 버리는 것이었다.

"우리가 전생을 몰라서 생사의 인연을 놓고 설워하는 것이지, 알고 보면 모두 다 제 받을 몫을 받는 것이야."

청암부인은 까마귀 형제들의 이야기 끝에 한숨을 쉬었다.

(나도 죄가 많은 사람이 분명하다. 아마 전생에서는 내가 그 사람을 두고 먼저 죽었는지도 모를 일. 아니면 내가 무슨 못할 짓을 그렇게도 모질게 했었던고.)

"어머니. 사람이 살고 죽는 것이 하늘의 이치에 따른 것이지, 어찌 한낱 허황된 이야기를 따른 것이겠습니까?"

"그 하늘의 이치라는 것은 또 무엇이랴. 사람의 지혜, 분별지(分別智)로 알아내기 어려운 일인 것은 전생이나 다를 바 없느니라."

이기채는 청암부인의 심정이 예사롭지 않은 것을 눈치채고 말머리를 돌렸다.

"허나, 강수 그놈이 죽게 된 것은 참으로 맹랑한 일이올시다."

"맹랑하다니……?"

"젊은 나이에 사내놈이 그래 부모를 남겨 두고, 병신 아우를 앉혀 놓고, 병도 많고 많은데."

까지 말하던 이기채는 차마

"상사(相思)로 병을 얻어 그예 죽게 생겼다니, 이런 못난 놈이 세상 어디 있습니까? 그것도 상피(相避)로 말입니다."

하고 말하지는 못한다.

아무리 어린 나이의 조카뻘이지만 이미 온전치 못하여 목숨을 버리다시피 된 사람을 비난하는 것이 마음에 걸린 탓이었다.

하지만 청암부인이라고 해서 그간 오랫동안 떠돌던 소문을 모르고 있지는 않았다.

"상사불견(相思不見)이면 어찌 병인들 나지 않으리."

방안에 무거운 한숨이 고였다.

결국 강수는 숨을 거두었다.

"심지가 그것밖에 안되는 놈의 소갈머리. 죽었대서 울 것도 없어. 거적에다 말아서 길바닥에 내버리면 그만이야. 아 시끄러워, 울지도 말어. 그런 놈은 자식도 아니야."

동녘골댁이 터지는 곡성을 참아 내지 못하고 체읍하는 양을 물끄러미 바라보던 동녘골양반은 거칠게 쏘아붙였다.

그의 눈자위가 짓무른 듯 벌겋게 충혈되어 있었다.

"세상을 살다가 참 이런 꼴을 당허지 말어야는 것이여. 자식 키워서 이런 보갚이를 받어야 헌다면 어느 놈이 자식을 낳겠는가. 이런 놈의 허망한 꼴이 있어 그래. 허허어……."

강수는 이름 값을 못하고 죽은 셈이었다.

편안 강(康)자에 목숨 수(壽)자를 붙여 준 부모는 그의 목숨이 짧은 날에 스러지고 말 것을 미리 알기라도 했던 것일까. 그나마 평탄치 못한 젊음으로 제 목숨을 갉아 먹다가 쇠진하여 저절로 숨이 지고 말 것도 미리 헤아렸었는지.

"죽기를 잘한 놈이니 생각도 말어. 천륜도 모르는 놈. 제 놈이, 남 가진 인정만 있었대도, 그런 경우 없는 짓을 허지도 않았을뿐더러, 눈 시퍼렇게 뜨고 있는 부모 형제 다 두고, 나 몰라라 허고 제 목숨만 걷어 가졌는가. 그런 인정머리 없는 놈, 제 생각으로만 꽉 차서 눈먼 놈, 인제 그놈 말은 나 숨 떨어져 죽을 때까지 입 밖에 꺼내지도 말어. 누구든지 주둥이에 그놈 이름 올리기만 해 봐. 내 손에 죽을 테니."

동녘골양반은 숨이 받혀 말을 똑똑 끊어 가며 그렇게 뇌이고는 동녘골댁과 어리보기 곱추인 강우를 노려보았다. 그 서슬에 질린 모자는 흘리던 눈물조차도 지우지 않으면 안되었다.

문중의 사람들도 동녘골댁 식구들을 만났을 때, 문상의 말 대신에 다만 혀를 차며 어두운 얼굴로 심중을 전하였다. 그것은 동녘골양반의 심기나 괴로움을 헤아리기 때문이기도 하였지만, 그보다는 강수의 죽음이 문중에 그만큼 충격적인 일이었던 탓이었다.

"상사병으로 죽는 일도 흔한 일이 아닌데, 그것도 상피라니. 참으로 망측한 일은 망측한 일이야. 아니, 어떻게 이런 일이 실제로 일어날 수가 있어? 허어, 참."

이기채는 그때 기표를 마주하고 앉아 무거운 음성으로 연신 같은 말을 되풀이하였다.

"그래도 강수 그놈이 죽기를 잘했지. 살았으면 더 큰일도 낼 뻔하지 않았습니까? 막말로 그것들이 흘레라도 붙어 보십시오. 그렇게 되면 결국 본인은 물론 파문을 당하고 온 집안 권속들도 일문에서 쫓겨나 거적을 메고 유리걸식(流離乞食)을 하게 되었을 겝니다."

"거 무슨 말을 그렇게 독허게 허는가? 그리 되기를 바라는 사람이 어디 있었겠어? 젊어 한때 빗나간 가쟁이에 잘못 찔린 것이니, 어쩌든지 제 마음을 잘 다스리고 정신차려서 회생하기를 빌었든 게지."

"회생을 할 위인이 그렇게 죽는답니까? 젊은 나이에, 앞길이 구만리같이 창창한 인생을 마다하고, 상사가 뼛골에 사무쳐 세상까지 버릴 성품이라면, 살아 남았대도 그다지 순탄치는 못했을 겁니다. 그나저나 어처구니가 없는 것은 저도 마찬가지올시다."

"아, 생각을 해 보아. 많고 많은 것이 처자요, 나이 차면 어련히 혼담이 오고 갈 것인가. 아무리 기운 집안이라도 성씨가 있는데 아무러면 중인(中人) 혼사할까. 눈이 옆구리에 달려도 분수가 있지, 대소가 큰애기에 넋을 홀려 대장부 일신을 망친단 말이야?"

"그러기에 환장을 한 것이지요."

기표는 날카롭게 대꾸한다.

"다른 문중에서 행여라도 이런 소문, 알까 겁납니다. 그렇지 않아도 선대에 울리던 세도며 덕행에 학문조차, 이제는 한낱 족보에 남은 자랑거리처럼 돼 버려서 가뜩이나 아슬아슬, 자칫 한미한 집안으로 내려앉으려는 이 마당에, 이제는 상피마저 붙으면 도무지 집안 체면이 무에 되겠습니까. 개 도야지 한가지로, 눈에 뵈는 대로 덤비고 엉키는 꼴이, 그게 어디 제대로 사는 사람 집구석 꼴이냐고요. 중인 상것들도 본 데 있고 배운 데 있는 사람들이라면 생각도 못할 일이며, 저 알아서 오죽이나 삼갈 일인데 말입니다."

"허 참. 맹랑한 일은 맹랑한 일이야. 입에다 담기도 민망한 사연이고 말고. 여하튼 이제 강수 그놈이 저렇게 청춘에 요절을 해 버렸으니, 남은 부모 형제들 처참하고 구차한 형상은 또 어찌 봐야 허는고. 세상 돌아가는 이치가 분명히 있을 것인데 이거는 자고 새면 일이 생겨 도무지 종을 못 잡겠으니, 이게 무슨 징조는 징조야."

"전에도 더러 이런 일들이 있기는 있었지요. 소문을 안 내고 덮어 두면서 쉬쉬 입을 막았으니 망정이지."

그러나 행세하는 집안의 문서에 그런 기록이 남아 있을 리 없고, 점잖은 부인들이 자녀를 대하여 그런 이야기를 옮길 리가 없으며, 인륜 도덕을 하늘의 뜻으로 받들고 골수에 맺히게 새기는 반가(班 家)의 동서들끼리 그런 소문을 숙덕거릴 리 없어서, 알게 모르게 지 워져 버린 패륜(悖倫)의 사연들이 어찌 하나 둘이랴.

패륜.

강수는 그 무거운 굴레에 목이 눌려 숨이 진 셈이었다.

어쩌면 그는, 아무도 모르게, 그 자신조차도 미처 헤아리지 못한 열화(熱火)에 스스로 소진하여 버린 것이었는지도 몰랐다.

문중에서는 드러내 놓고 이야기하지도 못하고 그대로 넘길 수 도 없어서, 종가의 사랑에 모여앉아 서로들 쓴 입맛을 다시며 혀 를 찼다.

"그나마 다행인 것은, 그래도 진예(珍艾)가 출가를 했음이요. 만 일 그 애가 아직도 여기 남아 있었더라면, 이런 일이 벌어진 마당에 어디 혼인인들 제대로 했겠소?"

"어허, 모르시는 말씀이요. 소문이란 화살보다 빠른 법, 이 소문이 예사 소문이요? 둔덕만 하나 넘으면 최씨들 사는 곳인데, 그게 사흘 이 걸리겠소오, 나흘이 걸리겠소. 오늘 해 안으로 골백번이나 왔다 갔다 했을 거요. 그 사람들 성정(性情)을 몰라서 하는 말이요? 하늘 을 쪼갠다 하면 쪼개야 하는 사람들이고, 물을 가른다 하면 갈라야

하는 사람들 아니요? 향내 나는 양반이라 도도한 그 집안에서, 새며
느리 맞은 지 얼마 되지도 않은 터에 이런 괴이한 소문에 접하고 나
면, 그 다음에 어찌 할는지는 불을 보듯 훤한 일일 겁니다."

"어찌 꼭 일 나기 기다리는 사람같이 그렇게 잘라 말허는고?"

"감춰 봐도 소용없는 일이 아닌가요? 망신스러운 것은 이미 가릴
수가 없게 됐습니다. 손바닥으로 해를 가리는 게 낫지."

"어허어어. 이래서 다 예부터 남녀 칠세 부동석이라 하고, 샘길에
여아를 내보내지 마라 경계하지 않았든가. 여자의 목소리에 음기
(陰氣)가 자욱한지라, 본디 그 소리는 울타리를 넘어서는 안되는
법. 진예 탓도 적다고는 못허지."

"그런데, 도대체 그것들이 무슨 일을 어느 만큼이나 저질렀길래,
이런 사단(事端)이 나고 말었을까요?"

드디어 한 사람이 조심스럽게 머뭇거리며 그렇게 물었다.

그런 이야기들은 안채에서라고 다를 바가 없었다.

부인 몇몇이 문안 삼아 청암부인에게 들렀다가 그대로 앉아 해
가 기울도록 일어설 줄을 몰랐다. 도중에 한둘은 먼저 내려가기도
하였지만, 새로 올라온 사람도 있어, 같은 말이 몇 번씩 반복되기도
했다.

"아짐, 법도대로라면 강수가 살았대도, 덕석말이를 당했겠지
요?"

그 말에 대하여 아무 대답도 하지 않고 무겁게 고개를 끄덕이는
청암부인을 대신하여, 말한 사람의 재당숙모 홈실댁이 나섰다.

"덕석말이만 당허고 마는가? 몰매까지도 맞고, 안 죽을 만큼 닥달

을 당헌 끝에 온 동네 끌려 돌고 다니면서 회술레를 당허고, 그 길로 내쫓기는 게지."

"안 죽으면 다행인데, 그러다가 죽은 목숨도 부지기수라대. 죽어도 별 수 없는 것이라. 그런 자식을 둔 부모까지도 마을에서 쫓겨나는 판국에 누가 옆에서 말리지도 못하고, 말릴 일도 아니지. 어른들이 허시는 일이고 법도를 따르는 것이니."

"그렇게 죽으면 시신도 못 거두는 것이라면서요?"

젊은 축인 솔안이[內松]댁이 어른들 말씀 사이로 끼여들었다.

"시신이 다 무엇이야? 그대로 거적에 말어서 동구 밖에다 버리는 게지."

"아이그, 저런."

탄식을 터뜨리는 사람은 나이 엇비슷해 보이는 연동(蓮洞)댁이었다.

"남부끄럽고 민망해서 결국은 남은 식구들도 다른 데로 떠나는 경우가 보통이지 무어. 그러다가 끈을 놓치고 상놈 되는 거여."

"타성바지 천대허는 게 다 그런 까닭 아닌가……."

홈실댁 말에 청암부인은 침중하게 대헸다.

"아니 그런데 강수가 그런 걸 몰라서 그랬을까요? 모를 리 없으면서 왜 그렇게 허무맹랑한 심사를 품고, 청춘에 인생을 버립니까?"

얼굴이 얇은 연동댁이 눈썹을 꺾어 찌푸리며 혼자말같이 중얼거렸다.

"알고 있었으니 제 딴에도 괴로워서 번민한 것일 테지. 상사만도 병인데다가 법도에도 어긋나는 사정을 혼자서 못 견디고, 애꿎은 목숨만 내버린 것 아니야. 어이그으. 철딱서니 없는 것."

청암부인의 손아래 동서 이울댁이 쯧, 쯧, 혀를 찼다.

"철딱서니 없다고만 동정할 일도 아니지요. 기왕에 죽은 것은 가련하지만, 이런 해괴한 정상을 예사롭게 여긴다면, 부녀, 모자, 오누이, 남매라고 어디 믿을 수 있겠습니까? 끔찍하여 입에 담기 송구하지만, 대저 일가 친척 대소가라는 것이, 지친(至親) 육친 한가지인데 애초에 그런 마음을 품는다는 것부터가 금수 아니고서는 못할 짓, 친(親)형제 남매를 능욕하는 것과 무엇이 다른가요?"

솔안이댁 음성에서 쇳소리가 났다.

"여보게, 그렇게 독하고 모질게 말 안해도 다 그런 일은 해서는 안된다 하고, 못할 일로 생각지 않는가?"

야무지게 말끝을 오무리던 솔안이댁은 청암부인의 책망에 멈칫하였다. 그리고 모처럼 입을 연 청암부인에게로 방안의 사람들 눈이 쏠렸다.

"사람의 마음이란 다스리면 성현 군자도 되고 재세 영웅도 되지만, 자칫 고삐를 놓친다면 사나운 말 한가지라. 내 속에서 우러나온 마음이 결국은 나를 발길질하고 짓밟게 되지. 미처 피하지 못하면 그대로 밟혀 죽는 게야. 허나, 잘 다스리고 길들이고 정성껏 보살피면 천리라도 달리는 준마가 되고, 일세를 풍미하는 명마도 되네. 강수가 그 고삐를 잘못 쥔 것이 애석한 일이야. 사람들은 눈에 안 보이는 것은 허수로이 알기 쉽지만, 사실은 눈에 뵈는 것의 주인은 눈에 안 보이는 데 있거든……. 심정이야 어디 손에 잡히는가? 허나,

이 심정이 상하면 밥을 먹어도 체하고, 심정이 슬프면 마른 눈에도 눈물이 고여 흐르는 이치를 생각해 보게. 형체 없는 마음이 능히 목숨조차도 삼키는 것이 놀랍고 두려울 뿐이네."

좌중은 청암부인의 말에 잠시 조용해졌으나, 앉은 부인들의 얼굴에 떠오르는 의구심의 낯빛은 미처 감추어지지 못하였다.

(이상도 허시다. 제일 큰어른으로 가장 노여운 말씀을 하실 줄 알았는데 뜻밖에도 마음을 논하시다니.)

"사람들의 마음이란 헤아리기 어렵네. 여기 모여서들 분분하게 이야기하는 것도 겉으로 보면 인간의 도리와 행신(行身)에 대해서 말하는 것 같지만, 한번 뒤집어 보면 묘한 구석이 숨겨져 있거든. 강수는 이미 저승의 객이 되어 버렸는데, 오죽이나 사무쳤으면 태산이라도 들어 옮길 청춘의 나이에 제 목숨 하나도 다 부지 못하고 죽어갔을꼬. 무주고혼(無主孤魂) 거리 중천에 떠도는 그 어린 것이 가련하기 짝이 없건만, 이승에 남은 사람들은 그 이야기를 이리저리 헤집고 되엎으며 남모르게 재미도 있어 한단 말일세. 내 말이 너무나 야속한가? 이미 세상이 싫어서 떠나 버린 혼백의 일을, 세상에 남은 사람들이 이러니 저러니 공론하면서 뒷자리를 시끄럽게 어지럽히는 것도 망자한테 미안하고, 덕있는 일은 못 되는 것, 그만들 이야기하세."

그러면서 청암부인은 눈을 내리감아 버렸다.

그 바람에 자리는 파하여지고 부인은 혼자 남게 되었다.

목숨.

세상에서 이보다 값진 것이 어디 있으랴. 목숨이 있으므로 만물이 비롯되고, 목숨이 지면서 만물 또한 따라서 지고 만다.

이미 목숨을 거두어 버린 사람에 대해서는 무슨 말을 한다 해도 공허한 일이 아니겠는가.

(죽은 사람은 허공이나 한가지라.)

며칠이 지나고 나서 동녘골댁으로 내려간 그네는 같은 말을 하였다.

"하늘이 부끄러워…… 억장이 무너…… 지고…… 뵐 낯이 없어서요…… 전생에 무슨 죄를 지어…… 이런……."

청암 부인이 두 손으로 동녘골댁의 손을 잡아 쥐자 그네는 울음에 체하여 말을 잇지 못하였다. 부인은 아무 말 없이 그네의 등을 어루만지며 쓸어 주었다.

"말해서 무엇 허겠는가. 말 안해도 내 알겠네. 허나 사람이 한평생을 살자면 좋은 일 궂은 일이 어찌 뜻대로만 된다든가. 십 리 길만 가자 해도, 황소도 만나고, 지렁이도 밟고, 돌부리에 채여 넘어지기도 하네. 인생은 그보다 더 멀고 긴 것이니 잊어 버리게나."

"어쩌다가 그 놈이, 어쩌다가…… 남 않는 일을 제가 왜…… 남다르게. 유별나게…… 어허그흐으."

"강수 탓만도 아니야. 이 좁은 노적봉 아래 손바닥만한 터에서, 삼백 년 사백 년씩 타성 들이지 않고 한 집안끼리 자작일촌(自作一村)으로 살아왔으니, 서로 마음에, 한아버지 자손이라 다정하여 경계하지 않는 것은 당연지사 아닌가."

(그뿐이리, 같은 나이에 태어나지 않아도, 삼백 년 전에 울던 뻐꾹새 소리 삼백 년 뒤에 그 후손이 또 듣는 것을. 하물며 앞서거니

뒤서거니 난 것들은 같은 새 소리에 잠을 깨고, 같은 꽃을 보고 뛰놀며, 같은 바람 소리에 잠이 드네. 문중의 오라비 따라 언덕에서 쑥도 캐고, 그러다 넘어지면 일으켜도 주고, 네 것 내 것 가리지 않고 나누어 먹다 보면, 어찌 정인들 들지 않겠는가. 거기다가 바깥에서 사람들이 들어오는 일도 없고, 바깥으로 나가는 사람을 구경하는 일도 없이, 우물속같이 고여 사는 젊은 것들이 제 속에서 넘치는 심정을 어디에 쏟을 것인가. 칡뿌리든지 소나무 뿌리든지 하찮은 풀뿌리든지 간에 한 그릇 속, 한 자리에 붙박혀 있으면, 제 뿌리끼리 엉키는 것을 막을 길이 없다네. 그것을 미리 알고 선인들이, 재앙을 막자고 그렇게도 가혹하게 징벌하고 경계해 온 것이 아니겠나. 다 그만한 까닭이 있어서 말일세.)

천상부정 지하부정 원가부정 근가부정 대문부정 중문부정 개견부정 우마부정 금석부정 수화부정 토목부정 오방부정 사해부정 점개부정 칙거부정 조정부정 방청부정 연월일시 사부저엉
천상지하 부정소멸 원근가내 대중소문 부정소멸 개견우마 금석수화 토목인물 부정소멸 오방사해 점개칙거 조정방청 내외부정소멸 연월일시 사부정소멸 정칠월 인신이 팔월 황천 삼구월 천라 사시월지망 오지월 수중 육납월 십왕부정 개실소멸 동서남북 사해팔방 이십사방 부정개실소멸 태세세살세파방 부정개실소멸 산수 생살부정 개실소멸 종종부정 속거 타방만리지외에
오옴 급급여율려엉사바하아
괭괭괭괭 꿍 괴괭괭괴앵

부정경(不淨經)을 외는 당골네의 낭랑한 목소리가 여름밤의 메마른 한 고비를 휘어감고 있을 때, 오류골댁은 토방에 내려서며 신발을 챙겨 신는다. 좀 늦기는 했지만 이제라도 동녘골댁으로 가려는 참이다.

오류골양반 기응은 아까 해거름 판에 기표와 더불어 임실(任實)로 나갔는데, 거기서 오늘 밤을 유하고 내일 새벽 임실 일을 본다고 했다. 그리고는 저녁 무렵에나 올 것이라고.

(집이 비어서 어쩔꼬. 이 양반이 계신다면야 단손에 혼자 애쓰는 동녘골댁 일인데 어련히 알아서 초저녁부터 가 볼까⋯⋯. 그렇지만 강실이 혼자 뎅그러니 빈 집에 앉혀 놓고, 내가 없으면, 밤새도록 마음이 안 놓이고.)

아까부터 망설이던 오류골댁은 마당에 서서 동녘골댁 쪽을 한번 보고, 안방 쪽을 한번 보고, 저물어가는 하늘을 한번 보고, 하면서 쉽게 마음을 결정짓지 못하였다.

아무래도 강실이가 마음에 걸리는 탓이었다.

(애꿎은 청춘에 죽어간 강수가 오늘 밤에는 그 혼신(魂神)이나마 혼인식을 올리는 날이니, 잔치라면 이것도 잔칫날이라 안 가 보는 것도 도리가 아니고, 그렇다고 시집도 안 간 저것을 어디 굿허는 데 데리고 갈 수도 없고, 누구 마참허게 집에 와서 좀 같이 있으라고 했으면 좋겠그마는, 웬만치 가차운 사람들은 모두 동녘골댁에 갔을 것이고⋯⋯.)

그러는 사이에 하늘은 검푸른 빛을 머금더니 이내 검은 빛이 짙어지면서 별이 돋아났다.

"동서, 아직 안 갔는가?"

사립문을 비그시 열며 수천댁이 묻는다. 오류골댁은 얼른 문간으로 와 안쪽에서 문짝을 잡아당겨 열어 준다. 그저 비워 두기 허전해서 대문자리 시늉만 한, 소박한 사립문이다.

"지금 가시는가요?"

"응. 자네 안 갔으면 같이 갈라고."

"저도 가야지요. 그런데 저것이 혼자 집 지키게 생겨서 어쩔까아 이러고 있네요."

"강실이?"

"예. 다 큰 것을 두고 집을 비울라니 걸려서요."

"뭐 별 일이야 있을라고? 다 한집안인데."

"그래도 그 집에 가면, 암만해도 밤을 새워야 굿이 끝날 텐데요?"

"그렇기는 허겄네. 그럼 어쩌는 것이 좋겄는가?"

오류골댁은 물어 보는 수천댁에게 오히려 대답을 듣고 싶어하는 낯빛으로 눈썹을 모은다.

수천댁도 턱을 목 안으로 끌어당기며 잠시 생각을 한다.

"하필 오늘사말고 서방님도 안 계시고잉……."

"글쎄 말씀이요."

수천댁은 고개를 갸웃하더니 안에서 등잔불빛이 막 밝혀지는 안방문을 턱으로 가리키며 말했다.

"큰집에 올라가 있으라고 하지 뭐."

"그래도 되까요?"

오류골댁이 근심스럽게 물었다.

"큰집인데 무어 허물이 있어?"

"아니, 허물이라서가 아니라, 큰어머님 실섭해 계신데 오고 가고 공연히 번거로울까 싶어서요."

"강실이가 어디 걸어가는 소리라도 나는 사람인가? 옆에 있어도 안 돌아보면 있는가 없는가 알지도 못허게 조용한 아이가, 무얼 번거롭게 허겄어? 동녘골댁 일 되어가는 거 봐서 좀 일찍 일어나게 생겼으면 먼저 오든지. 다 끝나도록 있지 말고. 올 때 큰집에 들러서 자네가 데리고 오면 안되겠는가? 별 어려운 일도 아니구만 그래."

수천댁은 머뭇거리고 있는 오류골댁에게 손짓을 하며, 어서 그렇게 하고 가자고 했다.

"그럼 먼저 올라가서요. 내, 강실이한테 말 좀 이르고 같이 나서지요. 데려다 주고 가게."

"그리여. 서둘러서 금방 와."

오류골댁은 어둠 속으로 멀어지는 수천댁의 발자국 소리를 들으면서 사립문을 지그려 닫고 안으로 고개를 돌렸다. 창호지에 번지는 불빛이 그새 좀더 붉어진 것이 시간이 기운 모양이었다.

방안은 더운 열이 후끈하였다. 그러나 한여름이라 해도 과년한 처자가 있는 방의 덧문은 밤에 활짝 열어 놓을 수 없는 일이었다. 물론 모기떼의 극성 때문에 그렇기도 했지만, 울도 담도 없는 집의 방문을 함부로 단속하는 것은 길거리에 나앉아 있음이나 같은 때문이었다.

강실이는, 등불 아래 앉아 오류골댁과 기웅의 삼베 잠방이, 적삼, 치마 들을 손질하고 있었다.

수그린 그네의 이마에 땀방울이 송글송글 맺혀 등잔불빛에 빛났다. 그것들은 작은 이슬처럼 맺히다가 물방울만큼 커지면서 도르르 굴러 내리는 것이 얼른 보면 우는가도 싶었다.

"가문 날이 무덥기는. 강실아, 너 그거 멀었냐?"

"아니요."

"거진 다 했어?"

"예."

"그러면 개켜서 밟어 놓고 나랑 같이 나서자."

강실이는 풀 먹인 빨랫감이 엉성하게 일어서는 것을 다듬고만 있을 뿐, 어디를 함께 가느냐고 묻지 않았다. 아까 밖에서 어머니와 수천 숙모가 하는 이야기를 들었기 때문이기도 하였고, 무슨 일에나 먼저 나서서 말하지 않는 성품 탓이기도 했다.

푸우우.

대답 대신 사기대접의 물을 한 모금 머금은 그네는 옷가지 위에 안개처럼 그 물을 뿜어냈다.

오류골댁도, 숨이 죽은 빨랫감을 차곡차곡 접으며 옆에서 거들었다.

"지푸라기를 엮어서 사모관대 시키고 녹의홍상 입힌다고 그게 참말로 무슨 혼인이 될까마는, 그래도 죽은 혼신 골수에 맺힌 한도 풀어 주고, 산 사람 가슴에 박힌 못도 뽑아 주고 한다면 오죽이나 좋겠냐. 이런 일이 아주 헛짓은 아니거든. 강수 신부 될 규수도 원통허게 죽은 혼신이라드라. 당골네 말로는 살아 생전에도 아주 깨끗허게 살다가 비명에 갔다드구만……. 어쩌다가들 그렇게 제 명을 다 못 살고 횡사를 했는지. 그나저나 이제라도 서로 연분이 맞어서 짝을 짓게 되었으니 혼신이라도 잘된 일이기는 잘된 일이지. 이런 일도 다 인력으로는 못허는 일. 무슨 인연이라도 있으니 되는 것이지."

푸우우.

강실이가 다시 물을 뿜어냈다.

그것은 마치 응어리진 한숨을 토해 내는 소리처럼도 들렸다.

나무관세음보살마하살 나무대세지보살마하살 나무여의륜보살마하살 나무대륜보살마하살 나무관자재보살마하살 나무정취보살마하살

나무수월보살마하살 나무군다리보살마하살 나무십일면보살마하살

나무제대보살마하살 나무본사아미타아부울

시어미가 하던 일을 물려받은 세습무(世襲巫) 당골네 백단(白丹)이는 다른 것은 몰라도 목소리 하나는 타고났다. 신들린 무당이 아니라 배운 점(占)이라고, 그 영험에 대해서는 그다지 신통하게 여기지 않았으나, 낭랑하고 서러운 그네의 독경이며 사설만큼은 과연 구천의 혼백이라도 눈물짓게 할 만했다.

당골네의 천수경이 물 소리처럼 넘쳐난다.

마흔 개의 팔이 있다는 천수관음, 그 팔 하나마다 스물다섯 가지의 힘을 가지고 있어서 결국 손이 천 개나 된다는 천수관음, 자비롭

기도 하시다. 천 가지 손으로 이 가련한 중생의 천만 근심을 어루만져 없애 주신다는 보살, 그 공덕의 광대함을 말로 다할 수 있으랴.

"관세음보살."

오류골댁은 토방에서 내려서며 속으로 뇌인다. 그렇다고 그네에게 무슨 남다른 불심이 있어서는 아니었다. 그저 그네는 무엇을 보나 마음에 정성스러운 생각이 먼저 드는 것이다. 일(日)·월(月)·성(星)·신(辰), 어느 하나도 경외스럽지 않은 것이 없었다. 그들의 존재는 곧 천지신명이었다.

그래서 그들의 조화로 인하여 내리는 비를 일컬을 때도

"비 온다."

고 하지 못하고

"비 오신다."

고 조심스럽게 말했다. 그것은 농사꾼의 아낙인 자신을 새삼스럽게 일깨워 주는 말이기도 했다. 때 맞추어 내려 주는 비야말로 땅의 양식이요 거름이며 보약이었다. 그러나 자칫 때가 엇갈린 채 사나움을 부린다면 한 해의 농사는 망치게 된다. 거기다 바람이나 거세게 일어 보라.

"내가 무슨 남 못할 짓을 했을까. 하늘이 알고 혹시 노여우신 것은 아닌가."

오류골댁은 먼저 그런 마음이 덜컥 들곤 하였다. 보리쌀 한 톨도 함부로 하지 않는 그네는 곡식에 대해서도 경외심을 품고 있었다.

"죄 받는다. 수채에 밥티 빠지지 않게 해라."

자연 그네의 밥그릇은 따로 씻을 것도 없을 만큼 말갛게 비워졌다.

그것은 그네를 본받는 강실이도 마찬가지였고 기웅 또한 그랬다.

심지어는 강실이가 막 부엌일을 배우기 시작할 어린 나이에,

"염라대왕이 수챗구멍에 웅크리고 있다."

고 오류골댁이 이야기를 해 준 일이 있었다. 누구든지 밥티를 버리는 사람을 잡아가려고 기다린다는 말을 듣고는 강실이는 무서워서 그릇 씻은 옹배기의 기명물도 제대로 버리지 못하고 했었다.

오류골댁은, 절사(節祀)와 기제사(忌祭祀)에 메(밥)와 갱(국)을 올릴 때도, 무·숙주 나물을 올릴 때도, 마치 거기 어려운 조상이 앉아 계시기나 한 것처럼 깨끗하고 정갈하게 진설하였다.

그러면서 언제나 이른 새벽 눈을 뜨자마자 새암의 첫물을 길어 정화수를 부뚜막 한가운데 조앙에 조심스럽게 올렸다.

그리고 사립문간에서 탁발(托鉢)의 목탁을 두드리는 스님에게는 종지 쌀이나마 꼭 보시를 하였다.

"관세음보살."

그네는 삼라만상의 정령(精靈)을 진심으로 믿었다.

강실이가 방안의 불을 끄고 토방으로 내려선다.

불이 꺼지자 집안은 별안간에 먹물 같은 어둠에 먹히듯 쏠리었다. 어디선가 생쑥 연기가 매캐하게 건너왔다. 모깃불 연기에 밀려 날아온 반디가 꽁무니에 싸라기만한 불을 밝힌 채 지붕 너머 쪽으로 사라진다. 반딧불이 사라지는 여름 밤하늘은 북청이다. 가만히 바라보고 있으면 쪽빛조차도 느껴지는 하늘의 복판에 은하수가 흐르고 있다.

"굿허기에는 좋은 날이다마는, 이제 그만 비가 좀 오셔야 할 텐데

잉. 그렇지야?"

오류골댁이 하늘을 올려다본다.

마침 유성 하나가 긴 꼬리를 그으며 오류골댁 초가지붕 귀퉁이로 진다. 별이 스러져 숨은 자리에 박꽃이 하얗게 피어나 있어 소담하게 보인다. 그 함초롬한 모양이 어쩌면 청승스럽기조차 하다. 흰박꽃 때문에 그런지 살구나무 둥치와 무너질 듯한 잎사귀의 무성함이 더욱 검은 것 같다. 가뭄이라 제대로 물도 못 먹었을 나무가 그래도 뿌리 덕으로 저렇게 우거진 것이 신통하였다.

"가자."

오류골댁은 강실이를 앞세우고 사립문을 나선다.

고샅에도 생쑥 모깃불 연기가 자욱하다.

이런 가뭄 날에도 어디 개구리 먹을 물은 있었던지, 온 논바닥에서 개구리 우는 소리가 볼멘 것처럼 왁왁거린다.

"큰집에 가서 눈 좀 붙이고 있거라. 내 동녘골댁 일 좀 봐 주고는 먼저 일어나서 중간에 나오께."

강실이는 대답 대신 고개를 숙여 보인다.

그러나 어둠 속에 선 오류골댁에게는 그 모습이 잘 보이지 않았다.

"할머님 혹시 주무시거든 큰방에는 들르지 말고. 수선스러운데."
"예."
"그럼 나 갔다 오마."

오류골댁은 큰대문 앞에서 강실이가 집 안으로 들어가는 것을 보고서야 왼쪽으로 꺾어 담을 끼고 간다.

(딸자식은 애물이라. 키우는 공도 몇 배나 더 들고, 다 큰 다음에 지키는 공은 그보다 더 드니. 내가 전생에 죄 많아서 여자로 나고, 그것도 모자라 무엇을 더 갚을라고 또 저렇게 달랑 딸 하나만을 낳고 말았을꼬. 그저 자나깨나 물만 먹을래도 가슴에 저것이 걸려서.)

오류골댁은 반공중(半空中)에 솟아 있는 큰집 대문과 용마루 쪽을 다시 한번 돌아보고 걸음을 재촉한다.

동녘골댁에서 들려오는 당골네의 해원경(解寃經)이 귀 가깝다.

강수는 지금 열아홉에 세상을 버리고 떠난 뒤 일곱 해가 넘어서, 그 혼신이 사모관대를 입으려고 하는 것이다.

옥 같은 얼굴을 어디 두고, 헌헌장부 기둥 같은 두 다리를 어디에 두고, 한 발짜리 지푸라기로 엮은 허수아비의 몸을 빌어, 이 칠흑 같은 밤, 남 다 자는 삼경에 서러운 걸음을 한단 말인가.

그러나 이런 일이 있기까지도 결코 쉽지는 않았었다.

문중의 잔일 궂은일에 치성도 드리고 굿도 하는 당골네가, 몇 날 며칠을 일 삼아 수소문하고, 그도 잘 안되어 달포가 지나고, 그러고도 한해 겨울을 그냥 넘기더니, 지난 초여름에야 겨우 강수와 맞는 한 규수의 혼신을 찾아냈던 것이다.

"별 넋 떨어진 소리를 다 듣겠네. 어느 나라 법으로 무슨 그런 해괴한 일을 한다는 게야?"

처음에 동녘골양반은, 죽은 강수의 넋을 달래고 혼인을 시키는 굿을 해 주자는 동녘골댁의 말에 불같이 화를 냈었다.

"미워도 자식이고 고와도 자식 아닌가요. 어떻게, 죽은 놈이라고 무심할 수가 있단 말이요……. 남이야 무어라고 하든 말든, 천금 같은 자식놈이 비명에 죽어서, 천상으로도 구천으로도 못 가고 이리저리 배회하는 혼신을, 잘 달래서 제 길로 가게 해 주는 것이 부모된 도리 아니겠소? 자다가도 일어나 앉아 생각허면 내 오만 간장이 녹아 내리고, 억장이 무너져서 잠이 안 오는데……."

나뭇가지에 바람 소리만 지나가도 동녘골댁은 가슴이 시리었다. 가지에 우는 바람의 회초리 같은 날카로운 소리는, 그대로 그네의 살을 후려치며 에이는 때문이었다. 어쩌다가, 꽃 피고 새 우는 봄날의 난만한 시절에 서리를 맞고 시들어 버린 서러운 자식의 혼백이, 그렇게 가지 끝에 걸린 채 곡을 하고 있는 것도 같았다.

(제 명을 못 다 살고 죽은 넋은, 저 살던 동네를 못 떠나고 허공에서 맴돈다는데, 저 소리는 영락없는 강수 혼신이 우는 소리다.)

그네는 물 소리에도 놀라 소스라치고, 잎사귀 떨어져 구르는 소리에도 간이 말라붙어 숨을 죽이는 것이었다.

달이 밝은 겨울 밤에는 하염없이 하늘을 올려다보며 눈물지었다. 귀가 떨어지게 매운 찬바람에 가슴을 오그린 채 툇마루에 앉아 언제까지 방안으로 들어갈 줄을 모르기도 했다.

(너는 죽어 얼어붙은 땅 속에 누웠는데, 에미란 것은 다순 아랫목 구들에 몸을 녹이다니, 이것이 죄가 아니고 무엇이랴. 아이고, 내 자식아. 강수야.)

그러던 동녘골댁이 한번은 드디어 참지 못하고 대성통곡을 하고 말았다.

무심코 장롱 안을 치우던 그네가 강수의 옥색 대님 한 짝을 발견한 것이다. 강수 살아 생전에도, 가난한 살림이라 사철 옷가지조차

변변히 입히지 못했던 것을, 그나마 마지막으로 널 속에 보공(補空)을 하면서, 입던 것을 차곡차곡 덮어 넣어 보냈었다. 그래서 집안에는 강수의 의복이란 아무것도 남지 않게 되었었는데, 어찌 대님 한 짝이 다른 옷 속에 끼어 있었던 것이다.

밤이 깊도록 울음을 그치지 못한 그네는, 꿈 속에서, 그 대님짝이 몸서리가 쳐지게 기다란 구렁이로 변하는 것을 보았다.

그것은 대가리를 쳐들고 그네에게로 달려들더니, 순식간에 목을 휘감으며 서리를 틀었다.

끄으윽.

숨이 막힌 그네가, 아무리 두 손을 버둥거리며 풀어 내려 해도 구렁이는 움쭉도 하지 않았다. 뿐만 아니라, 동녘골댁이 허우적거리면 허우적거릴수록 더욱 숨막히게 목을 죄는 것이었다. 결국, 컥 커억, 신음도 제대로 하지 못하며 잦아들어가는 그네를 깨운 것은 동녘골양반이었다.

그렇게 꿈에서 깨어난 다음에도 그네는 목에 남은 찬 기운의 섬뜩함을 떨쳐 버리지 못하고 오슬오슬 추워하더니 드디어 몸져 눕고 말았다.

사람들은, 강수의 원혼이 어미에게 씌인 것이라고 수군거렸다.

굿을 하지 않으면 그대로 동녘골댁도 죽고 말리라고도 하였다. 그리고 마치 그것을 증명이라도 하는 것처럼 그네는 끝내 자리에서 일어나지 못하는 것이었다. 무엇을 먹지도 못하고 잘 마시지도 못했다.

결국 동녘골양반은, 쓰잘데없는 헛짓이라고 펄쩍 뛰던 일을 하기로 결단을 내린 것이 오늘 밤의 명혼(冥婚)이었다.

사람마다 이승에 몸을 받아 태어날 적에 하늘이 정해준 천명(天命)이 있을 것인즉, 그 천명을 다하지 못하고 비명에 죽은 사람의 영혼은 그 뼈에 한 맺혀 쉽사리 이승을 떠나지 못하고, 낯설고 물설은 저승으로도 가볍게 가지 못하니, 살아 있는 사람들이 그 영혼을 위로하고 쓰다듬어 달래어서 좋은 곳으로 보내고자 하는 것이 굿이었다.

귀신 중에서도 가장 원통한 귀신은 처녀와 총각인 채로 죽은 몽달귀신이었으니, 이는 객사하거나, 전쟁터에서 살을 맞아 죽은 귀신, 혹은 물에 빠지고 불에 타 죽은 그 어느 귀신보다도 처절하게 원한이 많아, 무서운 복수심으로 이승에 남은 사람들에게 붙어 괴롭힌다고들 하였다. 그것도 가족들을.

그래서 가족들은 이 가엾고도 무서운 원혼을 위하여, 영혼의 배필을 찾아 성대히 혼례를 치러 주고 부부 인연을 맺게 해 주는 것이다. 그리하여 부디 해로하고 저희들이 가야 할 곳으로 함께 떠나, 가족들에게 더 이상 해를 끼치지 않으며, 나아가 복을 주어 집안이 태평해지기를 바랐다.

참으로 혼신이라는 것이 있다면, 강수는 강수대로 기막힌 밤이 아닐 수 없었다.

(살아서 뜻을 못 이룬 사람은 따로 있는데, 이제 그 육신은 죽어 흙이 되고, 넋은 남아 낯모를 처녀와 혼인을 하는구나. 기구한 일이다. 내가 그 넋이라면 반가울 리 하나 없는 일이로다. 차라리 뼈에 저린 외로움으로 거리 중천을 헤매어 울망정 어찌 마음에도 없는

이와 혼인을 하리. 강수 형 망혼으로 보면, 살아 남은 인간의 일들
이 야속 한심하게 여겨지리라.)

강모는 작은사랑의 토방으로 내려와 마당에서 서성거린다.

도무지 잠이 오지 않는 탓이었다.

아까참에 기표가 바늘끝 같은 눈으로 쏘아보며

"네 안한테 말을 잘 이르거라."

했던, 그 '말'이라는 것이 아직도 가슴에 얹혀 내려가지 않는 탓도
있었고, 초저녁부터 수런거리던 동녘골댁의 일이 공연히 강모를
사로잡아 진정하기 어려운 탓도 있었다.

(바라보기도 어려운 사람, 태산 집채 모양으로 우뚝허니 솟아 나
를 가로막는 사람한테, 내가 무슨 말을 떼어? 그런 말 아니라도 내
지금까지 몇 마디 해 본 일 없는데, 그것도 친정에 가서 전답문서
비럭질해 오라는 말을, 난 죽어도 못한다. 오늘 밤만 어떻게든지 새
우고는, 내일 전주로 가 버리면 그만이지.)

그러나 저러나, 어쩌자고 저 당골네는 저다지도 구슬픈 목소리로.
경을 읽는 것일까. 소리는 눈물을 흥건히 머금고 있었다. 그것을 듣
는 강모도 저절로 마음이 잦아들어 중문까지 걸어 나왔다.

하늘의 복판을 흐르던 은하수의 한쪽 자락이 아득하게 멀어 보
인다. 고개를 젖혀 별의 무리를 올려다보고 있는 강모의 귀에 흙을
밟는 발소리가 들린다. 그저 흙을 스치고 지나가는 것 같은 가벼운
소리다. 온 집안에 대여섯 마리나 기르고 있는 개들이 나서서 짖지
않는 것을 보니 낯익은 사람인가 보다. 그러나 누가 이런 밤 깊은
시간에 올라올 리가 있는가. 잘못 들은 것이겠지.

강모는 한숨을 내쉰다. 바람도 없는 여름 밤. 매캐한 생쑥 모깃불 냄새에 섞여 동녘골댁에서 번져 오는 만수향내는, 마치 여기가 어디 저승의 기슭인가도 싶어지게 한다.

가슴이 짓눌리는 것 같다.

(가기 전에 강실이나 한 번 보고 갔으면……)

그러나 강실이는 사립문 밖에도 잘 나서지 않는다. 먼 발치에서나마 그 모습을 한 번 보면, 다음 번에는 언제나 다시 만날 수 있을는지 알 수 없지만, 그래도 그때까지 안 보고도 견딜 수 있을 것 같았다.

그렇게 강실이가, 늘 살던 곳에서 어디로도 가지 않고 살고 있다는 것만으로도 마음이 놓일 것만 같았다.

(오밤중에 눈을 떠도, 너는 이상하게 가슴 밑바닥에서 고개를 든다. 웬일인가. 나는 잠을 자고 있었는데 너는 깨어 나를 보고 있는 것일까. 무슨 생손 아리듯이 손가락 끄트머리 손톱 밑에서도 네 이름이 앓고 있다.)

강모는 머리를 털어낸다.

(부질없는 일. 네가 연기나 안개가 아니고서야 이렇게도 자욱하게 나를 에워싸고 있으면서 그 모습이 보이지 않을 수가 있느냐.)

그런데, 들리는 듯 스치는 듯 하던 발자국 소리가 강모의 곁에서 멈추어 섰다.

"오라버니."

순간 강모는 가슴이 내려앉았다.

그 내려앉는 소리가 쿵, 자신의 귀에도 역력하게 들리었다.

내려앉은 가슴에서 물레방아 소리가 세차게 울려 온다. 금방이라도 콸콸 쏟아질 것 같은 피를, 핏줄이, 있는 힘을 다하여 가두고 있다. 그러더니 머릿속이 어지러워진다.

강모는 차마 돌아서지도 못한 채 그대로 서 있기만 하였다.

강실이도 그냥 말없이 몇 발작 저쪽에 그림자처럼 서 있다.

그러더니 이윽고 그네는 다시 걸음을 떼어 놓았다.

"강실아."

강실이는 떼던 걸음을 멈춘다.

그네와 강모의 사이를 무거운 정적이 절벽처럼 가로막는다. 그 정적은 모깃불의 연기와 만수향의 잦아드는 듯한 냄새인 것도 같았다. 아니면 캄캄한 밤 하늘을 가르며 흐르는 은하수의 물결이었는지도 모른다.

그래서 강실이는 멀고 멀어 보였다. 손을 뻗쳐도 닿을 리 없고, 소리쳐 불러도 들릴 리 없는 곳에 스러질 듯 그네는 서 있는 것이다.

(아아, 내 너를 한 번 보기만 하였으면, 그러면 원이 없을 것만 같더니, 내가 부르는 소리가 너한테까지 들리었더냐. 네가 어찌 알고 거기 서 있는가. 이리 와, 강실아, 이리⋯⋯ 와⋯⋯.)

그러나 강실이는 그 자리에 돌아서려다 만 모습으로 서 있을 뿐 아무 말이 없다.

마치 몇 년 전 강모가 혼행으로 갔던 대실의 꿈 속에서 그러했듯이.

그때는 무거운 햇살이 조청같이 눅진하여 한 걸음도 옮길 수 없게 하더니, 이제는 어둠이 무거워 손조차도 들 수가 없다.

그때 꿈 속에 보인 강실이는 머리에 자운영 화관을 두르고 있었다. 그것은 얼마나 눈부신 것이었던가. 화관은 자욱한 햇무리로도 보였었다. 그런데 지금 강실이는 머리 위에 흐르는 은하수를 이고 있다.

"집이 비어서요."

한참 만에야 그네는 밀어내듯이 말했다.

또 말이 끊긴다. 끊긴 말의 사이가 부풀어 오른다. 그것은 부웅 팽창하면서 저절로 두 사람을 밀어뜨려, 자칫, 낭떠러지 이쪽과 저쪽으로 떨어지게 할 것처럼 느껴졌다.

강모는 순간, 놓치면 안되는 외줄기 나뭇가지를 휘어 잡으며 아찔한 몸의 중심을 지탱하려는 것처럼

"동녘골 아짐네 우리도 구경 갈까?"

하고 말았다.

"조끔만 보고 와."

강실이는 대답이 없다.

　　살으은 썩어어 물이 되에고오 뼈느은 썩어어 흙이 되에니이
　　한심허어고 가아련허다 근들 아니 원호온이인가아

당골네의 가락이 두 사람을 감는다.

　　쾡굉 굉굉 굉굉 괘굉 괘앵

"텃밭으로 돌아 나가서, 담장 너머로 조끔만 들여다보고 와."

강실이는 여전히 아무 대답도 하지 않은 채 붙박인 듯 서 있다.

강모는 그네에게로 한 걸음 다가서며 재촉한다. 그의 혀끝이

말라 있어 그네의 이름을 부르는 소리가 입 안에서 맴돈다.

집안은 교교하다. 아래채의 청암부인 방에도 불이 꺼져 있고, 사랑채 이기채도 잠든 지 오래다. 안방 율촌댁도 아까부터 기척이 없다. 다만 건넌방의 효원은 아직까지 희미한 등잔불을 밝혀 놓고 있으나, 그 불빛은 중문 담벽에 가리워져 이쪽까지는 비추지 못하였다.

여치인가.

투명한 풀벌레 울음이 담밑 풀섶에서 째애애 째르르윽 들린다.

강모는 망설이는 강실이의 팔을 잡으며, 제가 먼저 후원 쪽으로 난샛문으로 몸을 돌렸다. 강실이는 뒤로 한 걸음 물러선다. 그 주춤하는 기척에 오히려 강모는 잡은 팔에 힘을 주어 당긴다.

텃밭을 지나 명아주 여뀌가 우거진 곳까지는 한 울타리 안이나 마찬가지였다. 크게 소리만 지르면 사람이 듣고 대답을 할 수 있는 거리였다. 그러나 강모는 이곳이, 어디 멀고 먼 곳처럼 여겨졌다. 한 번도 와 본 일이 없는 것도 같았다.

더욱이나 아직도 잡고 있는 강실이의 팔과, 무너진 흙담으로 넘겨다 보이는 동녘골댁의 마당이 그를 어지러이 흔들었다.

마당은 관솔불과 종이 등불로 휘황하게 밝은데, 사람들이 웅성거리며 마루 끝에 앉아 있기도 하고, 두런두런 이야기하며 당골네가 하는 양을 지켜보고 있기도 했다.

마당 한가운데 펼쳐진 명석 위에 초례청이 마련되어 있었다.

솔가지와 대나무 가지를 꽂아 놓은 흰 화병이 양쪽에 세워진 것이며 그 가지들을 청실 홍실로 드리운 모양, 그리고 붉은 보자기

푸른 보자기에 암탉 장닭을 싸놓은 일들이 산 사람의 초례청과 조금도 다름이 없었다. 사람들이 가득 모여 앉은 것도.

다만 교배상의 이쪽 저쪽에 서 있는 사람은 살아 있는 신랑과 신부가 아니라 지푸라기를 엮어 만든 허수아비라는 점만이 다를 뿐이었다.

강모는 그것을 보는 순간, 울컥, 서러운 심정이 솟구치며 어금니에 눈물이 돌았다.

(저기 서 있는 저 형상이 바로 강수형 혼신이란 말이지…… 아아, 한낱 허수아비에 불과한 육신에 혼신이 운감하면, 죽은 사람도 산 사람같이 혼례도 치를 수가 있단 말이지…….)

허수아비 신랑의 몸집은 어린아이만 했다. 그저 한 발 길이나 될까. 두 팔을 내리고 선 그는 사모관대를 하고 검은 물 들인 태사혜 창호지 신발까지 신었다. 그리고 창호지를 입힌 허연 얼굴에 붓으로 그리어 둥그렇게 뜬 두 눈이며, 꽃잎처럼 붉은 입술이 선연하고 섬뜩하다. 신부의 모습은 뒷등만 보인다. 그 뒷등에 검은 그림자가 드리워져 있다.

(열아홉에 죽었다면 내 나이인데, 혼신은 나이를 먹지 않는가.)

동녘골댁은 징을 두드리는 당골네의 옆에 누런 얼굴을 비스듬히 기울이고 앉아서 하염없이 울고만 있다.

"혼신이 오기는 왔당가?"

저것은 바로 담 밑에서 수군거리는 평순네 소리다.

"안 오면 어쩔 거이여? 아까 총노장수 불러대는 소리 못 들었능가?"

"그런디 총노장수가 무섭기는 무선갑제? 귀신도 꼼짝을 못허게."

옹구네는 평순네의 말에, 팔짱을 끼며 목소리를 낮춘다.

"떼쓰는 귀신, 굿허는 디 안 올라고 허는 귀신, 트집잡는 귀신, 헐 거 없이 말 안 듣는 귀신을 잡아딜이는 거이 총노장수 임무 아니여? 오늘 저녁으도 신랑 혼신이 안 올라고오 안 올라고 버티능 것을 보도시 끄집어 왔당만 그리여. 암만해도 이 혼인, 귀신이라도 공방 들릴랑갑서. 억지로 허는 굿인디 무신 효험이 있으까아?"

"아이고, 이노무 예펜네야. 입방정 떨지 말어. 부정 탈라고 왜 그렇게 방정맞게 쎗바닥을 놀린당가아."

"좌우지간에 이따가 동녘골댁 대 잡는 거 보면 왔능가 안 왔능가 알 거잉게, 어디 좀 두고 보드라고."

그것은 그럴는지도 모른다. 신랑과 신부를 위한 신방에 새로 꾸민 이부자리까지 깔아 놓았지만, 참말로 허수아비들만 나란히 누워 있을 뿐, 혼신은 혼신대로 우두커니 바람벽만 바라보며 돌아앉아 있을는지도 모를 일이다. 총노장수가 강수의 혼신을 허공에서 잡아 왔다니 오기는 왔을 테지만, 그 마음을 누가 헤아릴 수 있을까.

강모는 저도 모르게 한숨을 내쉬며 신랑 강수가 절하는 모양을 물끄러미 바라본다.

신랑 강수의 허수아비는 동쪽에, 신부의 허수아비는 서쪽에 서 있다.

그들은 홀로 서지 못하고 부축을 받는다.

일렁이는 관솔 불빛이 창호지 바른 허연 얼굴과 검은 점 찍은 두 눈, 섬뜩하게 선연한 붉은 입술 위에서 그늘로 흔들린다.

"진과안진세에(進盥進洗)."

여느 혼인이라면 그럴 리가 있을까만, 죽은 이의 일이어서, 당골네가 말꼬리를 끌며 왼다. 곁에 서 있던 수천댁이 세수대야와 무명 수건을 받쳐 들고 멍석 위로 올라선다. 그네가 신랑 쪽에 서자

"부과안우우부욱(婦盥于北)."

신부의 세수대야는 북쪽으로.

하라는 당골네의 처참한 음령을 따라 오류골댁이 소리 없이 또 그렇게 세수대야와 무명 수건을 들고 신부 쪽에 선다.

"서부각세수식거언(婿婦各洗手拭巾)."

신랑과 신부의 허수아비들은 기우뚱 몸을 기울이며 세수하는 시늉을 하고, 무명 수건으로 얼굴을 닦는 시늉도 한다.

그 하는 양이 지극하고 정성스럽다.

살아 있는 사람들의 혼인과는 달라서 억울하고 원통한 설움에 눈물이 앞을 가리지만. 절차만은 산 사람과 다름없이 갖추어, 신부 혼신 집에서는 '현'으로 저고리를 '훈'으로는 치마를 챙기고, 신랑의 바지·저고리·버선에 대님까지 옥색으로 일습을 장만하였으며, 신랑 신부 금침까지 장만해서 물목(物目)을 적어 보냈다. 그리고 시부모 예단이라고 동녘골댁 양주의 옷 한 벌씩도 곁들였다.

그러나 이 옷을 빼고는 모두 다 태우기 좋게 홑겹으로 만들어, 그 헐렁한 무게가 받는 사람을 철렁하게 하였다.

이 기구한 혼인의 혼주인 사돈들은 처음 상면을 하는 순간 그만 와락 두 손을 부여잡고 입술을 일그러뜨리며 통곡을 쏟고 말았다.

순서를 다 갖춘 전안례가 진행되는 동안, 백단이는 일일이 신랑

신부 허수아비를 붙잡은 수모 오류골댁과 대반 수천댁한테 낮은 소리로 몸짓을 가르쳐 주며, 고개를 끄덕이곤 했다.

순서로만 본다면야 누가 이것을 귀신들의 혼례라고 하겠는가. 범절을 다한 반가의 대사라고 할 것이다. 그러나 이것은 지푸라기 혼신들의 허수아비 움직임.

허수아비.

강모는 소리를 삼키며 뇌었다.

살아서 교배례(交拜禮) 행하며 육신이 마주서도 한낱 허수아비에 불과한 사람도 있으려니와, 죽어서 혼백으로 흩날린 넋이나마 한 자락 애오라지 맺어지고 싶은 사람도 세상에는 있으리라.

"강실아. 너 강수형 생각나?"

강모는 어두운 텃밭 담장을 짚고 허수아비를 내려다보는 채로 소리를 죽여 강실이에게 묻는다. 그네는 고개를 끄덕인다.

퍼드득, 어둠 속에서 손가락만한 누에나방 한 마리가 강실이의 머리를 차며 날아오른다. 강실이 오르르 어깨를 떤다. 나방이는 허물어진 담을 넘어 종이 등불 쪽으로 날아간다. 등불은 흰 종이술을 가닥가닥으로 늘어뜨리고 있다. 마치 연꼬리를 달고 있는 것도 같은 등불에 나방이 부딪친다. 등이 소리 없이 흔들린다.

그 아래 신랑과 신부는 술을 마신다. 종이 바른 얼굴의 꽃잎 같은 입술을 기울여 한 모금 한 모금 술을 마시는 신랑은 강모였다. 그리고 신부는 꽃무지개 에일 듯 아련하게 두른 강실이였다. 강실이는 혼백보다 더 투명하고 선연하고 아득하였다. 강모는 어질어질 취한다.

146

풀숲에서 날개를 비비며 청랑하게 우는 여치의 울음 소리가 발을 젖게 한다.

저 숲속에서 우는 새는 두견이인가 쏙독새인가. 자기가 집을 짓지도 않고, 다른 새의 둥우리에다 알을 낳고는 품어 주지도 않는다는 두견이는, 한이 많아 그다지도 매정한 것일까. 제 속에 겨운 설움, 제 피에 맺힌 원한이 그렇게도 무거울진대 알은 무엇 하러 낳는단 말인가. 어미가 못다 푼 한을 대물려 받는 두견이 새끼는 또 무슨 업고를 지고 났을까. 아니면 저것은 쏙독새일는지도 몰라. 눈 밝은 대낮은 다 두고 어두운 밤에만 움직이는 새. 온 산을 목쉬게 하는 젖은 울음 소리.

저미어드는 저 소리.

아아, 시름 많은 새들의 서러운 울음.

강모는 응어리졌던 눈물이 솟구쳐 오르는 것을 누른다. 그러나, 눈물은 속으로 잦아들더니 손바닥에 배어난다. 쥐고 있는 주먹이 축축해진다. 그것은 식은땀도 같다.

아까 어두운 중문간에서 강실이와 마주쳤을 때부터 참아온 심정이 손바닥 안에 흥건하게 고인다.

"강실아."

강모의 목소리가 갈라진다.

당골네의 독경 소리가 아득하게 먼 곳에서 물맴이를 돈다.

그 물맴이 저쪽 은하수의 물살이 소용돌이를 치며 거꾸러진다.

꽹꽹 괴꾕 꽹꽹꽹꽹 꽤꾕꽤앵

핏속에서 징소리가 울린다.

징소리에 가슴이 빠개지는 것만 같다.

아아.

강모는 강실이의 어깨를 쓸어안고 무너진다.

마치 절벽 아래로 떨어지듯이.

붉은 꽃이 핀 닭이장풀의 달개비 같은 꽃잎사귀, 밭두렁에 줄기
를 뻗고 있는 참비름의 연두꽃, 습지에 눅눅하게 핀 자귀풀의 황색
꽃, 난쟁이처럼 땅바닥에 엎드린 채 피어오른 질경이의 흰 꽃과,
길가에 버려지듯 피어 있는 바랭이의 실가닥 같은 꽃줄기의 꽃잎
들이, 단단하게 뭉쳐진 어둠의 돌맹이에 정수리를 맞으며 소스라
친다.

민들망초의 흰 꽃, 담자색 꽃이 새끼손톱만한 꽃모가지를 부러뜨
리며 쓰러진다. 가문 여름의 들판에서 하찮은 비노리풀, 갈퀴덩굴
까지도 아우성치며, 꽃대가 부러진다. 그리고 꽃잎이 찢어진다.

저기 앉어 좌정허신 조상들도, 운명이 그뿐운이라 가셨으니,
뼈 아프고, 애달프게 가셨는디, 어느 부모를 원마앙허며, 어느으
형제지가안 원마앙허며, 어느 동기지가안 원망허리요오.

이왕지사아 가셨으니이, 설워헌들 무엇 허며, 통곡해도 소용없
고, 슬퍼헌들 소용없네.

이왕지사 가셨으니, 설워 말고 슬퍼 말고 참혹다 말으시고오,
원이 지면 원을 푸울고, 한이 지며언 한을 푸울고, 왕생극락하옵
소사.

왕새앵극락을 가실 적으, 차담 진상을 걸게 받고오, 염불 받어

품에 품고, 노자 받어 손에다 들고, 왕새앵그윽락하옵소사.

왕생극락을 가실 적으, 화초밭을 귀경허고, 만사조화를 얻으시고, 이승으 저승으 지은 죄가 홍로점설(紅爐點雪) 재가 되야, 불티 날아 재가 날아나고, 시왕(十王)님전으 꽃이 피어, 호호탕탕으 도리(桃李)되야, 왕새앵극락을 하옵소사아. 나무아미타아아불.

당골네의 서러운 소리굽이가 중간에 창자가 잘리듯 끊어지며, 동녘골댁의 곡성이 터진다.

아마도 동녘골댁이 대를 잡고 있나 보다.

"니가 강수냐아?"

허물어진 토담을 넘어 눈물로 목멘 소리가 들려온다.

그것은 강실이의 귀에도 역력히 들린다.

"어머니이."

"아이고오, 니가 참말로 강수여어?"

"어머니이."

"어디 보자, 이놈아, 어떻게 왔어어? 어떻게 왔어…… 이 무심한 놈아…… 아이고오…… 내 자식아…… 이놈아……."

마당에서 곡성이 낭자하게 울려온다. 그 울음 소리가 물살처럼 토담을 무너뜨리며 강모와 강실이를 뒤덮는다. 두 사람은 그대로 아찔하게 떠밀려 어디론가 까마득하게 흘러가고 있었다.

당골네가 무어라고 하는 소리에 섞인 오류골댁의 목소리가 들린다.

"강수야, 나 알아보겠냐……?"

어머니.

강실이는 가슴 밑바닥이 찢어지는 통증에 오류골댁을 부른다.

이 담 하나가 무슨 성벽같이 높고 높아서, 이제는 어머니와 다시
는 만나지도 못할 것만 같은 절망이 금을 그어 놓고 있었다.

"아짐, 오류골 아짐 아니신가요."

강수의 혼신이 대답한다. 그 혼신은 동녘골댁의 몸에 실리어 있
다. 동녘골댁은 강수의 목소리며 몸짓 손짓을 그대로 박은 듯이 시
늉하는 것이다. 동녘골댁은 대를 잡고 있다.

"그래, 오늘 밤이 니 혼인허는 날인 것을 알고 왔지야?"

"예."

"그래애. 니 맘에는 어떠냐…… 흡족하고 흐뭇허냐아?"

강수는 대답이 없다. 마당에는 긴장이 감돈다. 강수가 대답을 하
지 않으면 신방을 차릴 수가 없는 것이다. 설령 억지로 나란히 뉘어
놓아도 하릴없는 공방이 들고 마는 일이다.

"아짐, 정이라 하는 것도 사대육신 있었을 때 애달픈 것이지요.
이제는 이렇게, 살도 썩고 뼈도 썩어 검은 물 검은 흙이 되었는데,
아직도 육신의 미망에서 못 벗어났다면 귀신이라도 어디 온전한
귀신이겠습니까. 바람 자락 혼백이야 무슨 싫고 좋은 것이 있겠어
요……. 그게 다 몸 가진 사람들의 헛된 꿈이지……."

"그러엄. 그렇고말고. 니가 잘 생각헌 것이다. 잘 생각했어, 강수
야. 다 잊어 버려라, 다 잊어 버려. 응?"

아마도 신랑과 신부는 신방으로 드는 모양이었다.

마당의 만수향내가 뭉글뭉글 담을 넘어오고, 들판의 꽃잎들이

진액을 뿜으며 별을 삼킨다. 꽃술에 내려 꽂힌 별들의 심지가 불꽃을 일으키며 숨막히는 화승처럼 터진다.

이윽고 귓전에서 울던 풀섶의 여치 풀벌레의 울음 소리도 숨이 멎고, 물살을 뒤채며 사납게 소용돌이치던 은하수도 아득하다.

천지간에 이만한 고요와 적막이 어디에 숨어 있었을까.

모든 것이 이렇게도 짧은 한순간에 조용해지다니.

발끝에서부터 써늘한 냉기가 스며들어 강모는 몸을 일으켰다.

하마터면 그는 힘없이 쓰러질 뻔했다. 마치 살을 모조리 파 먹힌 게의 껍질처럼 헐거운 몸뚱이가 무슨 허물만 남은 듯 어지러운 탓이었다. 그 빈 속으로 쓰라림이 약물을 삼킨 것같이 번진다.

그것은 이상한 설움이었다. 살을 베인 자리에 멍울멍울 검붉은 피가 엉기며 흘러 나오는 것을 어쩌지도 못하고 바라보고만 있을 때와도 같은 속수무책의 설움.

누가 나를 다치게 하였을까.

강모는 죽은 듯이 누워 있는 강실이 쪽을 차마 바라보지도 못한다.

엄청난 두려움이 어깨를 짓누른다.

그러나 두려움보다 더욱 그를 짓누른 것은 허망함이었다.

(조금만 참았더라면, 그랬더라면, 그랬더라면 좋았을 것을. 허망이란 이다지도 무거운 것이었던가. 내가 무엇을 얻겠다고 이런 일을 하고 말았을까. 얻는 것이 바로 잃는 것임을 내 몰랐구나. 얻으려 안타까이 마음 두고 있을 때는 내 것이었던 것이, 온통 나를 가득 채우고 있던 그것이, 소유하는 그 순간에, 돌처럼 차디 차게 식어 버린 덩어리로 내 속에서 빠져 나가는 것을, 내 미처 몰랐었구나.)

강모는 웅크리고 앉은 채 두 손을 무릎에 깍지 끼고 캄캄한 밤하늘을 올려다보았다.

(아아, 진실의 하찮음이여……)

그의 가슴팍을 파고 들어온 날카로운 톱니가 뼈에 부딪친다. 나무 막대기같이 마른 뼈마디에 박히는 톱날이 뼈를 켠다. 사람의 몸이란 동굴에 불과한가. 텅 빈 동굴의 천장을 울리는 톱 소리에 소름이 돋는다. 머리를 털어내도 좀처럼 그 소리는 멎지 않는다.

하릴없고오 하릴없네에. 인간 백년을 다 살아도, 병든 날과 잠든 나알과, 걱정 근심을 다 제허며언, 단 삼십을 못 사아나니, 어제 오날 성튼 몸이 저녁나절 병이 들어, 부르나니 어머니요, 찾는 것은 냉수로오다.

당골네의 목소리가 흥건한 눈물을 머금고 톱 소리를 적신다.

신랑과 신부의 원혼들은 신방에 들었는가. 청홍의 이부자리 속에 지푸라기 몸을 누이고 오색 등불 현란한 마당의 곡성(哭聲)을 덕담 삼아, 못다 살고 간 육신의 희롱을 흉내내고 있을까.

대문간에 놓여 있던 반야용선(般若龍船)은 저승으로 가는 험한 길목의 강을 건너고 바다를 건널 때 타고 가라고 마련한 것이겠지. 이제 이 밤을 고비로 강수는 이승을 하직하고 저승으로 간단 말인가.

강모는, 동녘골댁 툇마루 끝에 허깨비처럼 턱을 고이고 앉아 있던 강수의 형상이 누렇게 떠오른다. 넋이 나간 얼굴로 물끄러미 발끝을 내려다보던 그는 무엇을 생각하고 있었을까.

어쩌면 그는 자신의 넋을 비워 내고, 그 빈 자리에 사무치는 진예를 대신 채워 넣고 죽어 갔는지도 모른다.

(차라리 부러운 일이로다.)

강모는 순간 자신을 마구 으깨어 부수고 싶은 심한 모멸감에 얼굴이 후끈해진다. 깊은 어둠도 그 모멸감을 감추어 주지는 못한다.

어디에고 부딪쳐 쪼개져 버리고 싶다.

못나고 못난 사람.

나를 어찌하리.

강모는 아직도 죽은 듯이 누워 있는 강실이를 허물어진 담 밑에 그대로 버려 둔 채, 휘청이며 일어섰다.

강모는 한쪽 살이 식은땀으로 젖어, 마치 해토(解土)가 흐무러지듯 버그러진다. 발을 딛고 선 땅이 허방 같다.

그리고 간신히 지탱되는 한쪽의 힘줄에 설움이 차 오른다. 아까 이 텃밭을 가로질러 걸음을 재촉할 때는, 발밑에 밟히는 풀섶에 이슬이 맺혀 있는 것도 모르겠더니, 지금 돌아오는 발등에는 습기가 축축하다. 마치 질퍽한 진흙을 밟는 것 같다.

한 걸음이 무거워 다음 발짝을 떼기가 어렵다.

(내일 아침 새벽녘에 통학차를 타고 가 버려야지. 아무와도 마주치기 싫다. 도대체 이 어둠이 지나고 동이 트면 무슨 일이 벌어질까. 나는 모르겠다. 사람의 심정이란 것이 이대도록 하잘것없는 검불 같다면, 심정을 따르는 육신은 또 얼마나 부질없는 것이리오.)

후원의 샛문은 아까 열어 놓고 나간 대로 비쭈룸히 열려 있다.

그것은 꼭 옆눈질하며 눈치를 보는 형국이었다.

검은 가지에 우거진 감나무의 무성한 잎사귀와 은행나무 둥치, 대추 나무의 휘청이는 가지들이, 우뚝우뚝 선 채로 후원을 무겁게 누르고 있는데, 나무 아래 엎드려 잠들어 있던 누렁이가 발소리로 주인을 알아보고 크엉하며 꼬리를 흔든다.

집안은 교교하다. 모두가 잠들어 있다. 여름밤이 짧다고는 하지만 삼경이 기울었는지라. 물 밑바닥처럼 캄캄하게 잠겨 있는 밤은 무겁다. 다만 이 어두운 가운데 불빛이 새어나오고 있는 곳은, 효원이 거처하고 있는 건넌방뿐이었다.

그 불빛이 눈에 들어오는 순간, 강모는 가슴이 철렁 내려앉았다.

써늘한 손이, 내려앉은 가슴을 훑고 지나간다.

(저 사람이 아직도 잠들지 않고 있는가.)

저것, 저 커다란 그림자.

강모의 가슴픽으로. 그림자가 무너진다.

대실에 혼행 갔을 때, 첫날밤의 비람벽에 태산처럼 우뚝했던 그네의 모습. 그것은 몇 년이 지난 지금까지도 서늘한 냉기를 뿜으며 강모를 에워싸고 있었던 것이다. 마치 검은 휘장처럼.

내 저것을 찢어 버리리라.

강모는 방문을 왈칵 잡아당기며 안으로 쏟아지듯 들어섰다.

그리고 사나운 힘으로, 놀란 효원을 떠다밀며 난폭하게 넘어진다.

등잔 불빛이 까무라친다.

어둠이 두 사람을 한 입에 삼키어 버린다.

13 어둠의 사슬

캄캄한 밤, 검은 냇물이 흐른다. 누르는 어둠에 기가 질린 듯 물소리도 나지 않는다. 다만 잠잠히 몸을 누이고 있는 물의 수면 위에서 비늘처럼 불빛이 번뜩인다. 어둠의 인(燐)이라고나 할까.

그것은 희미한 달빛인지도 모른다.

잠든 도시의 한쪽에서, 소리를 죽이며 남 모르게 흘러가고 있는 냇물은, 이따금 물결을 뒤채며 번뜩이는 불빛을 날렵하게 삼켜 버린다. 흡사 순식간에 불빛을 잡아먹는 것처럼 보인다. 그럴 때마다, 강모의 어두운 눈 속에서도 불빛이 떴다가 지곤 하였다.

방천(防川)에 오가는 행인도 끊긴 지 한참이나 되었으니, 짧은 여름밤이라고는 하지만 시각은 꽤 깊어진 듯하였다.

방천에 줄지어 늘어선 버드나무의 늘어진 가지 끄트머리가 귀밑에 메마른 소리를 낸다. 아마 이 버들가지도 가뭄을 못 이겨 이파리를 말리고 만 모양이었다.

그러고 보니, 삼십 몇 년 만이라든가 하는 이런 혹독한 가뭄만 아니었더라도, 지금쯤이면 콸콸콸 소용돌이를 일으키는 냇물에 목욕을 나온 사람들로 흥성거리며 넘칠 터인데.

낮에 보면, 냇물은 돌짝밭이 되어 버린 가슴을 앙상하게 드러낸 채, 목마른 돌자갈의 틈바구니를 간신히 적시며 흐를 뿐이었다.

그렇지만 밤이 되면, 어둠은 모든 갈증을 덮어 주고 천변(川邊)을 어루만져 주었다. 어둠은 냇물 속으로 가라앉아 물결을 이루며 서쪽으로 흘러가고 있다.

"오유끼, 너는 이 냇물이 흘러서 어디로 간다고 생각허느냐?"

강모는 곁에 앉은 여자를 돌아본다.

어둠 속에서도, 여자의 조그만 어깨와, 작은 얼굴, 그리고 둥글고 커다란 눈이 겁먹은 듯한 빛으로 흔들리는 것이 그대로 보인다.

그네는 대답이 없다.

"만경강(萬頃江)으로 간다."

강모가 나지막이 말한다.

"만경강을 지나, 저 냇물은 바다로 간다더라. 서해바다, 망망한 곳으로."

그것은, 오늘 처음 한 말이 아니었다.

지난 겨울, 칼바람이 살을 가르며 허공에서 비명을 지르던 날, 그는 오유끼를 데리고 이곳 다가정(多佳町)으로 왔다.

몹시도 추운 날이었다.

올 여름 이렇게 가뭄이 들려고 그리하였던지, 유독 겨우내 눈이 내리지 않은 채, 얼어붙은 지표와 빙판 같은 하늘이 시린 이빨을 허옇게 드러내며 떨었다.

그때, 오유끼의 얼굴은 납빛으로 죽어 있었다. 인력거에서 내려 오들오들 떨면서 어깨를 움츠리고 강모를 바라보는 오유끼는 금방이라도 울음을 터뜨릴 것 같았다. 발가락까지도 오그리고 있는 오유끼의 어깨를, 강모는 팔을 벌리어 감싸 안았다. 순간, 애처롭다는 생각이 지나갔다. 정말로 그네는 한줌밖에 안되었다.

"추우냐?"

오유끼는 황망히 고개만 흔들었다.

"참새 같구나."

고개를 가슴에 박고 추워하는 오유끼의 귓바퀴에는, 보오얀 솜털이 민들레 씨앗처럼 일어서 있었다.

"가자."

강모는 그 귓바퀴에 대고 말하였다. 그의 입술 끝에, 얼음조각 같은 차가운 감촉이 부딪쳤다. 짧은 순간이었고, 추위 속에 오래 떨고 있었던 탓으로 당연한 일이었겠으나, 그것은 이상하게도 써늘한 여운을 남기었다. 그리고, 쉽게 지워지지 않았다. 아무래도 녹아들지 않고 남아 있는 작은 얼음 조각은, 일종의 낯설음이었다.

"귀가 얼었구나."

그때 바라본 냇물은 단도처럼 날카로운 이빨을 허옇게 드러내며 얼어 있었다. 두 사람이 서 있는 방천에는 매운 바람이 바늘 끝으로 살을 에이며 지나갔다.

"오유끼. 저 냇물이 녹으면 흘러서 어디로 갈 것 같으냐?"

그렇게 묻고서, 그는 말했다.

"만경강으로 간다."

강모의 말에 그네가 커다란 눈을 돌려 얼어붙은 냇물을 바라보았다.

"봄이 되면 저 냇물도, 네 귀도 녹을 거야."

오유끼는 웃었다. 그리고 작은 손으로 트렁크를 들었다. 트렁크는 그네의 몸집만이나 하였다. 그들은 마치 먼 곳에서 떠돌다가 돌아오는 나그네처럼 각각 양손에 트렁크를 들고, 다가산 기슭에 엎드린 동네 한옥의 골목으로 꺾어 들어섰다.

다가정은 부성(府城)의 문밖으로서, 서쪽 동네였다.

전주 부성 동쪽머리 만마관(萬馬關) 골짜기에서부터 흐르기 시작하는 전주천 물살은, 각시바우에서 한바탕 물굽이를 이루다가, 좁은목을 지나, 강모가 내내 하숙하고 있던 청수정의 한벽당(寒碧堂)에 부딪치며, 남천교(南川橋), 미전교(米廛橋), 서천교(西川橋), 염전교(鹽廛橋)를 차례차례 더터서 흘러내리며 사마교(司馬橋)를 지난다.

그렇게 모래밭을 누비고 흘러오던 물결이, 긴 띠를 풀어 이곳 다가봉의 암벽 아래 오면 급기야 천만(千萬)으로 몸을 부수며 물안개를 자욱하게 일으킨다. 용소(龍沼)에서 소용돌이를 치는 것이다. 그 소리는 암벽을 물어뜯으며 으르렁거렸다. 그리고 검푸르게 서리를 트는 물살의 몸부림이, 무엇인가를 집어 삼키려 하는 것처럼도 보였다.

실제로, 벌써 한 이십 년 전 일이지만 신유년(辛酉年) 여름, 폭양

아래 훈련을 마친 일인(日人) 수비대 병사들이 다가봉의 절경 아래 이곳 용소에서 목욕을 하다가, 대낮에 사람들이 눈 뜨고 보는 앞에서 물에 빠져 죽은 익사자를 한꺼번에 두 사람씩이나 낸 일이 있었다.

훈련받은 장정 병사들이 그러할 때 일반사람들이야.

강모는 이곳을 좋아했다.

청수정의 한벽당에서부터 출발하여, 다리 건너 천변의 버드나무 그늘을 따라 초록바우 기슭을 끼고는 한참이나 내려오며 남쪽으로 건듯 완산칠봉 산 능선을 바라보면서 한가롭게 걸으면, 이곳에 당도하였다.

그는 틈이 날 때면 다가봉 암벽 그늘에 앉아, 제 몸을 제 스스로 산산이 부수면서 시퍼렇게 멍들어 울부짖고 있는 용소의 물굽이 속을, 넋을 놓고 들여다보곤 하였다.

그럴 때면, 다가봉 기슭의 늙은 느티나무를 지붕 삼고 있는 천양정(穿楊亭)에서 쏘아올리는 화살이 과녁에 맞는 소리가 따악, 울려오는 것이었다.

그 소리는 강모의 가슴에 와서 꽂히었다. 강모는 스스로 과녁이 되어, 허공을 가르며 날아오는 화살을 맞았다.

그것은 이상한 쾌감이었다.

그때마다, 그는 검푸른 피를 토하며 쓰러졌다. 가슴 복판에 응어리져 고여 있던 피멍이 터져 나가는 해방감이 그의 몸을 희열에 떨게 하였다. 그리고 그는 용소의 물살에 가슴을 씻어냈다.

"버들잎을 화살로 꿰뚫는다."

는 뜻으로 자못 상징적인 이름을 가진 이 정자는 조선조 숙종 때 세운 사정(射亭)이었다. 이백오십 년이 넘는 세월을 머금고 있는 이 천양정은 강호에 부성팔경(府城八景)의 하나인 그 절경과 더불어 이름이 높아서, 궁술대회를 열면 오색 깃발이 휘황히 나부끼고 삼현육각은 반공중에 쾌음을 울렸다는데.

사람들은, 여름밤이면 이 냇기슭 천변으로 몰려나왔다. 노인들은 버드나무 아래 평상을 끌어다 내놓고 부채질을 하면서 기우는 별자리를 바라보았고, 젊은 사람들은 물 속으로 뛰어들었다. 용소의 위쪽에서는 남자들이 자멱질을 하였다. 여자들의 자리는 용소 아래쪽이었다.

달이 없는 밤에는, 수면 위에 미끄러지는 별빛이 등불이 되어 주었고, 달이 뜬 밤에는 물 소리가 달빛을 감추어 주었다. 사람들은 상쾌한 비명을 지르며 물 소리에 섞여 휩쓸려 들어갔다. 그때 천변에까지 울려 오던 낭랑한 웃음 소리. 한 무리의 사람들은, 물 속에서 나와 냇가의 자갈밭에 앉아 있기도 하였다.

그들은 도무지 아무런 경계심도 없었다.

어두운 천변으로 행인들은 지나가고, 버드나무 아래 앉은 노인네들이 밤이 깊도록 생쑥 모깃불의 매캐한 연기를 쏘이며, 이미 몇 번씩이나 한 이야기를 또 하고 또 하였다.

그러나 아무도, 어둠 속에서도 얼마든지 드러나는 흰 몸뚱이를 벗은 채 자멱질을 하고 있는 그들을 눈여겨보지는 않았다.

냇물 속의 사람들도 거리낌없이 밤 목욕을 유쾌하게 즐기고 있을 뿐, 방천 위를 오가는 사람들이나 혹은 용소의 이쪽 저쪽 사람들에게 마음을 쓰지는 않는 것 같았다.

그만큼 냇물의 골짜기는 깊었고, 어둠은 부드러운 검은 안개로 모든 것을 가리어 주었다.

거기서는 누구나 자유로웠다.

다가봉의 암벽에서 입하꽃나무 육도화(六道花)의 향기가 폭포처럼 쏟아져 내리고, 냇가의 자갈밭에는 눈부신 달맞이꽃들이 지등(紙燈)처럼 피어났다.

그 때마다 강모는 황홀한 슬픔을 느끼었다.

차마 그 속에 첨벙 뛰어들지 못하면서도, 그 물 소리와 웃음 소리, 그리고 눈빛 같은 흰 꽃무리, 육도화의 숨막히는 향기가 핏속으로 흘러드는 것을 느끼는 것이다.

그리고 어두운 자신의 핏속에, 달맞이꽃이 피어나는 소리가 들리었다. 꽃이 피는 자리에 핏줄이 터지면서, 응어리져 고여 있던 끈끈한 검은 피가 흘러나와 물 소리에 섞여, 사람들의 웃음 소리에 섞여, 아득하게 아득하게 서쪽으로, 만경강으로 흘러가는 것을 그는 아찔한 현기증과 더불어 실감하곤 하였다.

그런데 이제 이곳으로 와서 살게 되었다.

물론, 잠시 동안의 불안한 거처에 불과한 곳이겠지만.

오유끼(お雪).

그녀는, 모찌즈끼(望月)의 젊은 여자였다.

"망월이라. 아하, 애달픈 이름이로다."

일본인 관사가 많은 일본인 거리, 눈 내리는 고사정(高士町)의 요리집 문등(門燈)에 번지는 부우연 불빛을 바라보며, 함께 갔던 주사가 고개를 꺾고 한탄조로 하던 말이 떠오른다.

그것이 무슨 암시라도 되었던가.

강모는 그날의 술상머리에서 오유끼를 만났던 것이다.

내가 너를 만난 것은 흉이냐, 길이냐.

인간이 태어날 때, 하늘에서 살성(殺星)이 비치면 열두 가지 살(煞) 중에 어느 화살인가를 맞게 된다지. 그래서 조실부모(早失父母)하거나, 불구의 몸이 되거나, 가산을 잃고 식구가 흩어지며 고질 신병(身病)을 앓게 된다.

그러나 복록이 무궁한 사람에게는 길성(吉星)이 비친다. 한평생의 부귀공명을 예언해 주는 그 별은 누구의 머리 위에 뜨는 것이랴.

겁살(劫煞), 재살(災煞), 천살(天煞), 지살(地煞), 연살(年煞), 월살(月煞), 망신살(亡身煞), 장성살(將星煞), 반안살(攀鞍煞), 역마살(驛馬煞), 육해살(六害煞), 화개살(華蓋煞).

인간의 한 생애에 재앙과 액운은 많기도 하다.

인생이 하늘로부터 명을 받아, 피할 길 없는 열두 가지 제살(諸煞)을 제 몸에 받고 겪으면서 언덕을 넘고, 골짜기를 지나고, 때로는 소용돌이에 휘말리며, 때로는 늪에서 허우적거리는 모양이란 어쩌면 가련하고 어쩌면 어리석기만 하다.

"사람이 아무 살도 안 띠고 평생을 순탄하게 살기는 아무래도 어려운 법이란다. 누구라도 한두 가지 살은 맞게 되어 있지마는, 그러더라도 어쩌든지 제가 미리 알고, 조심허고, 뛰어갈 거 걸어가고, 소리칠 거 어루만지고, 그렇게 삼가면, 설령 코 앞에 삼재 팔난이 닥칠지라도 가벼이 지나간단다."

삼재(三災)는 세상을 괴멸하는 불과 물과 바람의 큰 재난으로, 화재(火災), 수재(水災), 풍재(風災)를 말한다. 그뿐 아니라, 전쟁 난리 같은 도병재(刀兵災)와 전염병이 창궐하는 질역재(疾疫災), 흉년을 당하여 굶주리는 기근재(饑饉災)도 이에 속하여, 참으로 불길하기 짝이 없는 운성(運星)이 머리 위에 비치는 것이다.

이 같은 운수가 한번 침노해 들어오면, 그 사람의 만 삼 년 간을 흉화(凶禍)로 어지럽힌 뒤에라야 빠져 나가는데, 전해 오는 말로
"드는 삼재보다 나는 삼재가 더 무섭다."
고들 하는 것을 보면, 삼재 나가는 꼬리가 조용하지 않은 탓이리라. 마치 말발굽으로 거칠게 뒷발질을 하는 것처럼 후려치고 나간다는 것이었다.

거기다가 팔난(八難)이라면, 여덟 가지의 재난을 이름이니, 곧 배고픔과 모진 추위, 심한 더위, 성난 불길, 큰 물, 병란(兵亂), 목마름, 그리고 칼로 인한 재앙을 말한다.

인간의 지혜가 얼마나 영철(英哲)하여 그 같은 재난과 액운을 미리 헤아릴 것이며, 인간의 안목이 얼마나 형형하여 앉아서 천리를 내다볼 것인가. 더욱이 앞뒤를 헤아리지 못하는 중생들이야 일러 무엇 하리.

캄캄한 밤중에 뒷머리를 덮치는 이런 흉참한 일을 속수무책으로 당할 수밖에 없지 않으랴.

그러나 아무리 그렇다 하더라도, 미리 조심하고 미리 피해 가면, 가래로 막을 것을 호미로 막아 볼 수도 있는 일이기에, 율촌댁은 강모에게 그의 금년 신수를 일러 주며 몇 번이고 같은 당부를 하고

또 했던 것이다. 그리고, 부적도 한 장 호주머니에 넣어 주었다.

"이런 것은 비 올 때 우산 쓰는 것이나 마찬가지로, 몸에 지녀 급한 면(免)을 하자는 게다. 보호가 되지. 천만 다행히도 너한테 삼재는 들지 않았지만 정이월에는 팔패가 들고, 동지섣달에는 망신살이 끼었느니라. 조생원 말이, 무슨 일이 있어도 특히 금전거래는 하지 말 것이며, 주색을 조심하란다. 강모야, 네가 돈 가지고야 무슨 말썽날 일이 있겠느냐. 허나, 망신이라 하면 여러 가지 살 중에서도 부끄러움이 겹친 것이 아니냐……. 어쩌든지 조심해야 헌다. 네 몸을 네 스스로 지키기만 한다면 그런 일은 안 일어날 것이다. 바깥에서 들어오는 재앙이 아니라 네 몸에서 나는 재앙이니, 네가 정신만 채리면 무사히 지내갈 고비인즉, 강모야, 어미 말 명심해라. 꼭 명심해야 헌다. 그리고, 남자가 패가(敗家)하고 망신하는 것은 여자 때문인 수가 많으니."

어미 말을 명심해라.

어미 말을 명심해라.

강모의 귓속에 율촌댁의 음성이 쟁쟁하게 울린다.

내, 어느 날은 곰곰이 생각을 좀 해 보았는데, 암만해도 너희 내외 남수여화(男水女火)로 만난 것이 아닌가 싶었더니라. 너는 스물하나, 임술생이니 납음(納音)이 대해수(大海水)요, 네 아내는 스물넷 기미생 천상화(天上火)라. 물과 불이 만났어. 내 생각에, 같은 물과 불이라도 산두화(山頭火)에 간하수(澗下水)라면, 산 머리에 불은 봉화불일 것이고 골짜기 물은 벽계수이리니, 상극은 상극이라도 한 산에 들면 어찌어찌 조화가 될란지 어쩔란지. 하지만, 너희들은

164

바닷물에 하늘 위 불 아니냐. 바다와 하늘은 둘 다 너무 커서 집안에 큰 마당이나 우물을 이루기엔 적당치 않다. 거기다가 하늘 위의 불이라면 구름 속의 번개라. 번개는 날카롭고 살기가 있다. 또 번갯불 치면 천둥이 울게 마련. 천지가 깜짝 놀라 정신이 흩어지고, 사람들은 번개를 무서워하지. 그래서 너도 네 아내가 두려운가.

예로부터 남녀가 서로 만나 부부의 인연을 지을 적에는 하늘이 살피고 땅이 도와서 연분이 되는 것이지마는, 삼생의 원수가 이생에 만나졌던가, 서로 상극(相剋) 상충(相沖)하는 부부도 많고 많지 않으냐.

그래서 그런 못된 운수를 피하려고 궁합을 미리 보는 것인즉, 납음을 살펴 자기한테 알맞은 사람을 만나야만 한단다.

납음이란 무엇인고. 자기의 생년 육갑에서 나오는 오행(五行)을 가지고 남녀가 상생(相生)되는 것을 맞추어 보는 것이다.

오행별로 볼 때 상생이 있는가 하면 상극도 있으니, 서로 기운을 도와 일어나게 하는 상생이라 함은 금생수(金生水), 수생목(水生木), 목생화(木生火), 화생토(火生土), 토생금(土生金)을 말하지. 금은 물을 생하고, 물은 나무를 자라게 하며, 나무는 불을 일으킨다. 그리고 불은 타고 남은 재로 거름을 만들어 흙을 비옥하게 하며, 흙은 쇠를 품어 준다. 이 얼마나 좋은 사이이랴.

허나, 원수같은 상극은 금극목(金剋木)으로 쇠는 나무를 극하고, 도끼로 나무 찍고 톱으로 나무 자르는 걸 생각해 봐라. 짐작이 가지. 또 목극토(木剋土)로 나무는 흙을 무너뜨리며, 토극수(土剋水)는 너도 생각해 보면 알리라만 서로 상극이 아니겠느냐. 물은 흙을 깎아 내리고 흙은 물을 매워 물의 길을 막는 것. 서로 만나 좋을 일이 없고말고. 또한 수극화(水剋火)도 마찬가지 이치라. 물로는 불을 끄고, 불로는 물을 말린다. 그리고, 화극금(火剋金)이 서로 상극이다. 이 세상에서 쇠를 녹일 수 있는 것은 오직 불뿐인데 불과 쇠가 서로이 만나면 어찌 되겠느냐. 말로 하지 않더라도 손바닥을 보듯이 훤한 일이다.

여기에 네가 물이고 네 안이 불인즉, '남수여화'인데, 이는 화락봉서(花落逢暑)라. 꽃이 떨어지고 여름을 만난 격이다. 수화(水火)가 상극이매, 부부가 서로 불순하고 자손이 불효하며 일가 친척이 화목치 못하여 자연 백년을 서로 근심해야 한다더라. 재산이 태산과 같다 하더라도 어느새 새어나가 재물을 탕진하고, 부부 서로 이별수가 있으며, 혹 자손을 두어도 기르기 어려운 운수라. 부부가 항상 귀신같이 여기며 싸우니, 서로 죽이어 명이 짧아지리라, 했다. 이보다 더 참담한 꼴이 어디 있을꼬.

아아, 끔찍하여라.

토성 여인 또한 좋지 않아서, 남수여토(男水女土)면 만물봉상(萬物逢霜)이라. 만물이 서리를 만난 격이지. 물과 흙은 상극으로, 항상 재난과 액운이 끊이지 않아 곤핍하고, 부부가 같은 집에 살아도 상서롭지 못해서 가내 화목을 바라기 어려운데다가, 자손은 불효하고, 살림은 흩어져 티끌이 되니 우마(牛馬)와 재산의 흔적을 찾기 어렵도다. 관재(官災)와 재난이 앞길을 가로막아, 만사에 구설이 분분하니 조용할 날이 없구나. 부부 이별하여 독수공방을 면치 못하든지 남편의 상고(喪故)를 당할 격일진저.

그렇지만 금성의 여인을 만난다면 크게 길하니. 남수여금(男水女金)은 삼객봉제(三客逢弟)라. 나그네가 반가운 동생을 만나는 격이다. 금생수 하매 부부 서로 화합하며, 부귀할 것이고, 옥과 구슬로 지은 집에서 백년을 해로하는 괘란다. 자손은 창성하고 생애는 점점 흡족해, 일가 친척의 웃음 소리 넘치는데, 전답과 금은보화를 어디에 다 두오리오.

목성의 여인도 좋지. 남수여목(男水女木)은 교변위용(鮫變爲龍), 상어가 변하여 용이 된 격이야. 수생목하니, 이런 남녀의 결합은 자손이 번창하는 것이 나뭇가지 우거짐 같고, 서로 자라서 무성함에 그늘이 도타워 남에게는 덕이 되며, 스스로 부귀 장수 복락이 그치지 않으리라 했다. 재산은 불어나 흥왕하며 노비와 전답이 그득하여 영화가 무궁하고, 공명을 떨쳐 거룩한 이름은 세상을 비추니, 평생에 기쁜 일뿐이라. 부부의 금슬인즉 어찌 아니 좋으리오.

끝으로, 수성의 여인도 대길하다. 남수여수(男水女水)는 병마봉침(病馬逢針). 병든 말이 침을 만난 격이니, 이보다 더 좋은 일이 있겠는가. 이제는 완치 쾌차하게 되리라. 물과 물이 모이면 여울이 냇물 되고, 냇물이 강물 되며, 강물은 바다를 이루듯이 기쁜 일이 날로 쌓이어, 지위는 더욱 높아지고 덕망은 점점 깊어져 만인의 존경을 받을 뿐 아니라, 세상의 재물이 모두 이 골로 모여 끝이 없도다. 부부 서로 자나깨나 잊혀지지 않는 것이 처음의 만남과 같느니. 효성이 지극한 자손이 집안에 만당하고 생기 가득한 일생은 안락을 다 하리라.

너희 아버님은 마흔여덟, 을미생이라. 사중금(沙中金)이시고,

나는 마흔셋, 경자생으로 벽상토(壁上土)여서, 금생토, 토생금, 서로 상생이란다. 남금여토로 만나면 산득토목(山得土木), 산이 흙과 나무를 만난 격이니 얼마나 부요하냐. 평생토록 좋은 집에서 부부가 해로 화락하고 자손이 번성한다 했다. 비단옷에 옥식(玉食)이 가득하매 부러울 것이 없느니, 명예가 사해(四海)에 진동함을 만인이 칭송하리란다.

또 할머님은 올해 일흔둘, 경오생이시니 노방토(路傍土)로서, 비록 궁합을 맞추는 것이 아니나. 모자지간에도 토생금, 금생토, 앞서 말한대로 상생하여 좋으신가 싶더라. 양모(養母) 양자(養子) 사이가 저리 지극하기는 어려우니라. 자애와 효심이 고금에 없는 정경을 보자면, 과연 두 분이 합(合)이 들기는 단단히 드신 모양 분명하다.

모자지간만 그러한 것 아니라 나하고 고부간에도 좋으시다. 만일 이 괘로 남녀가 만난다면, 남토여토 아니냐? 이는 개화만지(開花滿枝)라. 가지마다 꽃이 핀 격인즉 양토(兩土)가 상합(相合)하니, 자손이 창성하고 효도를 잘하며 무병장수할 것이란다. 부귀한 풍류객이 되어 고루거각에 앉아 영화를 누리는데, 해마다 경사롭고 일마다 이로우니, 녹봉이 갈수록 두터워지리라……. 듣는 귀도 오죽이나 보드라우냐.

이렇게 좋은 인연도 없는 것이 아니건만, 너희는 어쩌다 그렇게 만났을꼬. 그런 것 다 쓸 데 없다고, 선비의 집안에 인륜지대사를 잡술에 의존할 것이냐고, 아버님 엄중히 꾸중하시고, 문벌 보아 성씨 보아 정하니 이렇지. 내 너희 내외의 정경이 하도 보기에 딱해서, 지난번에 사주(四柱) 잘 보는 조생원이 사랑에 아버님 뵈오러

왔길래, 남모르게 부탁해서 적어 놓은 괘가 이렇구나.

아무 말도 안하고 내 혼자 속으로만 알고 있으려다가, 기왕에 이러한 운수라면, 이제부터라도 명심 각골해서 어쩌든지 무사히 극복하는 쪽이 더 낫겠다 싶어 너한테 하는 말이다.

하기는, 사주 속같이 기묘한 것이 없어서, 궁합에는, 상극 중에 오히려 상생하는 명(命)이 있나니. 사중금같이 모래 속에 묻힌 쇠나 차천금같이 비녀와 팔찌를 만드는 쇠는 너무나 강한 금이어서 불을 만나야 성취할 수 있듯이. 벽력화·천상화는 물을 만나야 복록과 영화가 있다더라. 이 둘 다 번갯불이니, 물 먹은 구름이 모여야 번개를 치고, 번개 쳐야 큰 비가 오는 이치를 보면 속뜻을 짐작할 수 있으리라. 그래서, 그렇게만 본다면 너희 둘, 괜찮은 것 같지만, 천하수와 대해수는 불보다 흙을 만나야 더 좋다는구나. 망망대해 외로운데 흙이라면 섬이나 육지를 말하지 않으랴. 반가운 맘 그지없고 음양이 상합하련만.

네 안은 너 만나서 큰 덕을 보겠으나, 너는 네 안 만나 어찌 풀어 나갈는지.

아깝고, 애돌와라.

아들아, 내 아들아. 금쪽 같은 내 새끼야.

너는 임술생 개띠라, 생년에 천예(天藝)가 들었단다. 참 이상도 하지. 네가 난데없이 악기를 들고 와 동경으로 음악공부를 하러 가련다 했을 때, 온 집안이 발칵 뒤집혀 소동이 나고, 이 어미도 무한히 놀랐다마는, 너한테 '연천예'가 들어 그러했던가. 속말로 팔짜 도망은 못한다더니, 맞는 말인가. 아나, 한번 읽어 보렴.

年入天藝(연입천예: 연예 천예성이 드니)

智謀過人(지모과인: 지혜와 꾀가 뛰어나도다)

目巧手技(목교수기: 눈이 정교하고 손재주가 있으니)

日日興財(일일흥재: 날로 재물이 늘어가리라)

衣食有足(의식유족: 옷과 밥이 풍족하니)

安過歲月(안과세월: 편안히 세월을 보내리라)

百年琴宮(백년금궁: 백년의 금슬궁이)

不調之嘆(부조지탄: 고르지 못하니 한탄스럽다)

若不然也(약불연야: 그렇지 아니하면)

早子難養(조자난양: 일찍 둔 아들을 기르기 어려우리라)

順有春風(순유춘풍: 순하면 춘풍이요)

逆利秋霜(역리추상: 거스르면 가을의 서리로다)

내가 너희 이씨 문중에 시집와서 이날까지, 너의 누이 손위로 둘 있는 것, 하나는 상하고 하나는 잃었다만, 금지옥엽 너를 얻고 모든 시름 다 풀리어, 저 앞엣말 하나도 과한 데 없이 살아왔었다. 헌데 이 무슨 괴이한 일인가. 네가 혼인하고 취처하여 새사람 들어오고 는 자고 새면 근심이 석 섬이니.

집안이 화락하지 못하면 자연히 몸과 마음은 건공중에 정처없어, 바깥으로만 나돌게 되는 것을 어미가 왜 모르겠느냐. 바깥이란 으 레히 바람이 많은 법. 그 바람은 여자로 해서 일으키는 경우가 태반 아니냐. 음풍(淫風)에 한번 휘말리면 망신하기는 잠깐이라.

강모야, 내 아들아, 부디 마음을 다스리고 몸을 조심하거라. 아무리

조신한 여염의 아낙일지라도 그 운수에 망신살이 뻗치면 도리 없
나니, 바람에 옷자락만 펄럭여도 샛서방을 보았다고 소문이 나는
법이란다. 아가, 너의 올 신수가 사나워 그 몹쓸 망신살이 들었느니
라. 조생원이 적어 준 것이다. 펴 보아라.

亡身入命(망신입명: 망신살이 명에 들어오니)

色情愼之(색정신지: 남녀간의 정욕을 삼가라)

官災口舌(관재구설: 관가의 재앙과 구설이)

間間有之(간간유지: 간간이 있을 것이로다)

雖多努力(수다노력: 비록 노력은 많아도)

不伸不成(불신불성: 힘을 못 펴고 이루지 못한다)

長生同帶(장생동대: 만일 장생을 한 가지로 띠었으면)

貴人之格(귀인지격: 귀인의 격이로다)

어머니, 어머님. 그만하십시오.

이미 그 모든 경계의 말씀이 부질없게 되고 말았습니다.

나의 몸은 흙덩어리에 불과한데, 굽어치는 운수는 급류의 물살입
니다. 흙이 어찌 물을 이기겠습니까? 이미 저의 허리를 깎아 먹고
있는 것을, 이제 한순간이면 중허리가 무너지며 내 몸뚱이는 내려
앉고 말 것입니다. 그런 것도 모르시고…… 이미 일은 일어날 대로
일어나 버리고 말았는데…… 어머니께서는 아무것도 모르시
고…… 그다지도 구구한 여러 말씀으로 다짐을 하고 또 하시오니,
꼭두각시처럼 처량하십니다.

어머니.

수명을 타고났으면 귀인의 격이라 한다지만, 오래 살면 무엇 하며, 설혹 귀인이라 한들 또 무엇 하리.

구구 절절이 자신의 모습과 짓거리를 있는 대로, 마치 명경으로 들여다본 듯이 적어 내놓은 조생원의 달필이 눈앞에 선연히 떠오른다.

그렇다면 강모가 오유끼를 만난 것은 흉이었는지도 모른다.

그러나 그네는, 아무리 흉액이라 할지라도 피할 도리가 없었던 운명의 가로막대였는지도 또한 모를 일이었다.

미리부터 길목을 가로막고 기다리던 그네는, 고사정의 요리집 '모찌즈끼'에서 손님으로 온 그를 천연스럽게 맞이하였을 터이니, 율촌댁이 강모를 앉혀 놓고 골백번씩 다짐한 말들도 한갓 부질없는 바람 소리에 불과한 것이었으며, 남의 사주를 손바닥처럼 들여다보는 조생원의 경계도 쓸모 없는 휴지 한 조각에 지나지 않는 것이 되고 만 셈이었다.

그날은, 강모가 근무하고 있는 부청(府廳) 학교과(學校課)에서 결산 회식을 가진 날이었다. 강모는 고보를 졸업하고는 바로 부청에 취직이 되었던 것이다. 물론, 숙부 기표의 주선으로 이루어진 일이었다. 기표는 자신의 아들 강태도 전주 부청에 심어 놓았으며, 바로 뒤이어 강모 또한 과는 다르지만 같은 청사에서 일하게 서둘렀다.

그때 연일 연야 계속된 정리 작업으로 지쳐 있던 직원들은, 결산이 끝난 날인 만큼 처음부터 들떠서 야단스럽게 모찌즈끼의 대문을 밀고 들어갔다.

그리고 그들은 앉자마자

"여자."

라고 소리쳤다. 오래 기다릴 것도 없이 이윽고 술상이 들어오고, 화려하게 머리를 빗은 젊은 여자 몇 사람이 따라 들어와, 무릎을 꿇고 인사를 하였다.

모찌즈끼는 이급 요리점으로, 뚱뚱하고 작달막한 일본인이 경영하고 있는 집이었다. 그곳은 유다르게 술맛이 좋다거나, 요리 솜씨가 뛰어난 집은 아니었지만, 모찌즈끼의 여자만큼은 소문이 난 터였다.

"모찌즈끼로 가자."

하고 말할 때는

"새 여자가 들어왔을는지도 모른다."

는 공공연한 속뜻이 숨겨져 있을 정도였다.

그곳의 주인은 검붉은 일본 남자였다. 도무지 일본에서 무엇을 하다가 조선까지 건너오게 되었는지 알 수 없었지만, 아마도 걸식을 하던 부랑배 아니면 사람 장사를 한 것이 틀림없다고 수군거리기도 했다.

"그놈 눈구녁을 좀 보아. 실배암같이 간교하단 말씀이야."

"듣고 보니 그렇구만. 그 누루꾸룸한 흰자위에서 혓바닥이 날름거리는 걸 나두 봤지."

"아무려면 어떤가. 우리한테야 나쁠 게 없잖어? 한 바퀴 그놈이 조선 팔도를 휘이 돌고 오면, 방방 곡곡에 파묻혀 있던 이쁜 일색들만 걷어 오지 않던가배?"

"허기는. 굴비 두름이 따로 없더라."

언젠가 그는, 보리쌀 한 말에 젊은 처녀를 사 가지고 온 일도 있다고 했다. 길고 긴 봄날의 햇볕이라도 손아귀에 움켜쥐고 베어 먹어야 할 만큼 허기진 보릿고개 때의 일이었다.

그는 해마다 봄철이 되면, 마치 사냥의 때를 기다리던 포수처럼, 허리에 전대(錢帶)를 띠고 며칠씩 길을 떠났다. 그가 도는 곳은 일정하지 않았다. 서해안과 남해안, 그리고 강원도의 산골짜기, 지리산 기슭이며, 전마선을 타고 가는 손바닥만한 섬조각에도 그는 갔다.

그러나, 그가 특히 좋아하는 곳은 남도 일대였다.

삼남(三南)에 연이은 흉년과 기근이란 무슨 숙명이나 업보와도 같이 끈질겼다. 나찰(羅刹)이 그보다 더 악착 같을 것인가. 몸이 검고 눈이 푸르고 머리털이 붉으며, 사람을 잡아먹는다는 그 악한 귀신도 일찍이 본 바 없으니 굶주림보다는 덜 무서웠던 것이다.

여기저기서 부황난 사람이 죽어갔고, 살가죽이 누렇게 붓고 들뜬 한무더기 가솔이, 바가지를 옆구리에 하나씩 차고 다리를 절룩이며 어디론가 동냥을 떠나갔다. 발을 둘둘 감은 다 떨어진 헝겊 쪼가리는 걸음을 옮길 때마다 누런 황토 먼지를 풀석거리게 하였다.

"가만 뒈도 죽든지 거러지가 되든지 둘 중에 하납지요. 기왕에 그리 될 바에야 저를 따라오는 것이 백번 낫습지요."

모찌즈끼의 주인은 두툼한 붉은 입술을 번들거리며 웃었다.

"굴뚝의 연기 냄새만 맡아도 저는 그 속에 앉아 있는 사람 냄새를 분별할 수 있습지요. 틀려 본 일이 없어요."

"바람만 스쳐 가도 사람 냄새가 나고말고요."

"덜 익은 처녀의 풋비린내는 말씀입지요, 봉창(封窓)을 철벽같이 해놔도 그게 묘한 거예요, 저절로 공중에 퍼지는 걸입쇼."

모찌즈끼의 주인은 야마시따(山下) 주임이 내미는 술잔을 두 손으로 받으며 그런 말을 했었다. 지난번에 왔을 때의 일이었다. 그때 강모의 눈에는, 검붉은 그 남자의 열 손가락이 낙지발처럼 보였었다.

지어 부칠 땅도 없거니와, 땅이 있다 해도 공출로 보리쌀 한 톨 남겨 놓을 수도 없는 처지에서, 그대로 죽어가거나 동냥아치가 되는 것보다는, 그래도, 유녀(遊女)로나마 목숨을 부지하는 쪽이 더 낫기는 나은 것일까.

"오늘은 누구냐? 얼굴 좀 보자."

야마시따는 호기롭게 소리치며 좌중의 젊은 여자들을 돌아보았다.

오유끼는 야마시따와 강모의 사이에 앉았다.

그네는 얼굴을 공손하게 숙이며 무릎을 꿇고 두 손을 앞으로 모아 절을 했다. 수그린 고개의 뒷목이 깊이 파이고, 앞쪽의 깃은 가슴의 흰살이 거의 드러나보일 만큼 아래까지 내려와 있었다.

오유끼는 황금빛 공단 바탕에, 화려한 꽃무늬가 수놓인 보라색 오비를 매었다. 그 오비의 빛깔 때문이었는지, 아니면 연지의 탓이었는지, 그녀의 입술에도 보랏빛이 돌았다. 그래서 추워 보이기도 했다.

얼굴로 보아서는 아직 어린 여자가 분명한데, 표정은 측은할 정도로 어른스러웠다.

강모가 오유끼의 모습을 일별(一瞥)하며 미처 시선을 거두지 않은 그 순간에, 투박한 손 하나가 불쑥 침벌(侵伐)하듯 시야로 뛰어들어왔다. 야마시따의 손이었다. 손은 오유끼의 기모노 앞깃에 흡반처럼 붙더니 깃을 헤치며 안쪽으로 미끄러져 들어갔다.

강모는 얼굴이 붉어졌다. 무슨 못 볼 것을 보았다든가 하기에는 이미 농탕해져 버린 자리였다. 다만 그가 상기된 것은, 방해를 받았다는 느낌 때문이었다.

그런 것도 모르고 야마시따는 아예 오유끼를 감싸 안더니 흰 목에 붉은 소리가 나게 입을 맞추었다.

오유끼는 야마시따보다는 더 어른인 양 그가 하는 짓을 내버려 둔다. 별반 거역하지도 않으면서 그렇다고 받아들이는 것 같지도 않은 몸짓으로 조그맣게 앉아 있는 그녀에게 강모가 이름을 묻는다.

"오유끼입니다."

야마시따에게 잡힌 몸을 풀며 그네가 대답한다. 힐끗 강모를 돌아본 야마시따는 무슨 생각에서였는지, 무어라고 큰 소리로 농을 지껄이며 오유끼를 강모 쪽으로 떠밀어 넘겼다. 강모는 엉겁결에 그네를 받아 안았다. 그네는 따뜻하게 감겨 왔다. 그네에게서는 복숭아 냄새가 났다. 후끈 더운 기운이 끼치면서 입술에 까스라기가 일어난다. 혀끝이 안으로 말려들어 말이 목젖 너머로 넘어가 버린다. 강모는 당황하여 오유끼를 밀어내려고 했다. 그런데도 오유끼는 반대였다. 오히려 팔을 감아 강모의 목을 끌어안았다. 그네의 살이 닿는 곳이 뼛속까지 저르르 울리면서 녹아내리는 듯한 노곤함에 어지러웠다.

오유끼는 한 마리의 계집이었다.

강실이나 효원이 같은, 막막하고 사무치는 존재(存在)가 아니라, 뭉클 손 안에 잡히는 실물(實物)인 것이다.

조금 전에 야마시따가 마음대로 만지며 노닥거렸으나, 어디에도 흔적이 남지 않은 오유끼, 바로 그 전에는 또 누군가가, 또 이 다음에 어느 이름 모를 사람이 어루만지고 희롱하고 떠나간다. 아무나 찾아올 수 있고, 아무에게도 죄를 묻지 않는 여자. 희롱의 죄를 묻지 않는 오유끼. 짓밟은 값을 돈으로 치를 수 있는 계집. 밟히려고 작정하고 이렇게 나와 앉은 사람. 서러운가, 오유끼.

"오유끼(お雪)…… 좋은 이름인데……? 나가이 가후의 여인이로구나."

강모는 나지막이 숨소리로 말했다. 오유끼는 강모의 턱 밑에서 고개를 갸우뚱하며 미소를 지었다. 말의 뜻을 알 수는 없었으나 손님이 하는 말에 대한 인사이며 교태였다.

그네의 눈빛은 신열(身熱)이 돌아 붉게 물든다.

"너, 그 여자를 아느냐?"

알 리가 없는 줄 번연히 알면서도 물어 본다.

'오유끼'는 그 허무한 냉소주의자 나가이 가후(永井荷風)의 소설에 나오는 주인공 여자였다.

일찍이 히로쓰 류우로(廣津柳浪)의 문하에 들어가 습작을 한 그는 일본 고래의 춤과 피리, 만담 등을 공부하다가, 1903년에는 미국으로, 또 4년 후에는 불란서로 마음껏 떠돌던 사람.

나가이 가후는 세기말 문예에 도취되어 그 아름다움을 글로 썼다.

그는 에도(江戶) 예술에 애착을 가지고 있었으며, 향락 퇴폐의 풍조를 문단에 불러일으킨 사람이기도 하다. 어쩌면 그의 향락주의는 인생에 대한 소극적인 반항이었는지도 모른다. 무너지고 스러지는 것들에 대한 애절한 사랑과, 무너지게 하고 스러지게 하는 것들에 대한 무력한 증오가, 차라리 그를 냉소적인 시인으로 만들고 말았을 것이다.

퇴폐와 윤락의 밑바닥에, 닿으면 녹아 버릴 흰 눈발과도 같은 처연한 시취(詩趣)가 숨쉬고 있는 것을 나가이 가후는 느끼었다. 그래서 에도 문화를 찬미하고, 그 자신의 나날을 향락에 내던지며, 화류계에서 소재를 취하여 시문을 썼던 것이다.

강모는 그를 좋아하며 즐겨 읽었다.

그중에서도 묵동기담(墨東綺譚).

아마도 그것은 틀림없이 작가 자신의 이야기이리라.

오유끼는 그 소설 속의 여자이다.

사창(私娼). 거리의 여인. 그러나 순진하고도 열정적인 오유끼.

동경 뒷거리의 인정과 풍속이 서글프게 물들어 있는 배경에 나타난 한 문사(文士)는, 허무의 세계에서 그림자처럼 배회한다. 그는 보잘것없는 창부 오유끼에게 끌리는 마음을 감추지 못하면서도, 차츰 진정으로 그를 사랑하게 되나 그녀와 끝내 동화되지는 못한다. 진창에 날리는 흰 눈은, 꽃잎처럼 내려앉아 짓밟히며 진창이 되고 만다. 질척거린다.

"결국 인생에는 달콤한 조화 같은 것은 있을 수 없다. 그것은 그저 생에 대한 그리움이거나 한낱 꿈에 불과할 뿐."

이라고 쓸쓸히 체념하고 마는 주인공.

그 주인공은 바로 나 자신이다.

그렇다면 '오유끼'는 바로 너이냐?

너는 책 속에서 걸어 나왔느냐?

강모는 실소한다.

그리고 안겨 있는 오유끼의 흰 손목을 잡는다.

(손목을 잡는 것만으로도 죄가 되는 사람은 있었다. 바라보아도 안되는 사람이었지. 그래서였던가. 나는 그 사람의 얼굴을 바로 본 일이 없고, 그 사람도 나를 바로 본 일이 없었다. 언제나 돌아설 듯 빗기어 그 자취마저도 아련했던 사람. 그런데 나는, 손목보다 더한 것을 부러뜨리고 말았었다. 그러고도 그 사람을 버리고…… 짓밟은 그 자리에 말 한마디 남겨 놓지 않은 채 도망치고 말았느니. 그다지도 애절하던 이름이 이제는 이대도록 두려워 꿈길에서조차 들릴까 무섭기만 하다. 그뿐이냐. 알 수 없는 손아귀에 덜미를 잡힐까 봐 허둥지둥 기껏 숨어든 곳은 또 어디였던가. 허울은 아내였으되 마음은 가지 않던 여인에게 내 허망함을 부려 버리려 했었다. 나는 비겁한 사람. 허깨비. 어느 것 한 가지도 떳떳하게 행하지 못하고 누리지도 못한다. 나는 왜 살고 있는가. 누군가는 한 사람이 능히 열 가지 일을 하건만, 나는 한 가지도 제대로 하는 일이 없다. 그런데도 사람들이 나에게 바라는 바는, 백 가지 천 가지가 넘는다. 이 무슨 고달픈 운명인가. 그저 나 하나 소리 없이, 내 생긴 대로, 막힌 데 없이, 걸린 데 없이 살 수 있으면 얼마나 좋을까. 허나, 오유끼. 너의 이름이 오유끼라고 했느냐? 내가 네 손목을 잡는 것쯤이야

죄 될 리도 없으려니와, 너 역시 내 모가지를 조이지는 않을 테지? 너는 계산하면 그만이니까.)

자욱한 안개는 숨겨진 넋을 짓누르고, 우뚝한 태산은 사람의 숨통을 짓누른다.

오로지 누르고, 누르고, 누르는 것들.

강용(剛勇)한 자들의 악력(握力)은 질긴 나무의 뿌리처럼 억세다. 모가지를 틀어쥐고 놓아 주지 않는다. 그럴 뿐만 아니라 덜미를 잡힌 채 버둥거리고 있는 자신의 모습을 벌겋게 드러내 놓을 수밖에는 없다. 기어가면 기어가는 모습을, 덤벼들면 덤벼드는 꼴을, 주저앉으면 또 그 주저앉는 형상을 낱낱이 들키면서, 이리저리 피해 다니는 내가 나도 싫다. 진저리난다.

"오유끼."

오유끼가 대답 대신 눈빛으로 웃는다.

"노래를 불러라."

강모는 노비에게 명령하듯 짧게 말했다. 오유끼는 다소곳이 이마를 숙여 절을 하고는 샤미센[三味線]의 줄을 고른다. 그네의 흰 손가락이 강모의 가슴에 닿는다. 강모는 머리를 털어낸다.

자완무시와 떡국, 은어 요리들이 어지럽게 상 위에서 뒤섞이고, 함께 앉은 사람들은 이미 샤미센의 가락 따위에는 귀를 기울이고 있지 않았다. 그들은 거나한 취기를 옆자리의 젊은 여자에게 부리며 허리를 끌어 안고 낄낄거렸다. 방안에는 자욱한 담배 연기가 전등 불빛을 가리워 모든 것이 몽롱하게 보인다. 귀밑에서 들리는 희롱의 소리도 아득하고 멀어, 꿈결인가 저승인가 싶었다.

그런 와중에서 오유끼는 홀로 샤미센을 퉁기고 있었다. 그러나 누구도 그 가락을 듣고 있지는 않았다. 그네도 누가 들으라고 하는 것은 아닌 것 같았다. 가락은 저 혼자서 금빛으로 번쩍이다가 유순해지고, 그러다가 또 혼자서 명랑한 물 소리를 냈다.

물 소리가 귀를 젖게 한다.

그는 오유끼와 더불어 달빛 아래 서 있었다.

용소에 부서지는 검푸른 달빛은 물배암처럼 소용돌이를 휘감고 있었다. 그것은 신비롭고도 광기 어린 빛깔이었다. 청동으로 빚은 것 같은 오유끼가 강모에게 손짓을 한다.

무너질 듯한 암벽의 검은 그림자와 짙푸른 육도목(六道木) 수풀이 어우러져 숨막히는 향기를 입김으로 뿜어낸다. 그리고 오유끼와 강모는 푸른 달빛 속에서 벗은 몸으로 시리게 찬 물살에 곤두박질치고 자멱질을 하고, 어린아이처럼 천진난만하게 웃고 웃었다.

속이 허해질 만큼 웃었다. 웃음은 바람인 모양이었다. 하품처럼 웃음을 토해 냈다. 눈귀에 눈물이 배어났다.

이윽고 그는 늪에 빠지듯 잠에 빠져들어갔다.

귓가에서는 샤미센의 음률과 물 소리와 웃음 소리가 서로 엉키며 젖은 눈물에 반죽이 되고 있었다.

"너……, 나하고 살래?"

새벽에 눈을 뜬 강모는 어슴푸레한 어둠 속에서 오유끼에게 물었다. 오유끼는 그 말에 별로 놀라지 않았다. 다만 나이답지 않게 그늘진 한숨을 내쉬었다.

"저는 주인이 있어요."

"주인?"

"저는…… 팔린 몸입니다."

오유끼는 가까스로 웃으며 모찌즈끼의 주인 남자 이름을 말했다.

그리고 한참 동안 묵묵히 천장을 바라보았다.

"올가미를 벗어날 수가 없어요."

그네의 목소리는 낮았다.

강모의 머릿속에는 입술이 두툼하고 번질거리는 남자의 천박한 면상이 떠올랐다. 낙지의 빨판 같던 붉은 손가락이 공중에서 열 개의 다리를 너울거린다. 그것은 오유끼의 목덜미에 흡착되어 감겨들었다. 오유끼는 비명도 없이 그 빨판이 붙은 다리에 목을 감기운 채 진(津)을 빨리우고 있었다. 어찌 보면 빨판은 야마시따의 입술이기도 했다.

"도망을 치지."

"평생 쫓기면서 살게 되겠지요."

"얽매여서 사는 것보다는 낫지 않아?"

"그렇지도 않아요. 저는 다시 이런 데로 가게 될걸요. 어디서나 마찬가지예요. 먹고 살 길이 없답니다."

"굶는다는 말이냐?"

"죽고 말겠지요. 거리에서."

"다른 일을 하면서 살아갈 수도 있는데?"

"저는 이미 물이 들어 버렸어요. 지워지지 않을 텐데요, 뭐……. 그냥 이 웅덩이에서 썩어 버리고 말 거예요."

"너는 아직 꽃도 피지 않았는데, 벌써부터 썩을 궁리를 하고 있단 말이냐."

그때 오유끼는 체념과 포기에 길든 늙은 기녀(妓女)처럼 말했다.

"피지 않고 시드는 꽃도 있지요."

꽃, 썩어들어가고 있는 꽃의 다리.

이리도 저리도 갈 수 없는 자리에서 서서히 뭉그러지고 있는 살과 뼈를 물끄러미 내려다보는 오유끼의 낮은 한숨 소리.

그는 순간 그 꽃뿌리를 다가봉 아래 굽이치며 흘러 시퍼렇게 소용돌이 일으키는 용소에 담그어 주고 싶은 격렬한 충동을 느꼈다.

물살에 씻기는 흰 다리가 푸른 물그림자에 어려 한 마리의 물고기처럼 헤엄치는 것이 보였다.

"정이라면 내 어쩌지 못하겠다만."

돈이라면 내가 너한테 줄 수가 있다.

너를 풀어 주고 싶다.

"풀어 주고 싶다."

그는 진심으로 간절하게 속삭였다. 마치 자기 자신의 비밀이라도 털어놓는 것처럼. 오유끼는 믿지 않는 것 같았다. 팔려 올 때는 보리쌀 한 말이나 치마 저고리 한 감 값이었으나 이제는 짐짝보다 무거운 빚 무더기가 등을 짓누르고 있는데.

어떻게 그것을 털어내 버릴 수가 있을까.

다만 오유끼는 잠깐 미소를 띄웠다.

"자주 오셔요."

그것으로 고마운 일이었으므로 그네는 그렇게 말했다.

"나랑 살자."

그러나, 그 말에는 대답을 안하고 그네는 엉뚱한 질문을 한다.

"몹시 속이 상하셨던가 봐요?"

"언제?"

"어제."

"왜?"

"많이 취하셨어요. 쥐어 짜면 주루루 술국이 쏟아지게. 술자리 파할 때까진 그냥 앉아 계시기는 했는데요, 일어서질 못하시데요."

"토했어?"

"많이."

그러고는 무어라고 말을 이으려다 그만둔다. 어슴푸레하던 방 안의 빛이 어느 사이 희어졌다. 그래서 오유끼의 표정이 눈에 들어왔다.

"또 어쨌는데?"

"아니에요."

"무슨 일이 있었구나. 말을 해라."

그러나 그네는 아니라고만 하며 돌아 눕는다. 성급하게도 이 여자는 꽃값을 계산하려 하는 것일까. 그렇다면.

"밤새도록 소릴 지르셨어요."

"소리?"

그럴 리가.

"다 부셔 버리겠다구, 다 소용 없다구 그랬어요. 막 으르릉거려서 무슨 말인지 들을 수는 없었는데요, 늑대가 우는 것 같던데요? 그러구는……."

강모는 의아하여 반쯤 일어나 앉았다.

뒷머리를 잡아당기는 두통이 번개를 친다. 쇠꼬챙이 같은 통증이었다. 그는 비명을 삼키며 자기도 모르게 두 손으로 머리를 감쌌다.

"마지막엔, 차라리 날 잡아먹어라, 차라리 날 뜯어먹어라, 그러셨어요. 벗어 젖히구는, 새빨간 몸뚱이 하나뿐이라구, 이거뿐이라구, 이게 다아라구, 마음대로 하라구 그러시더니요…… 왜 가만 있느냐구, 너 이년, 왜 가만 있느냐구…… 나를 짓밟으라구…… 안 그러면 내가 널 죽여 버리겠다구 그러면서."

생각난다. 그랬었다. 내가 이 여자를 움켜쥐었다가 방바닥으로 패대기를 쳤지. 나가떨어지는 오유끼를 일으켜 세워 다시 벽 쪽으로 메다붙였다. 그리고 몰매질하듯 후려쳤다.

"꿈인가 싶더니만, 그게 너였느냐?"

오유끼는 온몸에 멍이 든 채로 새벽녘에야 강모에게 옴죄이게 안겨 잠이 들었다.

강모가 때린 것은 오유끼가 아니었다. 메다붙이고, 후려치고, 패대기치며, 물어뜯으며, 짓이긴 것은 오유끼가 아니었다.

그것은 대실의 혼행에서 맞닥뜨린 태산 같은 효원의 그림자였다. 집어삼킬 듯 우뚝하던 효원의 어깨였다. 어찌 보면 그것은 강실이이기도 했다. 무너지며 꽹꽹거리는 징소리가 귀에 울려, 그 소리를 몰아내려고 길길이 뛰어오를 때, 텃밭에 낭자하던 꽃대 부러지는 소리와 강실이의 등뼈가 내려앉던 소리. 방바닥에 쓰러지는 오유끼는 안개마냥 자욱한 강실이였다. 그런가 하면 강실이가 아니라 청암부인이기도 했다. 서리 맺힌 눈매를 서늘하게 뜨고 있는 할머니의 허이연 머릿결이 가슴에 얹힌다. 암키와 수키와가 서로 이를 맞물고 그물코같이 단단하게 얽혀 단번에 덮어 씌울 듯 거대한 날개를 펼치던 지붕. 괴조(怪鳥)의 주둥이처럼 허공으로 치솟아 솟구치던 용마루가 순식간에 자기에게로 내리꽂히는 아찔함에 강모는 비명을 지르며 쓰러졌다. 그 날카로운 아픔은, 수천 숙부 기표의 눈빛이 쏘는 화살을 맞은 자리가 찢기는 통증이기도 했다. 그리고 부친 이기채의 놋재떨이 두드리는 금속성. 네 이노옴. 네 이 천하에 못된 놈. 뒤통수를 때리는 퇴침. 산산 조각이 난 채로 튀어 오르던 바이올린의 몸통. 그 몸통에 맞아 흩어진 담배통과 타구.

강모가 오유끼를 두들겨 팬 장작은 샤미센이었다.

노래를 불러라. 덕석에 말아라. 짐승만도 못한 놈. 몰매를 쳐라. 나는 떠나고 싶었어요. 달아나고 싶었습니다. 덜미를 잡지 마시오. 내 목을 매지 마십시오. 동경으로 보내 주세요. 생긴 대로 노래 부르며, 악기를 두드리며, 떠돌아 다니며 살게 해 주세요. 제발.

"도망가지 왜 밤새도록 맞었느냐."

강모는 가까스로 오유끼에게 묻는다. 목이 잠긴 소리다. 그는 몹시도 무안하였다.

"우시길래."

"많이 울더냐?"

오유끼는 대답 대신 누이처럼 강모의 머리를 쓰다듬었다.

부드럽고 따뜻하게, 오히려 밤새도록 맞은 쪽은 강모였던 것같이.

강모는 그네를 와락 끌어안는다. 끌어안은 그의 팔에 눈물이 돈다.

"내가 망령이 씌었던가 보다."

나는 지금까지 누구도 가해 가학한 일이 없었다. 네가 나를 믿을는지는 모르겠다만. 허나 이상한 일이구나. 웬일로 아무 잘못 없는 너를 그리했을까. 그러나 한 가지 분명한 것은 이 세상에서 나를 받아준 단 한 사람은 바로 오유끼, 너 하나뿐이었다.

주는 시늉 하면서 갈고리로 나를 찍으려는 사람뿐인데, 애오라지 너 하나가 엉뚱한 내 갈고리에 찍혀 주었다. 내 속을 풀어 내게 해 주었다. 나는 너를 풀어 주리라. 나한테 맞은 매를 갚아 주리라.

결국, 그는 망설이지 않고, 자신이 관리하고 있던 공금을 덜어 냈다. 그래서 모찌즈끼의 주인에게 건네주었다. 남자는 번질거리는 붉은 입을 크게 벌려 웃으며 고개를 끄덕 하였다.

삼백 원.

그리고 그녀는 그의 것이 되었다.

유곽(遊廓)근처에서 일감을 얻어 빨래하고 옷을 지어 주던 삯바느질 여인들이 여자 저고리 하나에 삼십 전, 치마는 육십 전을 받고, 두루마기 하나를 짓는 데는 양단이나 합비단일 경우 삼 원이나 사 원을 받았으니, 매일 빨래하고 매일 풋새하여 주야를 가리지 않고 옷을 지어도 한 달 수입이 이십 원을 넘기 어려운 형편일 것을 생각하면, 삼백원이란 하늘 같은 돈이어서 오유끼는 강모의 말을 믿지 않았던 것이다.

그렇지만 강모는 오유끼를 '모찌즈끼'의 대문 밖으로 데리고 나왔다. 그날 그네는 몹시 두려운 듯한 몸짓으로 주춤거리며 강모의 뒤를 따라나섰다.

그런데 묘한 일이었다. 대문을 경계선으로 그네가 한 발을 길목으로 내디뎠을 때, 강모는 순간적으로 새로운 올가미에 걸리고 말았다는 것을 절감한 것이었다. 가슴이 덜컥 내려앉았다.

色情慎之(색정신지: 남녀간의 정욕을 삼가라)
官災口舌(관재구설: 관가의 재앙과 구설이)

어머니 율촌댁이 강모의 손 안에 쥐어 주던 종이 조각에 조생원의 달필이 꿈틀거리며 음험하게 눈동자를 번득이고 있었다.
하필이면 그때, 그 구절이 펀듯 떠오른 것이다.
무슨 일이야 있을라고. 그까짓 삼백 원.
물론 삼백 원이 어찌 적은 돈이랴.
그러나 그로서는 얼마든지 다시 채워 넣을 수 있었다.
자기가 관리하고 회계하는 금액의 일부를 우선 잠시 꺼내 쓰는 것에 불과하다. 공금을 사사로이 쓴다는 불안이나 죄의식은 없었다.
바다처럼 질펀한 논과 밭이 등뒤에 드리워져 있는 강모가 입을 벌리기만 하면, 돌아서지도 않아서 주머니 돈을 빌려 줄 전주(錢主)만 해도 한두 사람이 아니었다.
그들은 이자마저도 재촉하지 않는다. 장부에 적어 두는 것만으로도 받은 것이나 다름없다고 여기는 때문이었다. 누구의 손자인데 오죽할까. 그 말 한 마디면 더 이상 덧붙일 말이 필요 없었다.
강모는 떠오른 글귀를 머리에서 털어 버리고 공금을 꺼내 쓴 사실도 따라서 잊어 버렸다.

훔치는 것이 아닌데 무슨 죄가 되리.

곧 귀를 맞추어 챙겨 넣으리라.

그는 방심하였다.

거기다가 그는 남의 것과 내 것을 칼로 자른 듯 반듯하게 셈하면서 살아오지 않은 사람이었다. 그럴 필요가 없었던 것이다. 원하는 것은 언제나 그의 곁에 있었다. 말만 하면 되었다.

그보다 새로 시작된 생활에 골몰하여 옆을 돌아볼 틈이 없었다고 할까. 그는 늘, 한 발은 오유끼 바깥에 내놓고 금방이라도 빠져 나갈 궁리를 하면서 다른 쪽 발은 늪 속에 잠긴 것처럼 점점 더 깊숙이 묶여 들고 있었다. 그래서 그의 몸은 기우뚱 가파른 경사를 이루어 위태로웠다. 여자가 생겨서 쓰임새가 늘어나, 필요할 때마다 변통하여 빌어 쓰는 돈은 어느 틈에 지게 짐이 되어 더욱이나 그를 기울어지게 하였다. 혼몽(昏懜)이었다.

그러다가 어느 틈에 해가 바뀌면서 노곤한 봄이 이울고, 초하(初夏)의 여울이 한여름 폭염으로 고꾸라질 때. 강모는 느닷없는 감사(監査)에 걸리고 만 것이다.

"공금유용(公金流用)."

"공금횡령(公金橫領)."

거기에는 변명이 끼어들 틈이 없었다.

나중에서야 알게 된 일이었지만, 야마시따가 어느 술자리에서 큰 소리로 농담하던 끝에 발설한 말이 빌미가 되었다는 것이었다.

강모는 일이 발등에 떨어진 다음에도 무엇 때문에 혼이 나는지 얼른 실감이 나지 않아 의아할 정도였다.

그는 구속되었다.

그리고 파면되었다.

집에는 절대로 알리고 싶어하지 않는 강모를 대신하여 결국, 강태가 나선 긴급한 연락을 받고는, 그길로 선걸음에 달려온 기표가 경찰서 유치장에 갇혀 있는 그를 끄집어내 주었다.

"하필이면 천하에 어디 계집이 없어서 그런 요물한테 잡아먹힌단 말이냐. 남자 일신(一身) 망신하고 패가허는 것은 순간의 일이다. 무엇이든 요령껏 다루고 거느리고 해야지. 이게 무슨 일이냐?"

쩟.

기표는 입맛을 다셨다.

그의 얼굴에 모멸의 빛이 역력했다.

"여자한테 잘못 물리면 그 못된 아가리는 사람도 삼키고 집채도 삼키고, 남자의 한평생도 눈 하나 깜짝 않고 둘러 삼키는 법이다. 계집을 다루는 데도 요령이 있어야지. 이번 일은 각골 명심해라."

아까 골목 어귀에서 기표는 다시 한번 오금을 박았다.

부스스한 까치집 머리를 이고 서서 아직도 온 정신이 안 돌아와 허깨비처럼 넋을 놓고 서 있는 강모에게 그는 미간을 찌푸리며

"그러고오, 할머님이 위독허시다. 오늘 내일을 기약 못허는 형편이야. 내 긴 말은 하지 않겠다. 집에 가서 허기로 허고, 내일 새벽 첫차로 같이 가자. 이번 기회에 부청이고 뭐고 다 깨끗이 청산허고, 집에 가서 아버님 일이나 마음잡고 착실히 보아 드려라. 아버님도 경황 중에 득병을 하셔서, 이거 까딱하면 쌍초상 나게 생겼다. 기왕지사 한번 지나간 일은 그렇다고 허고, 뒷수습을 잘해 놓았으니

마음잡고 이제부텀이라도 착실허게 살면 되지. 내일 새벽에 내가 이리로 오겠다."

강모는 물끄러미 검은 냇물만 바라보았다.

머릿속에 부연 먼지가 날아앉아 모든 것은 그 형체가 분명하지 않았고, 모든 것은 암담하였다.

"제가 정거장으로 나가지요. 여기까지 오실 거 없습니다."

그러나 기표는 짤막하게 말했다.

"아니다. 내가 오겠다."

그리고 기표는 힐끗 강모가 살고 있는 골목 어귀를 돌아보았다.

어둠이 엉긴 그 어귀에는 아까부터 사람의 흰 그림자가 움직이지 않고 서 있었다. 그녀는 오유끼였다.

크으 어흐음.

마치 침을 뱉기라도 하는 것 같은 큰 기침 소리를 남기고 기표는 갔다. 기표가 사라져간 다음에도 한동안 오유끼와 강모는 각각 그 자리에 붙박인 채 옴짝도 하지 않고 그렇게 서 있었다.

강모는 유치장에서 열하루 만에 풀려 나왔던 것이다.

어둠은 오랜만에 만난 그들의 침묵을 더욱 단단하게 만들었다.

각질(角質)로 굳어가는 침묵을 부수지 못하고, 강모는 방천에 쭈그리고 앉았다. 그리고 여전히 냇물만을 내려다보았다.

오유끼는 강모가 돌아오지 않던 날로부터 밤마다 골목 어귀에 나와서 그를 기다렸던 모양이다. 그런데도 막상 돌아온 그의 곁으로 오지 못하고 골목 어귀에 그림자처럼 서 있기만 하였다. 그녀는 그가 불러 주기를 기다렸던 것일까. 그러나 강모는 오유끼를 부르지 않았다. 그리고 여지껏 이렇게 밤 냇물을 말없이 바라보고만 있었다.

"들어가자."

강모는 방천에서 일어선다.

쪼그리고 앉아 있던 오유끼도 따라 일어서며 강모의 바지를 털어 준다. 캄캄한 어둠 속에 구부린 오유끼의 등허리가 여위어 보인다.

어둠 속에서는 그래도 잘 모르겠더니 방안의 불빛 아래 드러난 강모의 얼굴은 누렇고 초췌하다.

부스스 일어선 머리카락이 땀과 먼지에 엉겨 부옇게 보이고, 그의 뒤통수에는 새집마저 엉성하게 지어져 있었다.

불안하고 외롭다.

강모는 오유끼가 떠온 냉수를 벌컥벌컥, 소리가 나게 마신다.

오유끼는 조심스럽게 강모의 안색을 살핀다.

아까부터 감히 입을 못 여는 것이다.

그만큼 강모의 얼굴은 차갑고 초췌하여 낯선 느낌을 주기 때문이었다. 언제인가처럼 그네의 귀에는 추운 솜털이 허옇게 일어선다.

"수천 숙부님은 내려가셨어요?"

강모가 내미는 물대접을 받으며, 오유끼는 틈을 비집고 들어오듯 묻는다.

"아니, 내일 새벽에 이리로 오신댔다."

"저……."

오유끼가 겁을 집어먹은 듯한 목소리로 말을 잊지 못하며 강모 곁에 앉는다.

192

강모는 오유끼를 돌아보았다.

그 눈이, 왜…… 라고 묻고 있었다.

순간 오유끼는 대접을 내던지고 강모의 목을 휘감으며 울음을 터뜨렸다. 몹시 북받치는 서러운 울음이었다.

"왜 그래……? 왜 울어, 오유끼?"

그러나 오유끼는 대답 대신 그의 목을 더욱 조이며 흐느낀다.

강모는 엉겁결에 오유끼의 팔목을 풀어 내리려고 하였다.

그럴수록 그네의 팔은 동아줄처럼 질기게 또아리를 감는다.

"당신…… 나를 버리실 거지요?"

순간, 강모의 몸에서는 공포에 가까운 소름이 일었다.

그는, 살갗을 찬손으로 씻어 내리는 소름을 털어 내지 못하였다.

오유끼의 땀에 젖은 손바닥이 강모의 입술을 더듬어 찾는다.

"그렇지요?"

마치 말이 없는 그의 입술에서 손끝으로 대답을 읽어 내려는 것 같았다. 강모의 입술은 나무조각처럼 단단하고 메말라 있다.

"나는 알고 있었어요. 언제고 당신이 나를 버릴 것이라고요…… 나는…… 아무것도 아닌 여자거든요…… 당신을 만났을 때는 몸도 깨끗하지 못했어요…… 나는 늘 그것이 부끄러웠어요…… 지울 수 없어서 더 그랬어요…… 이제는, 이제는…… 정말로 버리실 거지요?"

그러나 강모는 여전히 말이 없다.

한참만에야 겨우

"어린애 같기는."

하고 간신히 밀어내어 말했을 뿐이었다.

그래서였을까? 그런 예감에 사로잡혀 있었기 때문에 오유끼는 그렇게도 정신없이 가구를 사들였을까? 참으로 알 수 없는 것은 다 가정으로 함께 온 이후에 일어난 오유끼의 변신이었다.

처음의 그녀는 의외에도 단순하고 검소하였다. 그래서

"우리, 날 풀리거든 다가봉 기슭에 움막이든지 초막이든지 하나 구해서 얻어 살자."

하고 강모가 이야기했을 때, 오유끼는 고개를 뒤로 젖히고 어린아이처럼 웃었다.

심정 같아서는 비록 겨울이라고 할지라도 그런 집을 구하고 싶었다. 오는 이, 가는 이도 없는 산기슭에 풀잎으로 지붕을 엮은 한 칸 띠집을 짓고 아랫목이 따끈하게 군불을 때면, 갈자리 방바닥에서 따뜻한 흙냄새가 피어오른다. 이따금 귀를 기울이면 골짜기를 피리 삼아 불고 가는 바람 소리. 얼어붙은 용소의 빙판에 미끄러지는 눈보라의 경쾌한 몸짓은 또 얼마나 보기 좋은 것이랴.

그리고 몸에서 갓 피어난 연기 냄새를 풍기며 안겨 오는, 아무 욕심없는 어린 여자와 어울려 꽃잎처럼 희롱하는 아늑한 평화. 그 무엇에도 얽매이지 않고 밤과 낮을 보낸다는 것. 강모는 오유끼에게서 그런 길들여지지 않은 즐거움을 얻고자 하였다.

또한 봄이 오고 날이 풀리면 얼음이 녹은 냇물에 발을 잠그고, 청류벽 저쪽 숲정이에서 불어오는 꽃바람을 들이켜리라.

여름에는 캄캄한 하늘에서 별이 쏟아지는 밤, 시원하고 감미로운 용소의 물살에 몸을 잠그고, 하늘의 달빛보다 요요한 인광(燐光)을 번뜩이며 자맥질을 할 것이다.

그러나 그것은 어려운 일이었다. 봄 가뭄이 길어지면서 냇물이 마르기 시작하고 부연 황사(黃沙)가 하늘을 메웠다.

다가봉의 육도목은 나무의 크기와 굵기가 몇 십 년, 몇 백 년을 넘는 것이었건만, 벼랑에 선 채로 말라 죽어 갔다. 그 잎사귀나 가지 줄기들의 생김새가 영락없이 감나무로 속아 넘어가기 알맞았는데 그것은 입하(立夏) 무렵이면 하얗게 피어났다.

벼랑으로 쏟아지는, 실로 낭자한 신록을 뒤덮는 육도화는 흡사 백설 같은데, 그 품(品)의 높고 맑고 깨끗한 향기와 더불어 반공(半空)을 휘황하게 하였다. 그런데 이 여름에는 이상하게도 빛 바랜 누르께한 꽃잎을 날리다가 말았다.

어른들은 누런 다가봉을 바라보며

"무슨 변이 나도 날 것이다."

하고 고개를 설레설레 저었다.

메마른 암벽이 돌가루를 부스러뜨리고 육도목은 누렇게 시들어 병색이 짙은데다가 냇물마저 바닥이 앙상하게 드러나고 말았다. 심지어는 용소의 물굽이조차도 기세가 잦아들어 물 밑바닥에 잠겨 있는 거북바위의 검은 등이 드러날 지경이었다.

강모는 뙤약볕 아래 빠작빠작 말라드는 용소의 물을 내려다보며 피할 길 없는 예감을 느꼈다.

"당신…… 나를 버리실 거지요?"

오유끼는 강모의 목을 감은 채, 두려움에 떨리는 목소리로 다시 한번 묻는다. 강모는 대답을 하지 않는다.

그리고, 끈끈하게 땀이 배어난 그녀의 몸뚱이가 차갑게 느껴진다.

섬찟, 손목에 와서 닿던 수갑의 금속성이, 그 감촉이 되살아나서 그는 소름을 털어내듯 오유끼의 팔을 풀었다.

오유끼는 본능적으로 흠칫하며 몸을 동그랗게 고부려 버린다.

사람의 손가락이 닿은 배추벌레처럼.

그리고

"나는 다 알고 있었어요. 처음부터 알고 있었어요."

하고 중얼거렸다.

오유끼가 사들인 오동 기름을 먹인 화각장과 사방탁자, 의걸이장들이 불빛에 번들거린다. 강모의 눈에는 그것들도 금속성으로 보인다.

그는, 손목에 남아 있는 수갑의 차디찬 감촉을 거기서도 느낀다.

울고 있는 오유끼에게서도, 쯧, 입맛을 다시던 기표에게서도 그것은 느껴진다. 여름밤의 무거운 더위마저도 그는 시리기만 하다.

덜커덕.

철창(鐵窓)을 잠그던 자물쇠 소리. 그 무거운 쇠통 소리.

써늘하게 가슴 살에 와서 닿던 그 소리.

그 소리를 속 시원하게 지워 줄 용소의 소용돌이는, 이미 물줄기가 잦아들어 바닥을 드러낸 메마른 입술로, 빠작빠작 타들어가는 제 가슴을 밤이 겹도록 깎고만 있었다.

14 나의 넋이 너에게 묻어

이기채가 두드리는 놋재떨이 소리가 뙤약볕 아래 쨍쨍하게 울린다. 그것은 노여움으로 소리끝이 부르르 떨리고 있다. 익어 터지는 햇빛 속에서 후욱 놋쇠 비린내가 풍겨온다.

강모는 사랑채 마당에 서서 누런 얼굴로 하늘을 본다.

햇빛이 눈을 찌른다. 순간, 통증으로 그의 얼굴이 일그러지며 우는 시늉이 되어 버린다.

저지난 해 여름, 강수의 넋을 혼인시키던 명혼(冥婚)이 있던 무렵에도 이렇게 석류껍질 벌어지듯 쩌억 소리를 내며 햇빛이 갈라졌었지. 그 햇빛이 갈라진 자리에 캄캄한 어둠이 아가리를 벌리고 있었다. 까마득한 낭떠러지 아래로 떨어져 내리던 아찔함이 그대로 되살아난다. 그러나 그도 벌써 이 년 전 일이 되고 말았다.

"아이고, 내 새끼야……."

강모가 안채 마당으로 들어섰을 때, 마당에서 서성거리고 있던 율촌댁은 그의 손을 부여잡고 눈물부터 쏟았다. 예전의 그네 같으면 그럴 수 없는 일이었다. 그가 아직 혼인하기 전에는, 사랑채의 이기채와 큰방의 청암부인께 문안이 끝나야 건넌방으로 들어왔던 강모를, 조금이라도 미리 보고 싶어 장지문을 비긋이 열어 놓기도 할 정도였다.

"나는 할미고, 네 아버지는 너를 낳으신 어른이니, 인사는 언제나 사랑에 먼저 드리고 오너라."

청암부인은 강모에게 그렇게 일렀다. 그러나 율촌댁은 비록 어머니일지라도 청암부인 다음으로 문안을 받았다.

강모가 사랑에 있을 때는 그렇지 않았는데 안채로 건너와 큰방에 들어 있을 때가 율촌댁으로서는 가장 지루했다. 청암부인은, 강모가 아직 떡애기일 때부터 무릎에서 내려놓을 틈이 없을 만큼 가까이 두고 애중히 하였다. 그래서 오히려 어머니인 율촌댁보다 청암부인과 함께 있는 시간이 더 많았다. 웬일인지 강모도 어머니보다 할머니와 더불어 있기를 좋아하였다. 꼭 그렇지 않다 하더라도 청암부인의 앞에서 율촌댁이 강모를 귀여워할 수는 없는 노릇이었다.

그런 만큼 그네의 마음에는 언제나 강모에 대한 아쉬움이 앙금처럼 가라앉아 있었고, 잠깐씩밖에 마주 앉지 못하는 안타까움이 율촌댁을 서성거리게 하였다. 급하게 잠깐 본 아들의 모습이 마음의 갈피에 끼어, 몰래 꺼내 보는 옥가락지처럼 율촌댁을 설레게도 하였다.

그러나 지금은 달랐다.

눈치를 볼 겨를도 없었거니와 어려운 어른인 청암부인은 의식을
잃고 있으니, 좌우를 가리지 않고 뛰어내려온 것이다.

"올라가자."

율촌댁은 옷고름으로 눈물을 찍어내며 강모의 손을 잡아끈다.

강모는 대답이 없다. 얼굴빛이 몰라볼 만큼 초췌하였다. 이끌리
어 대청으로 올라선 강모는 율촌댁에게 절을 한다.

둥그렇게 엎드린 뒷등이 앙상하다.

"많이 여위었구나."

절을 하고 다리를 개는 강모 옆에 바짝 다가앉아 그의 뺨을 쓸
어 보는 율촌댁은, 다시 가슴에서 치미는 울음을 못 참고 고개를
돌린다.

그래도 강모는 말이 없다.

"대관절 어떻게 된 일이냐? 에미한테 속 시원히 말 좀 해 봐라."

"아무 일도 아닙니다."

"아무 일도 아니라니, 그건 또 무슨 얘기냐? 며칠 전에 수천 숙부
께서 네 일로 돈 오백 원을 가지고 가셨다던데? 삼백 원은 부청에
변상허는 돈이고, 이백 원은 무슨 교제비로 들어간다면서 가지고
가셨다. 에미가 애가 타서 입이 마르고, 잠이 안 와서, 질정을 못허
고 너 오기만 기다렸단다."

반 울음 섞인 소리로 말끝을 제대로 맺지 못하면서 더듬거리는
율촌댁은, 그런 중에도 강모의 손등을 쓸어 보며 한참씩 고개를 숙
이곤 했다.

"그렇게 다 아시면서 무얼 더 알고 싶으세요?"

"그렇게만 알면 어떻게 해……? 무슨 영문인지를 알어야지."

"차차 아시게 되겠지요."

"그나마 강태가 와서 말을 해 줘서 알었지, 집에서는 까맣게 모르고 있었지 뭐냐."

"그게 무슨 좋은 일이라고 집에다 광고를 합니까."

"아, 나쁜 일일수록 집에서 먼저 알어야지 남이 먼저 알어 되겠느냐?"

강모의 일은 이미 거멍굴에까지 소문이 번져 있었다.

"네가 부청 공금을 유용했다고? 자알했다. 그래 무엇에 썼느냐? 무슨 좋은 일에 썼어? 조상의 선산 치레를 했느냐아, 집안에 논밭을 샀느냐, 입 두었다 왜 말을 못해? 아니며언, 아니며언, 무엇에다 썼느냐아."

아까, 호출을 받고 전주에서 오는 강모를 보자마자, 사랑의 이기채는 벼락같이 퇴침을 들어 내던졌다.

기표가 얼른 그의 팔목을 잡았다.

강모는 아슬아슬하게 피하여 다행이었으나, 그 대신 퇴침이 위칸의 차탁자에 정통으로 맞아 와그르르 다기들이 쏟아지면서 박살이 났다. 그 소리가 안채에까지 들려, 율촌댁은 무망간에 사랑채 마당까지 버선발로 뛰어내려갔었던 것이다.

"네 이노옴. 이노옴. 차라리 썩 나가서 죽어라. 너 같은 놈은 일찍 죽어야 다른 사람한테 덕이 된다. 내 눈앞에 보이지도 말어. 도대체 네가 이날 이때까지 똑바르게 사람 노릇을 헌 게 무어냐. 으응? 참, 못된 송아지 엉덩이에 뿔 난다더니 이레 안에 배코를 쳐도 유분수지,

200

이제 귀때기 새파란 녀석이, 나이 주먹만한 것이, 벌써부터 기생 첩질로 가산을 탕진허기 시작허네그려. 패가 망신이 다른 게 아니다. 어떤 소갈머리 없는 위인이 전답을 날리고 패가를 허는가, 내, 속으로 웃었더니 그게 바로 내 일이 되었구나. 허이구우."

"형님, 고정하십시오. 젊은 나이에 호기심도 있고 객기에 한 번."

기표가 채 말을 맺기도 전에 이기채는 벼락을 친다.

"뭐어? 호기시임? 무슨 호기심? 왜 여자가 어디 기방에만 있는가? 그럴작시면 장가는 왜 들어? 일구월심 저 하나를 기다리는 제 사람이 있는데, 필요허면 집으로 올 일이지 객기는 무슨 놈의 객기를, 부릴 데가 없어서 삼백 원씩 퍼다 바치고 화류계 계집한테 부린단 말이야? 허허어 참, 너 객기 한 번 비싸게 부리는구나? 으응?"

"저도 인제는 정신을 차릴 겝니다. 말씀을 잘 알아들었을 테니 그만 허십시오."

"알아들어? 저놈이 알어들을 놈이야? 아니 삼백 원이 얼마나 큰 돈인지 알고 하는 소린가, 모르고 하는 소린가? 허나, 돈이 문제가 아니야. 기왕에 오입을 할 양이면 왜 조용히 못해? 그만한 처신도 못하는 놈이 무슨 행세를 하느냐고. 제 애비가 아들놈 오입 뒤치다꺼리를 허는 풍속이 대관절 어느 나라 풍속이란 말이냐. 내 어쩌다가 이런 꼴을 보고 살고 있는가…… 층층이 어른 모시고 사는 젊으나 젊은 놈이, 기생 첩실 맞이허느라고 공금을 삼백 원씩이나 횡령허여, 유치장에 들어가 앉어 용수를 뒤집어쓴다니, 이런 치욕이 가문의 어느 대 누구 이름에 선례가 있단 말이야……?"

이기채는 분을 참지 못하여 얼굴빛이 노래지며 숨이 잦아든다.

"형님, 한 번 실수는 병가지상사(兵家之常事)라고 하지 않던가요? 기왕 지나간 일이고 이제 무마된 일입니다."

"무마? 파면이 무마야? 용수 쓰고 감옥소에 가지 않은 것만 해도 다행으로 알라는 것인가?"

"그렇다는 게 아니올시다. 지나간 일보다 앞일이 걱정입니다. 강모야. 너는 어서 사죄 말씀 드리고, 안채에 가서 할머님 뵙고 어머니도 뵈어라. 그렇게 앉아만 있지 말고."

그제서야 강모는 주춤주춤 일어섰다.

"젊은 놈 꼴 한 번 참으로 보잘 것 있게 되었구나. 아예 온 동네를 한 바퀴 휘이 돌아라. 가서 사당에 고유(告由) 참배까지 허든지. 선대에 없던 인물, 한량 종손 났다고 고해야 헐 게 아니냐."

토방으로 내려서는 강모의 목덜미에 이기채의 조소가 꽂혔다.

목덜미의 살갗이 바늘처럼 일어섰다.

"어머니."

"오야."

"저 들어가서 할머니 뵈올랍니다."

율촌댁의 얼굴에 실망의 빛이 지나갔다.

"물론 가서 뵈어야지. 허나 지금 네가 가도 알아보지도 못허신다. 의식이 없으신 지 여러 날째야. 저번에 강태 와서 네 소식 전허든 날 할머님이 네 말씀 들으시고는, 그만 그길로 혼수에 빠지셨다."

강모는 고개를 떨어뜨렸다.

"그러니 에미랑 좀 이야기허자. 그래 그 일본 기생이라는 여자가 어떤 사람이냐?"

"어머니 아시는 대롭니다."

"에미가 무얼 알어? 에미는 아무것도 모른다."

"그럼 더 아실 것 없습니다."

"에미가 모르고 누가 안단 말이냐?"

"청루(靑樓)의 여자는 아니예요."

"일본 사람이야?"

"조선 여자에요. 일본 요릿집에 몸을 부치고 있노라고 일본 이름을 부르고 있었어요."

"이름이 무언데?"

"오유끼라고 헙니다."

"오유끼? 무슨 뜻이냐?"

"그런 이름에 무슨 항렬이 있고 뜻이 있겠어요? 그냥 부르는 거지요."

"그래, 심성은 무던허고?"

"그저 그렇지요 뭐."

율촌댁은 강모가 그렇게나마 대답을 해 주는 것이 고마웠다. 어쩌든지 아들의 비위를 다치지 않고 한 마디라도 더 들으려고, 그네는 더욱더 목소리를 낮추어 온화하게 말한다.

"네 안에서 조금만 마음을 잡아 주었어도 오늘 이런 일이 생겼겠느냐? 에미는 네 심정 말 안해도 다 안다. 여자가 좀 드세야지. 단단하기 강철 같으니 어떤 남정네가 마음을 붙이겠느냐. 그저 여자란 땅이라 하지 않드냐. 무슨 씨앗이든지 뿌리면 싹이 나고, 천지만물을 다 그 속에 품어 주는 다수운 것이 여자라야 헌다. 네 안이 그리

못허는 것, 에미도 다 안다. 이건 여자가 도리어 남자 중에서도 싸움터에 장수 같은 남자 성격이니…….”

“저 할머니께 가 뵈올랍니다.”

“오냐. 그래라. 저러신 중에도 정신이 잠깐 드시면 너를 찾으신다. 어디 있느냐고 방안을 둘러보고 자리에 없으니 몹시 서운해허시드라. 이제 어디 가지 말고 할머님 곁에 있거라. 지금 숨만 붙어 있지 살아계신 분이라고는 보기 어렵다.”

율촌댁은 애간장이 녹으면서도, 일변 알 수 없는 뿌듯함이 전신에 느껴졌다. 무엇이라 할까. 청암부인으로부터도 이기채로부터도 버림받은 강모가, 가엾게 떨면서 자기의 품으로 안겨들어온 것 같은 오랜만의 충만감이라고나 할까.

무엇보다도 율촌댁은 이미 의식을 잃어 버린 청암부인한테서 강모를 되찾은 듯한 심정은 숨길 수가 없었다. 그리고 늘 뒷전에서 눈치보며 멈칫거리던 어미 노릇을 이번에야말로 당당히 해 주고 싶은 간절함을 지그시 눌렀다.

이렇게 참담하여진 아들이 마치 비에 젖은 새 새끼처럼 애처로우면서도, 그렇기 때문에 오히려 자기만의 것이 된 듯하였던 것이다.

“강모야. 조금도 걱정 말아라. 어떻게든 에미가 네 일을 잘되게 해주마. 무얼 해 주면 좋겠느냐?”

“괜찮습니다.”

“에미가 어디 남이냐? 무슨 말이든 해 보아.”

“아닙니다.”

강모는 자리에서 일어서려고 하였다.

"할머님한테 갔다가는 이리로 나오너라. 에미랑 좀더 이야기를 허자. 그동안에 밀리고 밀린 이야기가 얼마나 많다고."

강모는, 그러지요, 하면서 자리에서 일어섰다.

그러나 마음속으로는 그렇지 않았다.

이야기한들 무엇 하리…… 부질없는 일. 내 한 몸의 인생에 왜 이다지도 여러 사람이 노심초사를 하는 것일까. 나로 인하여 집안에 소동이 멎을 날 없으니 어찌하여 그런가. 나는, 내 가지고 싶은 것 가지지도 못하고, 내 하고 싶은 일 하지도 못했는데, 아무것도 되는 일 없이 시끄럽기만 하다.

"네가 어떤 자식이라고……."

율촌댁은 다시 강모의 손목을 잡는다.

강모는 손목이 끈끈하게 느껴진다.

그저 누구든지 나를 보면 입을 열어, 무슨 말이 되었든 자기 말을 하려 하고, 또 내 말을 기어이 들으려 한다. 그리고 곁에 두려 한다.

그럴수록 나의 머릿속은 실꾸러미 얽힌 것처럼 어수선하고, 철사를 이빨로 물어 뜯으려는 사람처럼 괴롭다.

아아, 끊어 버리고 싶다. 이 질긴 줄. 철사의 올가미.

그러나 철사가 이빨로 끊어지랴. 오히려 이빨의 사기질이 떨어져 나갔다. 치수(齒髓)의 신경이 철사의 금속성에 갈리면서, 온몸을 소스라치게 하던 그 감각이라니.

살 속으로 파고드는 가느다란 철사의 줄을 자기가 끊지 못하면, 그 줄이 자기를 베어 버릴 것만 같은 속박감에 그는 자다가도 일어나 소름이 끼치곤 했다. 강모는 큰방 앞에서 까닭 모르게 몸을 떨었다.

"할머니, 저 강모예요."
하던 말도 이제는 소용이 없었다. 그네는 듣지 못하는 것이다.

재작년 여름에 창씨개명을 해 버린 일로 크게 낙담하여 실심(失心)을 한 청암부인의 허깨비 같은 가슴에, 더위가 컥, 숨이 막히게 얹히면서 그네는 끝내 식욕을 되찾지 못하고 말았다.

엎친 데 덮친 격으로 유례없는 가뭄이 불볕을 쏟으며 이글이글 논밭을 태우니. 누워서도 마음을 졸이던 청암부인은 하루에도 몇 번씩

"저수지, 어떠냐."
메마른 소리로 물었다.

"아무 걱정하지 마십시요, 어머니. 무슨 일이 있겠습니까."
애써 평온한 낯빛을 지어 여쭙는 이기채의 안색을 청암부인은 미심쩍어 한참씩 바라보았다.

"나를 일으켜라."
뙤약볕이 정수리에 놋젓가락을 꽂는 오뉴월 염천의 한낮, 드디어 더는 참을 수 없었던 그네가 아들 이기채에게 한 마디로 명했다. 그네의 낯빛은 창호지 같았다.

"어머니. 장정도 다니기 어려운 더위올시다. 궁금하신 일 있으면 저한테 물으시지요. 무엇이 못 미더우십니까."
기겁을 한 이기채가 반몸을 일으키는 청암부인을 도로 눕혔다.

"내, 가서, 그 물이나 한번 시원언하게 보고 싶어 그런다. 실컷 바라보고 양껏 그 기운을 들이마시면, 내 속도 좀 뚫리고, 빼빼 마른 내 몸도 갈증이 풀릴 것 같아서. 그래야 내가 살 것 같어."

기어이 다시 일어나 앉는 청암부인의 늙은 눈매에 결연한 빛이 감돌았다. 이기채는 그 기색에 전율을 느꼈다.

어머니가 서른아홉 그 시절을 생각하고 계시는구나. 사위는 몸에 스스로, 힘차게 저수지를 파던 그 기를 불러들이려 하시는구나.

그것은 거역할 수가 없었다.

이기채와 율촌댁이 양쪽에서 부축을 하고, 안서방네가 양산을 받쳐든 뒤에 안서방이며 하인들이 줄줄이 따라나선 행렬은, 한 걸음 가다 쉬고, 한 걸음 가다 또 쉬면서 제방에 올랐다.

순간 청암부인은 악, 아연하여 입을 다물지 못했다.

한쪽은 이미 말라 쩍쩍 갈라진 저수지의 물 밑바닥이 싯누렇게 뒤집혀 웅덩이를 이루고, 조개바위 등허리는 거무튀튀 빛 바랜 회색으로 민둥하니 드러나, 덩그런 몸채를 헐벗은 채, 내리쬐는 햇볕을 피하지 못해 불돌처럼 달구어지고 있었던 것이다.

청암부인은 질린 낯으로 망연히 서 있더니, 무엇인가 어루만지려는 것도 같고, 아니면 무엇인가 붙잡으려는 것도 같은 손짓으로 휘엇하니 허공을 한 번 젓더니, 그만 누가 떠다민 듯 그대로 쓰러지고 말았다.

너무나 깊은 충격을 받은 것이다.

그리고 그네는 말을 잃어 버렸다.

반타작도 못했으나 가까스로 거두어 들인 작물들 중에, 제일 좋은 상등급으로만 골라서 무엇을 좀 잡숫게 해 드리려 해도 소용이 없고, 자르르 기름이 도는 햅쌀밥이며 담백한 미역국도 마다하였다.

그네는 시름시름 앓는 기색이 짙어졌다.

"이제는 노환이신데, 저러다가 끝내 자리 보전하시는 것 아닐까."

사람들의 근심도 깊어졌다.

누렇게 바랜 안색으로 청암부인 곁에서 탕제 수발을 드는 율촌 댁한테 이기채는 채근하듯, 소홀히 말라, 당부했다.

그 와중에 효원이 회임하였다.

이를 안 부인의 기쁨이라니.

병색이 완연한 청암부인의 온몸에 홀연 생기가 돌고, 누워 있는 시간보다 일어앉은 시간이 훨씬 더 길어졌다. 눈만 뜨면 효원을 찾았다.

오로지 그네는 생의 희망으로 효원의 출산만을 기다렸던 것이다.

그러면서 해가 바뀌었다.

"노인의 병환은 해동할 때 위험하지 않소? 각별히 유념하시구려."

이상한 일이었지만, 그것은 틀림없는 사실이었다. 엄동설한 겨우내 추위 속에서도 어찌어찌 버티던 노환자들은, 오히려 날이 풀리면서 힘없이 허물어져 맥을 놓아 버리곤 했다. 마치 얼어서 단단하던 흙의 뼈가 봄 기운에 해토되면서 비글비글해지듯이.

이기채는 그것을 염려하였다.

천만다행히도 조상이 도우시고 하늘이 보살피사 효원이 아들을 낳아, 온 집안에 모처럼 화기만당 훈풍이 돌았으나, 그것이 청암부인이 이승에서 누린 잠깐의 마지막 즐거움이었는지도 모른다.

청천벽력, 뜻밖에도 강모의 '파면' 소식을 들은 청암부인은 충격을 이기지 못하고 낙망하여 툭, 줄이 끊기듯 아득한 혼수의 벼랑으로 떨어지고 말았던 것이다.

청암부인은 홑이불을 덮고 누워 있었다.

그 모습을 보는 순간 강모는 가슴 복판에 화살이 박히는 것 같았다.

아아, 내가 할머님을 돌아가시게 하는구나.

내가…… 할머니를…… 돌아…… 가시게 하는구나.

강모는 청암부인의 마른 손을 쥐었다. 뼈가 잡혔다. 가냘프고 연약한 잎사귀. 바짝 말라 이미 예전의 모습을 찾을 길 없는 얼굴은, 뼈 위에 그대로 살가죽을 씌워 놓은 것이나 한가지였다.

도도록이 나온 이마와 움푹 들어가 거멓게 죽은 눈자위, 그리고 날카롭게 솟아오른 양쪽의 광대뼈, 주머니처럼 주름이 잡혀 있는 푸르고 초라한 입술, 펑하니 뚫려 구멍이 들여다보이는 코.

도대체 그 어디에 부인의 서릿발과 기품이 남아 있단 말인가.

땀에 젖은 허연 머리칼은 이상하게 섬뜩하기조차 하였다.

(허망한 인생…… 인생 백년이 풀끝에 이슬이라 하더니, 할머니 같으신 어른이 이런 모습으로…….)

강모의 가슴 밑창에서 우욱, 설움과 비애가 치밀어 올라왔다.

남치마에 옥색 저고리를 입고 꽃자줏빛 옷고름을 달아 입던 청암부인의 모습이 눈에 비칠 듯 생생하여 더욱 서러웠다.

그보다는 이미 노인만큼이나 쇠잔해 버린 자신의 젊음이 서러웠다.

겹겹으로 두르고, 싸고, 가리운 사람들의 무게가 겨웠다.

그리고 그 무게를 어쩌지 못하는 자신의 무기력이 서러웠다.

청암부인이 그렇게도 자신을 짓누르는 존재였던가. 가장 무거운 그 무게가 힘없이 가벼워져 버린 헐렁한 자리에 강모는 목이 메었다.

있는 힘을 다하여 버티어 그것을 견디어 보려고 했던 자리의 껍질이 터지면서 눈물이 솟구쳐 올랐다.

심약한 사람.

그는 소리를 안 내려고 어금니를 물었다.

터져라. 차라리 터져 버려라. 창자든지 심장이든지 핏줄이든지 힘대로 터져 나가 나를 파멸시켜라.

강모는 어금니를 맞물고 울었다.

그의 마음속에서는, 자신의 소행으로 할머니의 수명을 재촉하였다는 사실이 혓바닥을 널름거리며 기웃거렸다.

무섭고 두려웠다.

사실 이기채도 강모의 파면 사건을 겉으로 표내지 않고, 어쩌든지 큰방에만큼은 안 들리게 하려고 애썼었다.

그러나 청암부인은 그 사실을 알고 말았다.

기동은 제대로 하지 못하였으나 그래도 의식은 희미하게 남아 있던 청암부인은, 그 말을 듣고는 한동안 천장만을 물끄러미 바라보았다.

"파직이라……."

그 눈빛에 깊은 절망이 어리었다. 그러더니 미간을 모았다. 마치 온몸의 남은 기력을 기어이 눈으로 모아 보려고 하는 것 같았다. 그러나 그것마저도 힘이 드는 듯 미간을 풀어 버리면서 입시울을 몇 번 움직였다. 무슨 말인가 하려는 것이 분명하였다.

숨소리로라도 대강 짐작하여 알아들을 수 있었던 그네의 말을 이번에는 짐작조차 할 수가 없었다.

"어머님. 무슨 말씀 하시려고요?"

율촌댁이 청암부인의 귀에 대고 소리를 지르듯이 물었다.

청암부인은 그 소리가 들리지 않는 모양이었다.

"어머니."

이번에는 이기채가 불렀다. 그네의 입모양이 둥그런 시늉을 했다.

"어머님이 강모 찾으시는 거 아닐까요?"

율촌댁이 이기채를 돌아보았다.

"어머니이, 강모 찾으십니까?"

이기채가 청암부인의 귀에 대고 소리를 쳤다. 그러자 그네는 고개를 끄덕였다. 그것은 끄덕이는 시늉이라고 해야 했다. 이기채는 잠시 망연하여 율촌댁을 바라보았다. 그리고는 다음 순간, 청암부인에게로 눈길을 돌렸을 때는 그네가 이미 의식을 잃어 버리고 만 뒤였다.

사람의 형체라 하는 것은 그야말로 빈 껍데기에 불과하였다. 모습이 눈에 보인다 한들 그것이 무엇이리오. 한낱 나무토막이나 검불과도 다를 바가 없었다.

그러는 중에도 청암부인은 이따금 몇 차례 아주 한순간이나마 눈을 뜨기도 하고, 한번은 이기채와 몇 마디 말을 나누기도 했었다.

그러나, 이윽고 곧 혼수에 빠져들었다.

그런데 지금, 강모의 울음 소리 때문이었을까. 청암부인의 눈꺼풀이 실처럼 열렸다. 그리고 한동안 혼곤하여 있었으나, 울고 있는 것이 강모인 것도 힘겹게 알아보았다.

"……아가…… 강모야."

몇 번인가 그네는 강모를 불렀지만 강모는 그 소리를 듣지 못하였다. 청암부인은 가까스로 손을 뻗쳐 강모의 무릎 위에 얹었다.

그제서야 강모는 놀랐다.

"할머니."

청암부인의 손을 자기도 모르게 움켜잡으며 강모는 그네의 얼굴 가까이에 자기 얼굴을 가져다 댔다.

"저 알아보시겠어요……?"

청암부인은 고개를 끄덕이었다. 그리고 희미하게 웃는 시늉을 하였는데, 그것은 우는 것처럼 찡그려져 보였다.

"할머니."

강모는 무슨 말이 나오지를 않아 청암부인의 손을 감싸 움켜쥐며, 목 쉬어 갈라진 소리로 할머니만을 부를 뿐이었다.

그러면서 이상하게도 자기를 알아보는 할머니의 흐린 눈빛 속에 자신의 어둠을 반이나 덜어 넣어 버린 것 같은 안도의 느낌이 들었다. 그것은 일종의 따스함이었다. 할머니와 손자는 서로 아무 말도 하지 않고 그렇게 바라보기만 하였다.

"……아가……."

"예, 할머니. 무슨 말씀 하시려고요?"

청암부인은 다시 희미하게 웃는다.

눈귀에 번지는 물기는 노안의 언저리를 적신다.

"네 아들…… 보았어?"

강모는 엉겁결에 고개를 젓는다. 그리고, 조금 전에 사랑채에서 이기채가 벽력같이 지르던 소리가 되살아나 들리는 것을 지우지 못한다.

"네 이 천하에 막된 놈, 네 놈이 대체 사람이냐? 사내놈이 제 몸뚱이 간수 하나를 제대로 못하고, 집구석 하나도 평온허게 못 다스리고서는, 뭘 하겠다고 낯바닥을 치켜들고 나서는 게야. 뭘 하겠다고."

강모의 얼굴이 벌겋게 달아오른다. 어금니를 지그시 물어 목구멍까지 치밀어 오른 뜨거운 기운을 삼킨다.

……너도 이놈 이제는 애비가 아니냐, 너를 보고 애비라고…… 애비…… 라고 부르는 어린 것이…… 이 집안에 기어다니고 있는데.

그 말을 들으면서 강모는 어금니 사이에 수치심이 깨물리는 것을 느꼈었다. 그것을 참느라고 어금니에 힘을 주었다. 그러자니 턱이 실룩거려지고, 눈에 자기도 모르게 핏발이 일어섰었다.

··애비? ……허어…… 애비라고.

사신이 한 어린 것의 '애비'라고 하는 사실이 일깨워지자 덜커덕, 덜미가 잡히는 듯하던 순간의 공포와 두려움, 그 부담감이 생생하게 되살아나서 강모는 이기채의 앞인데도 오르르 몸을 떨고 말았다.

"오월 열이레 순산 득남."

그 전보를 받은 것은 작년, 신사년 초여름이었다. 때는 중하(仲夏)의 절기로 망종도 지나고 하지를 바라보면서 더위가 땀을 흘리게 하는 반공일의 한나절이었다. 음력으로는 아직 오월이었지만

양력은 이미 유월 중순을 넘어섰으니, 더위도 점차 약이 차 오르는 날씨였다.

이마 테를 조이면서 머릿속을 후끈후끈하게 하는 맥고모자를 벗어 내던지며 막 땀을 닦으려는데 하숙의 부인이 강모를 불렀다.

강모는 아직도, 입학할 때 짐을 풀었던 청수정(清水町)의 하숙에 그대로 있었다. 졸업을 하고 부청에 취직을 하였으나 굳이 그런 이유로 다른 곳에 방을 정할 필요가 없는 때문이었다.

그래서 하숙의 부인은 이미 오랜 세월 강모와는 무관하여지고 익숙해졌다. 뿐만 아니라 보호자처럼 강모를 돌보아 주었다.

어느 때는 보호가 지나쳐서 성가시게 간섭을 하기까지도 했지만, 강모 역시 그런 것을 언짢게 생각하지는 않았다. 심지어는 말끝에

"우리 강모."

라고 부르기도 하였다.

"들어왔소?"

하숙의 부인이, 막 윗도리를 벗고 있는 강모를 부르며 강모의 방 문앞 툇마루에 걸터앉았다.

"아, 예."

강모가 벗기던 단추를 다시 주춤주춤 채우고는 부인을 돌아보자, 그네는 함빡 웃음을 띠우면서 전보 용지를 내밀었다.

"얼마나 좋겠소…… 순산에다 득남이니, 이런 경사가 어디 있수."

하숙의 부인이 전보 용지를 먼저 펴 본 모양이었다.

강모는 얼굴이 후끈 달아올라 고개를 돌려 버렸다.

"아이그, 저 부끄러워하는 것 좀 보시지. 턱밑에 수염이 검실거리는데 애기 아부지 된 게 무에 그리 부끄럽누? 더구나 종갓댁 종손에 이대 독잔데, 거기다가 턱억 아들을 낳아 놨으니, 동네방네 소문 내고 꽹과리를 칠 일이지. 안 그러우? 아들은 무어 아무나 낳는 줄 알아?"

강모는 제발 부인이 방문을 닫아 주었으면 싶었으나, 하숙의 부인은 그네대로 신통하고 재미가 나서 자꾸만 킥킥, 웃으며 강모를 놀리는 것이었다.

"아이그으, 첨에 우리집 대문간에 책보따리 지고 들어올 때는 애기되렌님, 코밑에 복숭아털이 보오얗드니만, 어느새 이렇게 세월이 화살같이 지내가서 새서방님 되시고, 인제는 애기 아부지가 되셨으니, 아 이게 어디 남 일 같어야지. 내가 다 신바람이 나고, 우리 손자 본 것 같드라고. 아까 전보를 척 받는데 이건 내 짐작이 틀림없드라니까. 그래서 내 오늘 저녁은 일부러 색다른 반찬을 좀 장만했다우."

강모는 뒷목이 뜨끈해졌다. 그리고 온몸의 털이 거꾸로 거슬러서는 심한 수치감을 느꼈다. 그것은 자기의 성(性)에 대한 미묘한 껄끄러움이기도 하였다. 아무래도 그는 아직 소년기를 벗지 못한 채 청년기로 접어드는, 한 남자의 어중간한 수줍음과 어색함을 숨길 수가 없었기 때문이리라. 일종의 자기 혐오라고나 할까.

이미 중년을 넘어선 여자가 무엇인가를 넘겨다보는 듯한 시선을 그 눈꼬리에 묻히고 헤실헤실 웃으면서, 아무 거리낌도 없이 '아이 아버지', '아들'과 같은 말들을 떠들고 있을 때, 강모는 구겨쥔 전보 용지를 그네의 면상에 내던지고 싶은 심정마저도 치밀었다.

그네의 목소리는 끈적끈적하게 강모의 목에 감겼다.

……꼼짝없이 올가미를 쓰고 말았구나.

그런데 왜 그 순간에 강실이가 떠올랐는지 모를 일이었다.

선연하지도 않은 모습으로 금방 지워질 듯 그네는 돌아서고 있었다.

그때, 어둠에 먹히어 그 모습은 보이지도 않는데, 대문에까지 와서 돌아본 오류골 작은집의 사립문에서는 아슴한 불빛이 비치고 있었지. 등롱을 든 강실이는 어둠이었던가. 그 어둠이 홀로 밝혀 든 등롱의 그 아슴하던 불빛은 강모의 눈언저리에 그대로 젖어들었다. 그는 불빛이 몸속으로 흘러드는 것을 느끼며 혼곤한 잠에 빠져들었다.

"새서방님."

전보지를 구겨쥔 채 깜박 잠든 강모는 꿈 속에서 누가 부르는 소리를 들었다.

"새서방님."

그 소리는 좀더 가까이 귀밑에서 들린다. 안서방이다.

"?"

강모는 말없이 안서방을 돌아본다. 안서방은 조심스럽고 죄송한 몸짓으로 두 손을 비비고 서서 강모의 기색을 살핀다.

"저…… 큰마님께서 지달리시는디요."

"알았네."

"대청으 지시는구만요."

"응."

"아까막새부텀……."

강모가 움직일 기미가 안 보이자, 안서방은 말끝을 흐리면서 재촉을 덧붙인다. 강모는 마지못한 듯 몸을 돌려 안채 쪽으로 발을 옮긴다.

꿈속이라서 그랬을까. 할머니 청암부인은 평소의 정정한 근력으로 허리를 세운 모습이었다.

대청에서는 무릎에 갓난아이를 안은 그네가 흰 모시옷을 입고 앉아 만면에 미소를 머금은 채 강모를 기다리고 있었다.

강모의 눈에 붉은 아이가 들어온다.

싯벌겋게 보인다.

"어서 오너라, 애비야."

강모는 다시 한번 쇳덩어리를 삼킨 듯 마음이 무거워진다. 그래서 청암부인의 얼굴을 피한다. 그것보다는 그네의 품에 안겨 있는 어린아이에게서 눈을 돌렸다고 하는 편이 옳았다.

그러나 청암부인은, 모처럼 만난 강모에 대한 반가움과 대견스러움을 감추지 못하였다. 그래서, 꼬막조개 같은 하얀 주먹으로 눈을 비비는 어린 증손 철재(哲宰)의 등을 다독거리던 그네는

"아가, 애비 왔다."

하고 정말 아이가 알아듣기라도 하는 것처럼 이야기했다.

"너 애비 보고 싶었지? 제가 이만큼 자랐습니다, 하고 뵈어 드리고 싶었지? 아이구, 내 새끼, 오냐, 오냐, 이 할미가 너를 애비한테

문안드려 주마."

청암부인은 고개를 외로 돌리고 앉아 있는 강모를 향하여 웃어 보인다. 그러더니 안고 있던 어린 것을 번쩍 들어올려 강모에게 안겨 준다.

물컹.

살덩어리가 강모의 무릎에 안겨오자 강모는 자기도 모르게 진저리를 쳤다. 엉겁결에 어린 것의 몸뚱이를 받아 안은 강모의 두 손이 경직되며, 아이를 밀어낸다.

"좀 들여다봐라. 어찌 그리도 신통하게 보면 볼수록 애비를 닮았는지, 할미는 아주 너를 새로 키우는 심정이란다. 생각사록 천지신명과 조상의 음덕에 감축 감읍할 일이 아니냐? 너도 객지에서 공부 허느라고 고생이 많았지. 네 안도 층층시하에 시집 살고, 오뉴월 복더위에 애기 키우노라 고생이 많다. 이따가 네가 위로도 좀 해 주고 그래라. 그저 여자란 남편 말 한 마디가 녹용 보약보단 낫느니라."

강모는 대답이 없다.

눅눅한 더운 공기가 대청을 누른다. 무릎에 안긴 어린 것은 아무래도 품이 낯설고 불편한지 자꾸만 고무락거린다. 그 감촉이 살갗에 스멀거린다. 그때 아기가 영문 모를 소리를 어, 어, 내면서 제 아비의 목에 팔을 휘감는다.

······아아, 올가미.

강모는 목에 찰싹 감긴 어린 팔을 풀어 내려고 손을 올린다. 아이는 필사적으로 매달린다. 구렁이같이 칭칭 감긴다. 숨이 막힌다. 헉.

그 꿈은 그러다가 깨어났다.

이제 어떻게 해야 하나, 꿈에서 깬 강모의 심정은 더욱더 암담하게 어두워졌지만 그는 망연히 앉아만 있었다.

그리고 생시처럼 아이를 둘러싸고 앉은 율촌댁, 이기채, 청암부인의 노안(老顔)이 차례로 겹치면서 뒤죽박죽이 되어 버리고 말았다.

그때 효원의 얼굴이 떠올랐다. 그 얼굴이 떠오르자 별안간 강모는 가슴을 깨물린 듯한 통증을 느꼈다. 마치 이빨 하나가 가슴에 박힌 것 같은 얼얼하고도 깊은 아픔이었다.

강모는 지금 모처럼만에 의식이 돌아온 청암부인을 바라보면서, 그때의 꿈과 아픔이 되살아나는 것을 느낀다.

청암부인의 병세가 눈에 띄게 좋아지던 것은 재작년 겨울이었다.

보통 노인들이 실섭을 하면 호된 추위와 바람 때문에 겨울에 더욱 힘이 들어지는 법이언만, 그네의 경우에는 달랐다.

"어서어서 봄이 와야지. 그래야 여름이 오느니."

그 봄과 여름이란, 이제 태어날 어린아기가 먹고 크는 세월이었다. 얼마나 대견하고 거룩한 낮과 밤인가. 이 낮과 밤의 시간이 흐르고 해와 달이 바뀌는 순리를 따르면 이 집안에 새 생명이 난다.

청암부인은 자신이 몸을 추스르지 않으면 온 집안의 공기가 무거워, 손부 효원의 심정이 짓눌릴 것을 염려하였다.

청암부인은 마치 효원의 태교를 대신하려는 것처럼, 스스로 정신을 수습하기 위하여 온몸의 힘을 있는 대로 모았다.

얼굴도 찌푸리지 않았으며, 병색으로 누렇게 바랜 낯을 아침 저녁 깨끗이 소세하여, 머리 빗고, 옷차림을 단정히 하였다. 어지간만 하면 자리에 눕지 않고 꼿꼿이 앉아, 오로지 생남 순산을 빌었다.

그러다가 태어난 증손이었다.

작년 오월 십칠일, 오시(午時). 한낮의 한가운데 하이얀 햇볕의 폭을 가르며, 응아아아, 갓태어난 어린 것의 울음 소리가 터질 때. 청암부인은 소리 없이 낙루(落淚)하였다.

아, 저 소리.

내가 한세상을 기다려 온 소리.

이 세상에서 가장 여리고, 가장 힘 있는 소리.

청암부인은 밤이 허옇게 새어 버릴 때까지 잠을 이루지 못하였다. 아직 움직일 수가 없는 손부가 바람을 쐬면 안되는지라, 아기를 보고 싶은 그네는 대청마루를 건너 건넌방으로 가는 것만이 유일한 희열이었다.

건넌방 안에서는 급히 일어서는 부스럭 소리가 들리더니 문이 열린다. 아직 한여름은 아니라도 벌써 후텁지근한 여름 기운을 머금고 있는 날씨라 웬만하면 장지문 정도는 열어 둘 만한데, 방안에는 더운 김이 차 있다. 이제 겨우 세이레를 넘긴 어린아이 때문이었다.

아이의 희고 둥근 얼굴에 복숭아 꽃빛이 발그레 물들어 있다. 새액색 숨소리가 고른데, 명주 이불 바깥으로 고사리 같은 주먹을 앙징스럽게 쥔 손이 나와 있다.

청암부인의 얼굴에 일순 환한 웃음이 떠오르며 한숨이 새어 나온다.

효원은 청암부인이 앉기를 기다려 웃목에 서서 아이를 내려다 본다.

220

"앉아라."

부인은 효원에게 손짓을 하며 아이의 옆에 앉는다.

보면 볼수록 영락없는 고사리 같기만 하고 앙징스럽다. 청암부인의 엄지손가락만큼밖에 되어 보이지 않는 작은 주먹은, 손가락들이 안으로 도르르 말려 있었다. 거기다 어쩌면 그렇게 눈꼽만큼씩한 손톱은 또 제대로 격식을 갖추어 생겨 나 있는지. 그 비늘같이얇고 조그만 손톱에 분홍빛이 돌고 있다. 그것도 손가락이라고 마디가 다 있다. 마디에는 자잘한 주름까지 잡혀 있다.

하나하나 세어 보고 싶을 지경으로 그 마디들은 재미있고 귀엽다. 잠들어 있지만 않다면 단풍의 어린 잎사귀 같은 이 손바닥의 손금까지도 들여다볼 수 있으련만. 청암부인은 바람이 일지 않게 가만히 이불자락을 들어올려 조그만 발을 본다. 완두콩 같은 발가락들이 조르르 달려 있는 것을 보던 청암부인은 그만 소리 내어 웃고말았다.

"아가, 신기하지 않으냐? 이 모습이 얼마나 어여쁘냐. 참으로 신비하지? 어디서 왔을꼬……?"

조금전 창씨 문제로 큰방에서 이기채 형제와 나누었던 무거운 이야기들이 순식간에 잊혀지고 어린 증손에게 마음을 빼앗기는 청암부인은 속으로, 이 증손이 어떤 증손이냐, 싶은 생각이 사무쳐 왔다.

"이 귀한 내 손자한테 왜 이씨 성을 못 붙인단 말이냐. 이 할미가꼭 그것만은 지켜줄 테다. 아무도 네 성은 못 뺏어간다."

청암부인은 잠든 아기의 작은 주먹을 소중하게 두 손으로 감싸며,주름진 늙은 뺨을 꽃잎같이 보드라운 어린 뺨에 가만히 대 보았다.

"내가 네 성은 꼭 다시 찾아 줄 것이다."

그러는 청암부인의 모습을 효원은 말없이 바라본다. 아들 철재가 잠들어 있을 때를 빼고는, 청암부인이 그 무릎에서 아기를 내려놓지 않기 때문에 효원으로서는 감히 언제 아기와 방긋거릴 틈도 없었다.

그러나 조금도 서운하지 않았다.

오히려 마음이 놓이고 청암부인과 자기 사이에 보이지 않는 맥이 서로 따뜻하게 흘러드는 것을 느낀다. 피도 살도 섞이지 않았으나, 자신이 집안의 줄기를 잇는 한 마디라고 하는 것이 실감되었다.

그것은 뿌듯한 일이었다.

그러나, 이상한 일이었다.

생각할수록 꿈 같은 아들 철재의 고물거리는 손가락 발가락을 통하여 얻는 뿌듯함과는 상관없이, 이 어린 것의 아비인 강모에 대해서는 차가운 치욕의 감정을 지워 버릴 수가 없는 것이다.

부부가 혼인하여 세월이 흐르면 당연히 어버이로 변하는 것이언만, 아무리 되짚어 보아도 철재의 탄생은 뜻밖이었다.

지난 경진년 여름, 꽹꽹거리는 삼경의 징소리와 독경 소리에 잠을 못 이루던 밤, 남편 강모는 느닷없이 벌컥 장지문을 열어젖혔었다. 그때 그의 모습은 무엇에 쫓기는 것도 같았고, 어찌 보면 성난 짐승과도 같았었다.

때가 여름인지라 몹시 무더웠었다.

방안에 고인 등잔 불빛마저도 더운 김이 더하여 살갗에 감겨드는 것이 끕끕하게 여겨졌었다.

(무슨 풀지 못할 심정으로 사무쳤기에 젊은 나이에 사람이 상사로 죽어간단 말인가. 아무리 정애가 깊다기로 목숨이 빠질까. 한번 죽어 버린 사람을 위해서 넋을 불러 굿을 하고 혼례를 시키는 것도 헛짓이려니와, 되지도 않을 일에 뜻을 두고 괴로워하는 그 시초부터가 잘못이라. 사리 분별 있는 사람이라면 살 궁리를 해야지, 죽기로 작정을 하다니. 어리석은 일이다.)

효원은, 자신이 시집도 오기 전에 세상을 버린 한 총각의 혼백을 두고 혀를 찼다.

(애초에 세상살이 견디기 쉬운 것이었다면, 부처님은 무엇 하러 왕궁을 버리고 얼음 골짜기에서 뼈를 깎았으리. 오죽하면 인생은 고해라 하지 않던가. 사람마다 남 보기는 호강스러워도 저 혼자 앉아 있을 때의 근심 고초란 짐작도 못하는 법. 어떻게든지 그것을 이겨내고 버티면서 제 할 일을 해야 한다. 산다는 것은, 그저 타고난 본능만은 아니지. 그것은 일이다. 일이고말고. 살아도 그만 안 살아도 그만일 수는 없지. 뜻한 것이 이루어지고 재미있고 좋아서만 사는 것이랴. 고비고비 이렇게 산 넘고 물 건너며 제 할 일을 하는 것이 곧 사는 것이다.)

밤새도록 그칠 것 같지 않은 굿의 중허리가 휘어지는 소리에 심중이 어수선하여 일손도 더디었다. 본디 여름에는 손에 땀이 나서 침선은 하지 않는다. 다만 날마다 벗어 내놓는 삼베 모시의 푸새거리를 다듬고 밟고 다리는 것이 큰일이었다.

효원은 청암부인의 옷가지를 접어 개키는 중이라서 더욱 그렇게 산란하였는지도 모른다. 날마다 흥건하게 젖어 나오는 적삼과

단속곳들이 부인의 허약해진 기력을 대신 말해 주는 것만 같았다. 손을 베게 날이 선 치마 저고리를 날아가게 입고 앉아 있던 부인이, 더위와 식은땀에 후줄근히 녹아 내리는 모습을 그네는 젖은 의복에서 느끼는 것이다.

(어떻게든 기운을 차리셔야 할 텐데.)

효원은 이미 불이 꺼진 큰방 쪽에 마음을 기울이며 적삼의 솔기를 손톱으로 눌러 펴고 있었다.

그때 강모가 들이닥친 것이다. 그는 효원이 미처 일감을 치우기도 전에 사나운 몸짓으로 물어뜯을 듯이 그네를 덮쳤다.

(아니, 이 사람이.)

효원은 무의식중에 그를 밀어냈다. 무슨 거역을 하겠다든가 마땅치 않아서가 아니었다. 너무나 갑작스럽게 들이닥친 강모의 행동이 일변 어이없고, 한편으로는 당황했기 때문이었다. 그것은, 평상시의 강모라고 생각하기 어려운 난폭함에 놀란 탓이었는지도 모른다.

그러나 그런 것들은 표면적인 이유에 불과했다.

그네는 알 수 없는 모욕감에 휩싸였던 것이다.

(나야 제 사람이니 언제라도 하란 대로 할 수밖에 없는 노릇이지만.)

효원은 그렇게 생각은 하면서도 힘대로 강모를 밀어내며 바람벽에 등을 버티고 일어나 앉았다. 그리고 자기도 모르게 치맛자락을 감아 쥐었다.

"왜 이러시오?"

이것이 그네의 말이었다.

(불도 안 끄고…….)

효원의 눈에 등잔불이 들어왔다. 새 혓바닥 같은 불꼬리가 펄럭, 흔들리더니 긴 그을음이 실처럼 오른다.

그네는 지금 강모가 본정신이 아니라는 것을 금방 알 수 있었다. 어디 바깥에서 있다 오는 야기(夜氣)가 옷갈피에서 스며나오고, 무엇보다 그는 허탈해 보였다. 그런데도 그는 효원을 노려보고 있었다. 그 눈초리는 마치 자기 먹이를 채가려는 사람을 향하여 으르렁거리는 것과도 같은 노기로 번들거리고 있었다. 적의조차도 느껴지는 눈빛이었다.

두 사람 사이에는 팽팽한 침묵이 차 올랐다.

침묵이 부풀면서 서늘한 식은땀이 돋아난다.

이러리라고는 짐작하지 못한 효원이었다. 순리대로 이루어질 일에 대하여 이렇게 쫓기듯 서두르는 강모의 속마음을 알지 못하는 효원은 묘한 앙심을 느꼈다.

(몇 년 몇 달을 두고 증오나 하듯이 팽개치고 돌아보지도 않더니, 무슨 까닭으로 이 밤에 이러는가. 필경 곡절이 있을 것이다. 아무래도 예삿일은 아니다. 순탄한 양기라면 이와 같으리. 내 아무리 규방에서 보고 들은 것 없이 살아왔고, 시집이라고 와서도 하릴없이 지내왔단들 이만한 짐작도 못할 것인가.)

그것은 그렇다고 하자. 그러나, 효원으로서는 이런 식으로 느닷없는 일을 당하고 싶지는 않았다. 그네의 머릿속에는 아직도 반닫이 장롱 속에 접힌 채로 있는 삼팔주 명주 수건이 허옇게 펄럭였다.

"소용이 있으리라."

고만 말하며 접어 넣어 주던 어머니 정씨부인의 모습도 지나갔다.

그러면서 순간 청사등롱과 사모관대, 나무기러기, 청홍의 이부자리며 마당에서 들리던 낭랑한 웃음 소리들이 환각인 듯 떠올랐다.

위로는 천지신명과 부모님을 비롯하여 아래로는 토방 위의 강아지까지도 한 마음으로 복을 빌어 주던 밤이었다.

그런 밤에 효원은 가슴을 동여맨 대대(大帶)마저도 풀지 못한 채 꼬박 앉아서 밝혔다. 그때의 암담하던 답답함이 새삼스럽게 치받쳤다.

그 모든 밤을 다 헛되이 내버리고, 야합(野合)도 아닌데 무엇이 급하고 무엇이 무서워서 이렇게 서두르는가.

효원의 머리가 물로 씻은 듯 차갑게 가라앉으며 몸이 굳어졌다.

(오늘 밤에는 절대로 안된다.)

왜 그렇게 단단한 결심을 하였을까. 그네는 어금니까지 시퍼렇게 물었다. 그러나 스스로에게 이르는 그 말을 채 맺기도 전에 그네의 어금니가 벌어지고 말았다.

"아."

톱니가 살 속에 박히는 것 같은 아픔이 몸의 한가운데로 날카로운 금을 긋고 지나갔다.

그것은 겁간(劫姦)이었다.

아무런 준비도 없이 절차도 짓뭉갠 채 당해 버린 일 끝에, 그네가 맛본 것은 무참한 쓰라림뿐이었다.

텅 빈 가슴이 식어 내리면서 눈자위에 뜻 모를 눈물이 번지는 것을 그네는 간신히 참아냈다.

토할 길 없는 시커먼 돌덩어리 하나를 삼킨 것 같은 무거움이 그네를 누르기도 하였다.

효원은 그날 뜬눈으로 앉아서 밤을 새웠다.

그런데 하늘의 섭리란 참으로 오묘하고도 알 수 없는 노릇이었다.

효원의 육신 한 구석에 박힌 증오의 옹이에서 생명이 자라나는 것이 아닌가. 그래서 삶의 현상이란 저희들끼리 저절로 어우러지고, 서로 독을 풀고, 스스로 갚아 나가는 것인지도 모른다.

"철재 때문에라도 창씨개명은 안했어야 하는 것을."

청암부인은 핏덩이 증손자를 내려다보며 탄식하였다.

그것은 참을래야 참을 길이 없는 통분함이었고 설움이었다.

그리고 이제 막 태어난 어린 것에 대한 깊은 부끄러움이기도 했다.

"내 어찌 이것한테 할미 소리를 바랄 수 있겠느냐. 성씨 하나도 물려 주지 못하는 주제에 할미는 무슨……."

부인은 손부 효원의 이마에 맺힌 땀을 닦아 주며 고개를 돌리고 말았다. 부인의 목소리에도 땀이 배어났다.

"이 아이가 어떻게 해서 태어난 종손인데 이씨 성을 못 붙인단 말이냐. 이제야 내가 이 집안에 들어온 보람을 다 했는데, 나라에 죄진 일도 없이 하루아침에 성을 뺏기다니, 이게 말이나 되는 소리냐? 이 아이 하나가 태어나 주어서 나는 가문에 대한 도리를 다 하였다. 이제 구천에 돌아가 잠드신 조상님을 뵙더라도 이만하면 떳떳하다 싶었는데…… 느닷없이 하루아침에 성씨를 빼앗기고 말았으니."

청암부인은 말끝을 맺지 못하며, 비분을 누르고 잠든 아기 철재의 조그만 주먹을 가만히 잡는다. 여리고 봉긋한 봉오리 같은 주먹.

생각하면 지나간 세월이 꿈결만 같다. 그 세월의 모든 고비와 질곡, 무서운 집념들이 모두 이 한 점의 생명을 위하여 있었던 것 같기도 했다.

그리고 비로소, 천방지축 어지럽고 정신없던 나날들과, 편한 잠을 깊이 못 들고 항상 꼿꼿이 허리를 펴고 살아왔던 한세상의 기나긴 긴장이 풀리는 것도 같았다.

이 어린 생명 하나로 인한 평화로움은, 이미 죽은 선대의 선영과 지금 살고 있는 이 집안의 가솔들, 그리고 이제 다시 면면히 이어질 후손들이 한마당에 모여 앉는 잔치 자리의 흥겨움이라고나 할까.

그것은 이제 물길이 제대로 잡히고 순하게 흘러가게 되었다는 깊은 안도감이라고 할 수도 있었다.

그래서 청암부인은 가까스로 몸을 움직이면서도 뿌듯하고 그득한 마음을 가누지 못하여, 불현듯 건넌방으로 건너오곤 하였다.

다만 애석하고 애석한 것은 창씨의 일이었다.

이런 심정은 일흔두 살 청암부인이, 사십칠 년 전, 이기채를 양자로 들여왔을 때하고는 전혀 다른 것이었다.

이기채를 품안에 받아 안았을 때, 스물다섯 살, 청상의 양모, 청암부인은 울컥 설움이 받쳐 올랐었다.

어머니라는 호칭에도 가슴이 덜컥 하였거니와, 무릎에 안긴 아기의 살덩어리가 가슴에 그대로 얹히는 듯 싶었었다.

내 무슨 운명으로…….

젊은 청암부인은, 가슴에서 고무락거리는 어린 이기채를 방바닥으로 내려놓았다. 형언할 길 없는 낯설음과 이상한 수치심에 얼굴이 붉어졌기 때문이었다. 그리고 불안하였다.

그때 느꼈던 수치심과 불안은 그 뒤로도 아이가 웬만큼 자라도록까지 내내 가슴의 갈피 사이에 끼워진 채, 밖으로 내색은 하지 않았지만, 청암부인과 이기채의 사이에 남모르는 어려움을 만들게도 하였다.

그럴수록 청암부인은 이기채에 대한 의무를 다하였다.

그것을 누구보다도 잘 헤아려 준 사람은 보쌈마님 김씨부인이었다. 김씨부인은 별로 말이 없는 사람이었다.

자신의 궂은 운명 때문이었는지 천성 때문이었는지 모를 일이나, 나중에 쉰을 조금 넘기고 세상을 떠날 때까지도 웃는 얼굴을 보인 일이 몇 번 없었다. 몇 번이라고 하지만 그 또한 소리 내어 웃은 것이 아니라 그저 잠시 미소를 지은 정도였다.

그 대신 잠시도 가만히 앉아 있지 않고 마루며 헛간이며 뒤안 마당과 텃밭을, 지성으로 쓸고, 닦고, 일구고 하였다.

"집안에 사람 훈김 있는 것만도 고마운 일이어서……."

가끔 그네는 청암부인에게 낮은 소리로 말했다.

그것은 청암부인도 마찬가지였다. 노복과 여비를 따로 둘 수 없었던 그때의 형편에 두 여인이 서로 의지하였던 심정이란 기구하면서도, 그만큼 절실했던 것이다.

그런데 이기채가 양자로 왔다.

"애기 울음 소리란 참으로 기묘한 것이오. 청상에 두 과부만 우두커니 마주 보고 살다가 이렇게 아들이 집안으로 들어오니, 갑자기

생기가 나고 재미도 절로 있지 않소?"

김씨부인은 생전에 보여 준 몇 번의 웃음을 그때 웃었다.

처음으로 아기를 안고 잠들던 밤.

만가지 감회가 착잡한 가운데도 양모가 된 청암부인은 두려움을 가누기 어려웠다. 어쩌면 자신의 속에서 자라나 자신이 낳았다면 그런 것을 느끼지 않았을는지도 몰랐다.

우선 아기를 안는 팔이 부드럽게 펴지지 않고 나무 막대기처럼 딱딱했다. 그리고 품안에 묻힌 어린 것이 주둥이를 쫑긋거리며 어미의 젖을 찾는 시늉하는 것을 바라본 순간, 그네는

(어찌할꼬.)

싶은 망연함에 사로잡혔다.

그리고 뒤미처 무거운 짐을 맡았다는 것을 실감했다.

내려놓을 수도 없고, 함부로 들쳐 업거나 이고 갈 수도 없는 짐. 온몸의 정신을 한자리에 모아 소중하게 지켜야 하는 짐. 언제까지라고 정해져 있지도 않은, 살아 있는 동안 내내 책임을 벗을 수 없는 짐. 그렇다고 울타리 두르고 겹겹이 감고 싸서 감추어 두는 것만으로 할 일을 다하는 것이랴. 이 어린 것을 한 가문의 뼈대 있는 종손으로 길러 내야만 한다. 그래서 스스로 일으킨 몸을 기둥처럼 세우고, 온 문중에 그늘을 드리우게 해 주어야 한다.

그런 날을 바라고 이 주먹만한 어린 것을 키워가야 하는 것이다.

(지푸라기로 대들보를 만들어야 하니, 그 일이 내 업이라.)

청암부인은 한숨을 고쳐 쉬었다.

(내 마음이 어미 될 준비가 전혀 없는데, 비록 핏덩이 어린 소견

이라 한들 나를 어미라 여기겠는가. 어린아이 세 살 이전에는 천지 조화의 무궁한 법칙과 자신의 앞날 운명까지도 다 예견한다는데, 내 행여라도 저를 짐스럽게 여긴다면 그 죄를 내가 받지.)

아무리 말 못하는 어린 아기이지만, 이제 이미 모자의 인연을 맺어 한 품에 안고 안기게 되었으니, 어찌하든 어미된 자의 행실과 심덕을 먼저 배우고 갖추리라.

그네는 속으로 다짐했다.

때 맞추어 늑대가 바로 귀밑에서 아후 우으응 길게 울었다.

달구새끼, 토끼는 물론이고 허술한 외양간의 송아지도 물어가는 늑대의 울음 소리였다. 그네는 흠칫 놀라 저도 모르게 이불자락을 끌어당겨 아이를 감싸며 온몸으로 끌어안았다.

김씨부인 역시 아이를 생산해 보지 못한 여인이었는데 본디 성품이 무던한 탓인지, 아니면 나이가 가르친 것인지, 청암부인보다는 훨씬 손놀림이 수월하고 자상했다.

"왜 그런 말 있지 않습디까? 꿈에 애기를 보면 깨고 나서 근심질 일이 생긴다고. 애기라는 것이 그만큼 애물이라는 뜻일 게요. 잠시 잠깐도 헛눈 팔면 안되고, 너무나 애중히 섬겨도 안되고, 강아지나 풀나무같이 저절로 크는 것도 아니고."

김씨부인은 마치 아이를 길러 본 사람처럼 그렇게 말하기도 했다.

"그래도 삼신할머니가 보듬고 키워 주시니 그 힘으로 사람되는 게지, 그게 어디 인력만으로 크겠소?"

그 말은 맞는 것 같았다.

삼라만상에 다 지켜 주는 신령이 있지 않은가. 물에 가면 물귀신이 있고, 산에 가면 산신령이 계시고, 부엌에 가면 조왕신이 집안을 지킨다. 그뿐인가. 하늘에는 일월성신, 땅에는 지신이 있어 천지의 기운을 조화롭게 다스린다. 심지어는 닳아빠진 부지깽이조차도 오래 쓰면 넋이 생겨 아무 데나 버려서는 안된다. 막대기 하나도 사람 손에 길들여지면 한밤중에 파랗게 불꽃을 일으키는데, 하물며 목숨 있는 것들이랴. 그중에도 영물 중의 영물이라는 사람은 일러 무엇 하리.

그러나 이기채는 몸이 약했다.

(저것이 어미 젖도 채 떨어지기 전에 나한테로 와 그런가. 무어니 무어니 해도 짐승이나 사람이나 젖을 배불리 먹어야 성정도 온순하고 체구도 튼실한 것을. 제 아무리 정성으로 먹인다 한들 암죽이 어찌 젖만 하랴. 내가 혹여 저것한테 죄 지은 것이나 아닌가.)

얼굴빛이 노르께한데다가 도무지 살이 오르지 않는 이기채는 이미 그때부터도 깐깐한 성격을 감추지 못했다.

청암부인은 이기채의 생모 보기가 몹시도 무안하였다.

공연히 눈치가 보였던 것이다.

"형님도 참 별 말씀을 다 허십니다. 아이가 실하고 부실한 것이 어찌 키우기 탓인가요? 본디 제가 그렇게 타고난 것이지요. 제 품에서 컸다고 지금보다 무에 더 나아지겠는가요? 잘 먹지도 못하는 에미 젖이 암죽보다 나을 게 무에 있을라고요?"

"내가 죄가 많은 사람이라 그런 생각이 들었네."

"그런 말씀은 차후에도 하지 마서요. 기채가 어디 제 아들인가요. 형님 정성으로 이만이나 컸는데 아직도 빌려온 자식 같으신가 보네요. 요새는 저도 기표란 놈 때문에 치다꺼리할 일이 하도 많아, 아이고, 형님이 내 대신에 기채 기르시노라고 얼마나 노심하실까, 외나 제가 죄송하드구만요."

"그리 말해 주니 내 고맙네."

"형님, 저한테는 기표가 큰놈이에요. 기채 낳을 때 어쨌는지는 생각도 안나고, 시방은 새잽이로 서툴러요."

청암부인은 손아래 동서 이울댁의 말에 위안을 얻기는 했지만, 마음이 아주 놓이는 것은 아니었다.

한 뱃속에서 나온 두 아들이건만 자기에게로 양자 온 기채는 그렇게 약질로 애간장을 녹이는데, 그와는 달리 생모 품에서 크는 기표는 아직 돌도 지나지 않았는데 세 살 터울인 제 형의 몸집에 맞먹을 만큼 크고 충실했던 것이다.

그것이 청암부인에게는 민망하고 애석하게 느껴졌다.

그럴수록 그네는 이기채의 담력을 길러 주는 데 힘을 기울였다.

그리고 또 하나, 청암부인의 마음 한쪽에 웅크린 채 도사리고 있는 근심은, 바로 죽음이었다.

그것은 한 번도 입 밖에 내본 일이 없는 말이었으며 내색조차도 한일 없었지만, 이기채를 무릎에 받아 안는 순간부터 그네의 마음에 덜컥 내려앉은 생각이었다. 이제 막 고물거리는 어린 것의 손가락과 발가락을 바라볼 때 그 암담함은 더욱 깊어졌다.

(저 손이 크고, 저 발이 자라서 과연 장정이 되어 줄 것인가.)

참으로 사위스러운 생각이 아닐 수 없었다. 그래서 그네는 머리를 저었다. 그러나 암죽을 떼고 밥숟가락을 거꾸로 쥔 채 밥상 앞에 앉은 세살배기 이기채의 왜소한 몸집을 내려다보면, 숨어 있던 불안이 거멓게 밀려왔다. 그 까닭이 무엇인지를 그네는 헤아릴 수가 없었다.

그러던 하루 김씨부인이 무심히 반짇고리를 밀어내며 말했다.

"사람 사는 일이 한바탕 개미꿈이라드니, 나도 이제 늙어가는가."

"그런 말씀은 왜 허시는가요?"

"정신이 아물아물, 무얼 봐도 마음에 남지를 않고 헛본 것 같을 때가 많아져서 안 그렇소……."

"몸이 허하신가 봅니다."

"그렇기도 허겠지. 나도 나이 삼십 중반을 넘긴 지 몇 해나 됐으니 이제 중늙은이 아니요?"

중늙은이. 아닌 게 아니라 김씨부인의 겉모습은 염려(艶麗)하다거나 살빛이 두드러지는 편이 못되었다. 어느덧 처음 보쌈으로 업혀왔을 때와는 사뭇 다른 삶이 되어 버린 것이다.

"어느 때 문득 생각해 보면 내가 흙덩어리 같기도 하고, 나무토막 같기도 하고. 무심하기는 내 몸뚱이나 흙이나 나무토막이나, 하나 다를 게 없는 것 같소. 아마 나는 넋이 진즉에 빠져 나간 모양이요. 남아 있는 것은 형상뿐이고, 빈 집이나 매한가지라. 앞뒤 문짝 다 열어젖혀 놓고 바람이나 지나갈까, 누가 나를 채워 주겠소……?"

김씨부인은 실패에 실을 감을 양으로 다시 반짇고리를 끌어당겼다.

"그래도 내가 청춘을 서러워 않고 세월이 가잔 대로 쉽게 쉽게 따라 늙는 것은, 초상을 두 번이나 치러서 그러는가 싶소. 참 이상한 일이지. 처음에 뜻밖의 일을 당허고는 그 양반만 죽은 것이 아니라 나도 죽은 것 같습디다. 그러고 마당에 왔다갔다 하는 문상객이며 사람들이 모두 허깨비로 뵈는 것이었소. 내, 그 경황 중에도 속으로 그랬지. 사람이 살았달 것이 없는데, 저 사람들은 자기들이 살어 있는 줄 아는가 보다. 마치 움직이는 그 사람들이 흐늘흐늘 망혼들 같았으니. 그러다가 두번째로 보쌈까지 와서도 또 궂은 일을 당허지 않었소……? 그때는 정말로 이가 시립디다. 내 기구한 팔자를 서러워할 겨를도 없이 그만 살이 얼어붙어 버린 게요."

한참 동안 김씨부인은 말을 잇지 못하고 묵묵히 실패에 실만 감았다. 청암부인도 실타래를 감고 있는 두 손목이 뻑뻑해지도록 입을 열지 않고 다음 말을 기다렸다. 웬일인지 그 말은 김씨부인의 가슴속에 가장 무겁게 얹혀 있는 말일 것만 같아서였다.

"사람은 뼈와 살로 되어 있으니, 뼈로는 일을 하고, 살로는 정을 나누는 것인가 싶습디다. 헌데 나는 이미 살이 식은 사람이 아니요? 그러니 무슨 청춘이 한될 일이 있겠소……."

김씨부인이 감는 실꾸리에 한숨이 감긴다.

(살이 식은 사람.)

청암부인은 김씨부인의 말을 되받아 속으로 뇐다.

그렇게 말하는 김씨부인의 얼굴은 단단하게 굳어 있었다.

(때 맞추어 저절로 식어 준다면 그 또한 다행한 일이다. 끓어 넘치는 국물도 시간이 가면 미지근해지고, 더 두면 썰렁해지는 법. 사람이라고 다르랴. 허나, 그렇게 식기까지 기다릴 수조차도 없어서 입김으로 불고 부채질로 찬 바람을 일으키어 서둘러 식히는 일도

더러는 있다. 우리 두 사람 마주 보고 앉아 서로의 기구한 명운을 탄식하고는 있지만, 아까도 말했듯이 사람의 몸이란 살로만 되어 있지는 않은 것. 뼈로는 일을 한다고 하지 않았는가. 내 비록, 더불어 정을 나눌 사람이 없어 그쪽으로는 죽은 목숨이나 진배 없으나, 아직은 뼈가 젊으니 일을 해야지. 아마도 이 할 일 많은 가문에 들어온 내가 헛눈 팔까 보아 이렇게 홀로 버티게 한 것 같구나. 감축하옵게도 기채를 양자로 주셨으니 정성으로 기르리라.)

그렇게 다짐을 다시 한번 해 보이는 청암부인이 지우지 못한 그림자는 신랑 준의였다. 그리고 마음의 구석에 웅크리고 있는 불안은 다름아니라 그 그림자의 그늘이었던 것을 깨닫는다.

(박복한 두 여인네의 품안에 어린 생명을 맡기러 들어온 기채가, 혹시라도 부정을 타지는 않을까. 보쌈마님 김씨부인이 타고난 운명은 더 말할 것도 없고, 나 또한 소년과부로 남 사는 세상을 못 사는 사람. 행여, 이 거센 운수에 짓눌려 기채가 다치지는 않을 것인가.)

그러나 입 밖에 내서 말을 할 수는 더욱 없는 노릇이었다.

그네는 말에 정령이 붙어 있다는 것을 믿었다. 그래서 결코 함부로 무슨 말을 하지 않았다. 심지어는 속 깊은 곳에 지나가는 생각조차도 불길한 것은 황급하게 털어내 버리는 것이었다.

(아무리 안하려 안하려 해도 떠오르는 이 생각은, 무엇 때문인가.)

결국 청암부인은, 피하여 달아나던 생각에 덜미를 잡히고 만다.

(저것도 요절을 해 버리면 어쩌나…… 정성으로 길러서 열 살을 넘기고 열다섯을 넘긴다 한들, 열여섯의 꽃다운 나이에 덧없이 죽어가면, 그 노릇을 어찌할꼬. 누구는 죽고 싶어 죽겠는가. 하늘이

주신 명이 그뿐이면 어쩌랴. 이 집안의 운이 비색하여 모두 선대에서 단명하였는데, 이 아이라고 벗어날 수 있을까. 더욱이 이와 같이 음침한 기운이 집안에 아직도 고여 있는데.)

청암부인은 말도 못할 두려움에 숨을 죽였다. 어디 가서 속 시원한 언약을 받을 곳도 없었으며 그렇다고 무거운 속을 털어내 놓을 곳도 없었다. 돌아보면 첩첩산중이고 올려다보면 텅 빈 하늘뿐이었다.

(세상에 막막하기 나와 같은 사람이 또 있을까. 김씨부인이 곁에 있다 하나 그는 나와는 또 다르다. 막말로 그 양반은 이제 죽으나 내일 죽으나 거칠 것이 없는 사람. 남의 자식을 내 자식으로 받아 안은 나보다는 그래도 가볍다.)

천지에 의지할 곳 없다는 생각이 등골에 사무치며 오르르 몸이 떨렸다. 그 순간 청암부인은 자기도 모르게 주먹을 움켜쥐었다.

(내 홀로 내 뼈를 일으키리라.)

인력이 지극하면 천재를 면하나니. 이 뼈가 우뚝 서서 뿌리를 뻗으면 기둥인들 되지 못하랴. 무성하게 가지 뻗으면 지붕인들 되지 못하랴.

그네는 허리를 곧추세웠다.

그리고 아무 생각 없이 놀고 있는 양자 기채를 서리 맺힌 눈매로 바라보았다.

기채는 세 살 버릇 그대로 밥숟가락을 수북하게 해 본 일 없이 마디게 자라났다. 그는 밥만이 아니라 다른 군것질도 거의 하지 않는 편이었다. 명절이면 색다르게 준비되는 음식들도 손가락 끝으로 한 점 떼어 먹는 시늉만 할 뿐, 상을 밀어내면 그뿐이었다.

"아가. 이 엿 좀 먹어 봐라. 이것저것 잘 먹지도 않는데 허기지겠다. 이런 엿은 입에다 넣고만 있으면 저절로 안 녹냐? 먹는 데 힘들 것도 없겠구마는."

청암부인이 애가 닳아 모반에 엿을 담아 내주어도 어린 기채는 기껏 한 조각 정도만 맛을 보았다.

"입에서는 달고, 뱃속에 들어가면 빈 속에 진기도 있을 텐데."

노르께한 낯빛으로 앉아 있는 이기채를 온갖 말로 달래어 겨우 한 조각을 더 먹이고 나서

"그럼 무엇 해주랴?"

하고 물어도 고개를 흔들었다.

"먹어야 크지."

그런 근심이 늘 가슴에 얹혀 있는 중에도 이기채는 무사히 열다섯을 넘기고, 열여섯도 넘기고, 작배도 하였다. 열여섯 나이 탓에 죽은 것도 아니었지만, 하도 꿈속같이 어이없는 변고를 당한 포한(抱恨)이 기가 막혀, 청암부인은 아무리 급해도 기채만은 스무 살을 다 채워 치혼하리라, 결심했었다. 안 그래도 어려서부터 남달리 조심스러운 기채가 성년으로 실해지기도 전에 장가들어 안팎으로 과중한 부담을 지게 되면, 다음 일을 누가 알리야.

그래서 그는 스물하나에 혼인하였다.

그가 율촌으로 혼행을 가던 날 새벽, 인사를 드리러 안방으로 들어왔을 때, 청암부인은 오직 한 마디만을 했다.

"잘 다녀오너라."

이기채는 두 손을 방바닥에 공손히 모으고 절을 한 다음 일어섰다. 그리고 방문을 나섰다.

(잘 다녀오너라.)

그네가 더 다른 말을 덧붙일 수 없을 만큼 그 말은 간절한 것이었다. 마흔여섯 그늘진 그네의 허리에, 시린 설움이 응달진 채 얼어 있었으므로, 말을 보태다가는 자칫 부정을 탈 것만 같아서였다.

그때는 이미 김씨부인은 타계하고 난 뒤였다.

참으로 박복한 여인이었으나, 그나마 마음에 의지되고 동무도 되어주었던 김씨부인은 하룻밤 잠든 사이에 자는 듯 죽어갔다.

"타고난 복이라고는 아무것도 없는 양반. 그래도 죽음 복은 타고 나셨던 모양인가."

오래 살아 노망까지 하면서 자기 수족을 마음대로 못 쓰고 남의 손을 빌어 목숨을 이어가는 구차함이나, 날마다 앉고 서는 집일망정 언제나 남의 집 같아서는 늘 손님 같은 처지에, 까딱하면 군식구 대접을 스스로 받을 뻔한 것을 그네는 피해간 셈이었다.

아무 유언도 없이, 무슨 고통도 없이, 김씨부인은 홀연히 청암부인의 곁을 떠났다.

글쎄…… 김씨부인도 사람이니 그 나름대로 희로애락(喜怒哀樂)과 애오욕(愛惡欲)이 어찌 없었을까.

그러나 길지 않은 나이 몇 십을 사는 동안 어느 한 가지를 편중되게 겪다 보면 나머지에 대해서는 무감해지는 것인지도 모른다. 김씨부인은 자신의 심중을 잘 드러내지 않는 사람이었다. 그러나 즐겁고 성난 것을 말한다고 아는 것은 아니다. 청암부인은, 그네가 소리 내어 웃는 것을 보지 못하였고, 소리 내어 성내는 것도 못 보았다. 또한 어디 따로이 혼자만의 낙을 감추어 둘 것인들 있었겠는가. 마음을 기울여 애착하는 아무도 없었다. 애착이 없는데 증오가 있을까.

다만 한 가지 그네의 고적한 평생을 에워싸고 있었던 것은 오로지 애(哀)였다. 그것은 안개처럼 자욱하여 앞이 보이지 않았고, 그네의 흰옷을 젖게 하고, 몸을 식게 하였다.

(좋은 일 한번 못 보고.)

떠나간 김씨부인이 가엾게도 여겨졌지만 한편으로는, 그네가 지하에서나마 조용히 잠들어, 젖은 옷을 다 벗고, 다만 혼백으로 모든 것을 잊을 수 있게 된 것을 다행으로 여겼다.

적막한 가운데 장례를 치르고 얼마 지나지 않아서 기채가 혼인하게 된 것이다. 그런 만큼 좀처럼 마음이 놓이지 않는 청암부인의 심사는 달래기 어려웠다. 자기와 단 몇 번 얼굴을 마주하였을 뿐인 어린 소년 신랑 준의도 초례청의 자리에서야 죽음의 명운 앞에 그렇게도 바싹 다가서 있는 줄을 어찌 알았을까.

(불길하고 사위스러운 아낙이로다. 허나 아무래도 내가 그 양반 세상 뜬 일에 깊이 놀랐던 모양이다. 그저 기채가 이번 고비까지만 무사히 넘겨 주면 하늘이 나를 버리시지 않는 것으로 알리라. 지금까지 남모르게 근심하며 노심초사했던 불안이 바로 이 고비였던가 보다. 어쨌든지 무사하게만……)

과연 그네의 말대로 하늘이 그네를 버리지 않았다는 증거를, 오래 기다리지 않고도 금방 손안에 잡을 수 있었다. 이기채는 걸음걸이조차도 완연 의젓하게 돌아왔다. 그리고 일 년 후에 율촌으로부터 가마가 당도하였다. 꽃각시 율촌댁이 아담하고 조신한 맵시를 드러냈을 때, 둘러선 사람들은 너나없이 탄성을 한숨처럼 발했다.

"곱기도 해라."

"청암아짐 못다 받으신 음덕이 이제부터 발복(發福)하려나 보네요."

"온 집안이 다 훤언허네 그냥."

"집안만이 아니라 삼동네 안에서는 저렇게 이쁜 새각시 없을 것이그만."

아랫것들이 넘겨다보며 숨죽여 내지르는 찬탄은 그만두고라도, 문중의 부인들끼리 주고받는 말로만도 폐백의 자리는 흥겨웠다.

아닌게 아니라 율촌댁의 자태는 나무랄 데가 없었다. 나이도 나이려니와 몸에 익은 태도에서 풍기는 여염함이 그린 듯이 고왔기 때문이었다. 녹의홍상(綠衣紅裳)이라는 것이 본디 생기 있는 복색이면서도 수줍고, 그러면서도 당당한 빛깔이라는 것을 청암부인은 눈이 부시게 느꼈다. 그네 자신이 시댁으로 올 때, 가마 속에 허연 소복을 입은 채 웅크리고 앉아 있었기에, 놀라 소리를 지르던 농가의 아낙 생각이 새삼스럽게 떠오름도 그 빛깔이 눈부신 탓이었다.

(아름답고나.)

윤이 나게 빗어내린 낭자머리에 꽂힌 청옥(靑玉) 비녀꼭지의 다부진 푸른 빛 또한 가슴이 서늘할 만큼 고왔다. 고운 그 머리를 조아리며 청암부인 앞에 다소곳이 절하는 율촌댁의 치마폭에 그네는 대추를 한 줌 던졌다.

"부디 아들을 많이 낳아라."

부축하고 있던 수모가 공손한 솜씨로 얼른 대추를 줍고 있는 사이, 청암부인은 율촌댁이 얼굴 들기를 기다렸다.

이윽고 며느리가 얼굴을 들었을 때, 시어머니 청암부인은 속으로

(더불어 큰일을 의논할 상은 아니로다. 잔자로운 집안일이 손끝에 즐거운 그런 상호구나. 허나, 너와 같은 용색을 타고난 사람은 남편궁과 자식궁 모두 순탄하리라. 그러니 여자로서는 복인이지.)

하고 뇌었다.

이상하게도 청암부인의 가슴에는 선망이 괴는 것이었다.

남들은 곱다 하나 그네의 눈에는 그저 범속한 아낙으로 보이는 며느리는 무난함이 오히려 화려하여, 녹의홍상과 청옥잠두의 호사스러운 빛깔과 어우러졌다.

청암부인은 지그시 율촌댁을 쏘아보았다.

아니나 다를까. 놀랍게도 이듬해 율촌댁은 회임하였고, 달을 채워 딸을 낳았다. 그 아이의 이름은 강련(康蓮)이라 지었다.

강련이를 낳은 율촌댁은 몹시 민망하여 얼굴을 바로 들지 못한 채

"헛것을……."

하고는 눈물을 흘리고 말았었다.

"헛것이라니, 당치않다. 이 집안 지붕 아래 그 아무라도 아들이 태어나기 바라지 않는 사람은 없으나, 첫딸은 집안의 살림 밑천이라 하지 않드냐? 선영(先塋)에 감사하고 감창할 일이다. 아이 낳고 눈물 짓지 마라. 어미 눈물이 자식의 폐장에 스미느니. 내, 그런 말을 들은 일이 있니라. 자식을 둔 어미가 울어싸면 자식의 운수가

피이지를 못한다는 게야. 남모르게라도 행여 울지 마라."

청암부인은, 송구스러워 고개를 떨어뜨리고만 있는 율촌댁의 등을 어루만져 주었다.

(아들이었으면 좋았을 것을. 그러나 성급한 일이로다. 설한풍에 얼어 들어온 손발은 웃목에서 녹이고 아랫목으로 드는 법. 들이닥치는 대로 더운 자리에 언 손을 넣게 되면 동상에 걸리지 않던가. 목마를 때 먹는 물도 마찬가지다. 급할수록, 버들잎을 띄워서 불어가며 마신다지 않던고. 그뿐이랴. 오래 굶은 창자에는 미음 먼저 먹여서 오장을 적신 뒤에라야 죽을 먹이고, 그 다음에 비로소 밥을 먹이느니, 성급한 마음에 급체할까 두렵다.)

딸이면 어떤가.

며느리가 회임할 수 있는 사람이고, 거기다 순산하였으니, 이제부터는 세월을 기다리기만 하면 아들을 낳을 날도 있지 않겠는가.

오히려 마음을 걷잡지 못하고 서성거리는 사람은 이기채였다.

누구보다도 집안의 내력을 잘 알고 있는데다가, 그 자신의 책무가 무엇인지를 뼈저리게 느끼고 있는 터이어서 더욱 초조했던 것이다.

"오랫동안 한숨 소리만 자욱하던 집안에 이렇게 어린 애기 울음 소리가 낭랑하니, 이 얼마나 화창한 일인고."

새 소리가 이에서 더 맑으며, 노래 소리가 이에서 더 즐거우랴.

청암부인은 얼굴빛을 밝게 하여 율촌댁의 심기를 도와 주었다.

그러는 중에 며느리 율촌댁은 이태 만에 다시 아이를 가졌다.

그때야말로 온 집의 안팎이 부풀어, 열 달 내내 보약 탕제가 그치지 않았었다.

그렇지만, 하늘도 무심하시지.

둘째 아이도 여식이었다.

누구보다 율촌댁의 낙심이 컸고, 이기채는 실망의 탄식을 굳이 감추려고 하지도 않았다.

이번에는 청암부인마저도 서운한 기색이 확연했다.

첫아이 강련이 때보다 훨씬 침통한 분위기가 집안을 눌렀다. 율촌댁은 아기가 우는 소리만 내도 가슴이 죄어 얼른 입을 틀어막을 정도였다. 그런 경황 없는 가운데 누가 아기의 이름을 지어 주는 이도 없어 돌이 가까워 오도록 따로 무어라 부를 말이 없었다.

천덕꾸러기처럼 눈치 보며 젖을 물려 허구한 날 잠만 재우는 것이 일이었다. 될 수 있으면 누구의 눈에도 뜨이지 않게 하려는 조심 때문이었다. 그러다가 덜컥 제 형과 아우, 두 자매가 한 날에 서로 다투어 열병에 걸리었으니 차마 보기 어려운 정경이었다. 그 끝에 결국 작은 것은 숨을 거두고 말았다. 간신히 살아 남은 형 강련이도, 끝내 온전한 정신을 수습하지 못하여 반편이 되어 버렸다.

아가.

오직 한 마디, 율촌댁은 그렇게 속으로 잦아드는 소리로 어린 것을 부르며, 묻히러 가는 자식을 배웅했다.

이름도 못 얻고 죽어간 계집아이, 자라나도 쓸모 없는 헛것이라 잊어버리려 애쓰지만, 어미의 마음이 자식에 대하여 어찌 쓸모를 따지리오.

비가 와서 땅이 젖으면 율촌댁은 뼈가 시리었다.

죽은 자식 불효 자식.

삼생에 지은 원수 이생에서 갚으려고, 못 들고 망치 들고 어미의 생가슴에 피멍으로 박고 가는 천하에 못된 자식.

그러지 않으리라 하면서도 율촌댁은 아기가 묻힌 곳으로 자기도 모르게 발을 옮기곤 하였다. 격식을 제대로 갖춘 것도 아닌, 흡사 조갑지만한 무덤 자리에, 그저 돋는 푸른 풀이나, 그저 피는 꽃모가지 바람에 흔들리는 것을 물끄러미 바라보면, 저것들이 모두 내 자식 살이 녹아 거름이 된 것이려니, 그 거름 먹고 무심한 잡초들이 저다지도 무성한 것이려니.

애통한 심정을 달랠 길이 없었다.

주먹만한 몸뚱이가 캄캄한 땅 속에서 저 무거운 흙더미를 이고 누워 있을 것이 저미고 에이었다.

그렇게 낳자마자 숨이 질 것이라면 무엇 하러 열 달을 채웠던고.

이리 잠깐 있다 갈 것을 무엇하러 태어났던고.

율촌댁은 하늘이 부끄러워 고개를 들지 못하였다. 자식을 앞세워 묻은 것을 바로 자신의 죄로 돌린 탓이었다. 그리고 시어머니 청암부인을 바로 대하지 못했다. 새며느리를 맞이하고 삼 년 안에 일어나는 재앙은 모두 며느리 앞으로 책임이 떨어지는 것을 잘 알고 있는 터여서, 죄만스러운 기색을 감출 길이 없었다.

열병에서 겨우 건져낸 강련이의 비틀린 모습 또한 암담하여 율촌댁은, 자신의 무간죄보(無間罪報)에 사무쳐 울었다.

세상에 나서 지금까지 그다지 남 못할 일 시킨 기억 없건마는 무엇 때문에 이런 일을 당해야 하는가. 겹겹이 에워싼 시름은 어디서 비롯된 것일까.

율촌댁의 근심이 살을 마르게 하는 가운데 이 년이 지나, 세번째 아이를 회임하였다. 그네는 산월이 가깝도록 그 일을 발설하지 않았으나, 두꺼운 얼음이 풀리고 봄빛 천지에 난만한 춘삼월의 꽃피는 스무날, 순산하였다.

그것도 아들을.

강모(康模).

이기채가 떨리는 손으로 사당에 고하여 올린 이름은, 눈부시게 흰 백지 위에서 그 먹빛조차도 찬연하였다.

단아(端雅) 방정(方正)한 두 글자가 나란히 어깨를 맞추고 서서, 이제 막 태어난 종손의 머리맡에 새로운 뜻으로 견실한 울타리를 둘러 주었으니, 누구라서 하늘 보고 무심하다 원망을 하였던고.

"하늘은 사람을 기다려도, 사람은 하늘을 기다리지 못하는 모양이다. 하기야 일·월·성·신은 무궁해도 인생은 풀끝에 이슬이라. 감히 이슬이 어찌 무궁함을 헤아리리오. 이런 날이 숨겨져 있는 것을 모르고, 그만 하마터면 실심을 할 뻔했구나."

청암부인은 눈을 지그시 감고 앉은 채, 참으로 감회 깊은 눈물을 흘리었다. 감루(感淚)였다.

그로부터 강모는, 할머니 청암부인의 무릎 위에서 내려앉을 날이 없었다.

"무엇을 집을라는가. 어디 자네 마음에 드는 대로 아무것이나 잡아보게나. 여기 놓인 이 많은 복록이 다 자네 것이네. 이 사람아."

청암부인은 첫돌맞이 돌상 앞에 복건을 쓰고 앉은 조그만 손자 강모에게 축수하며, 고사리 같은 아기의 손을 뻗쳐 주었다.

검은 윤이 반드럽게 오른 상 위에는 어린 손자의 앞날을 점쳐 보는 증표들이 정성스럽게 줄을 맞추어 놓여 있었다.

맨 뒷줄에는 먹과 벼루, 책, 그 옆에 청실 홍실이 나란하고, 가운데줄에는 붓이며 돈, 그리고 활과 무명필이 소담하게 혹은 날렵하게 놓였는데, 아기의 손이 닿기 좋은 앞줄에는 과일, 국수, 쌀, 떡 등의 음식이 탐스러웠다.

그것들이 가리키고 있는 앞날들은 하나같이 복스러운 것이었다.

쌀에는, 부유하게 살기를 바라는 마음이 깃들어 있고, 쌀로 만든 무지개떡과 편이며 송편·경단이 모두 곡식들로, 어느 것 한 가지라도 소중하지 않은 것 없지마는 그중에서도 가장 보배로운 곡류라면 역시 쌀이 아닌가. 쌀은 곧 재물이요, 쌀은 곧 목숨이었다.

그보다 좀더 직접적으로 부를 상징하는 것은 돈이어서, 쌀을 한 웅큼 집으나 돈을 집으나, 아기가 장차 부자가 되리라는 예언에는 별 차이가 없는 일이었다.

국수 그릇에 손을 대면 무병 장수할 것이요, 대추든지 사과든지 감이든지, 과일을 집어 올리면 자손이 번창할 것이다.

또한 청실 홍실은 길고도 긴 수명을 여한 없이 누리라고 타래를 틀고 있다. 청실 홍실을 구하기 어려운 집에서는 쉽게 무명실을 놓기도 하지만, 강모의 앞에는 푸른 실 붉은 실이 요요하였다.

무엇보다 선비의 가까이에서 한평생을 함께할 벗으로서 문방사우(文房四友)를 소홀히 할 수 없는 일. 붓·먹·벼루·종이가 서로 다정하게 이마를 맞대고 있는데, 책을 읽지 않고서야 어찌 글을 잘하며,

글을 잘하지 않고서야 어찌 입신하고 양명하며 학문에 통할 수 있겠는가.

그러나 사람의 성품과 기개가 저마다 달라서 어떤 이는 학문으로 이름을 세우고, 어떤 이는 용맹으로 공(功)을 이룬다. 나라를 위하여 충성하기는 이나 저나 다를 바 없는 고로, 활을 들어 무사(武士)가 되는 것도 바람직한 일이다.

강련이 때에는 활 대신에 잣대를 놓아 부덕(婦德)을 빌었다.

여자의 할 일로는 침선이 으뜸이었던 때문이다.

그때 돌상 앞의 강모는, 이것 저것 만지작거리면서 들었다 놓았다 헤적거리기만 했었다.

어린 것이 자기 앞에 놓인 울긋불긋한 음식과 물건들이 담고 있는 기원을 알 리도 없었거니와, 본디 애기 때부터도 눈에 보이는 것을 탐욕스럽게 거머쥐는 성품도 아닌 탓이었던가, 둥그런 눈을 더욱 둥그렇게 뜨고는 신기한 듯 고개를 갸웃거리는 정도였었다.

그런데도 청암부인은 속으로, 저것이 실타래를 맨 먼저 집었으니 오래 살리라 생각하며 흐뭇하게 여기었다.

이기채는 이기채대로

(어린 손이 무엇을 알아서 똑바르게 한 가지만을 고르리요. 그런 중에도 쌀대접을 부둥켜 안으려고 시늉하는 것을 보니, 아무래도 재물은 좀 모으려는가 싶구마는.)

하고 욕심을 부려 본다.

그렇지만 율촌댁은 또 달라서, 대추를 입으로 가져 가던 강모의 이쁜 짓만을 몇 번이고 몇 번이고 떠올려 보는 것이었다.

아랫것들은 또 저희들이 들은 대로 혹은 붓을 들었다고 하고, 혹은 떡을 먹었다 하고, 누구는 책을 읽었다고도 하면서, 저 들은 것을 옳다고 고집하였다.

만일에 그 말들이 모두 맞는다면, 강모야말로 이 세상에 태어나 수명 장수하면서 온갖 복록과 부귀 공명을 한몸에 누리는, 더할 나위 없는 복인(福人)이어야 할 것이다.

그 강모가 꿈결 같은 세월을 보내고 이제 어른이 되고, 또 터무니없게도 한 어린 것의 아비가 되어, 이렇게 허옇게 늙어 버린 할머니 청암부인의 머리맡에 앉아 있는 것이다.

그것도 삼백 원의 '공금 횡령' 죄목으로 파직이 되어.

청암부인은 혼수에 빠진 듯 혼곤하게 눈을 감고만 있다가 다시 겨우 실눈을 힘들여 뜬다. 그리고 물끄러미 강모를 바라본다.

그 눈귀에 진득한 물기가 번진다.

강모는 그 눈빛을 피하여 고개를 왼쪽으로 돌리고 만다.

"……아가……."

청암부인은 강모를 바라보던 눈길을 옆으로 기울여 베개 쪽을 바라보았다. 그러다 다시 강모를 바라본다.

"왜요? 할머니, 베개가 불편하세요?"

강모는 얼른 베개를 고쳐 주며 물었다. 청암부인은 아니라는 듯 고개를 젓는 시늉을 하더니, 다시 눈짓으로 베개 밑을 가리켰다.

"베개 밑에 뭐가 있어요?"

그네는 보일 듯 말 듯 고개를 끄덕였다. 그 눈길을 따라 강모는 베개 밑에 손을 넣었다. 베개 밑은 눅눅하였다. 땀 기운이 서린 탓이리라. 강모는 할머니의 겨드랑이에 손을 넣는 기분이 들었다.

겨울날 찬 바람 속에서 방으로 들어오면 청암부인은

"이리 온, 할미가 따뜻하게 해 주지."

하면서 언 손을 두 손으로 감쌌다가 할머니의 겨드랑이에 넣어 주었다.

"따숩지?"

정말로 그곳은 아늑한 골짜기였다. 명주 저고리에 솜을 두었기 때문이었을까, 아니면 할머니의 몸이 따뜻했던 때문이었을까.

"찬 데서 방에 들어와 가지고 바로 아랫목에 손 넣지 마라. 동상 걸린다."

그러면 강모는 고개를 끄덕이며 할머니의 겨드랑이에 손을 묻은 채 얼굴을 그네의 뒷등에 비비곤 하였다. 그때, 눅눅한 듯 혼혼하던 체온.

강모는 베개 밑에서 손바닥만하게 접은 납작한 명주 수건을 찾아냈다. 그것은 넣어둔 지 오래된 모양이었다.

"이것 말씀이신가요?"

강모가 명주 수건을 꺼내 들고 청암부인에게 물었다.

그러나 그네는 눈을 감고 있었다.

"할머니,"

부르는 소리에도 대답이 없다.

"할머니."

강모의 목소리는 다급하였다. 그러나 청암부인은 미동도 하지 않았다. 다시 혼수에 빠져 버린 것이다.

그네의 얼굴은 마치 가면을 쓰고 있는 것도 같았다. 어찌 보면 마른 나무로 깎아 만든 조상(彫像) 같기도 하였다. 탈진이 될 대로 되어 수분이 없는 그 얼굴은, 이미 애증(愛憎)이나 영욕(榮辱)의 끈끈하고 축축한 늪지에서 건져 올려져 햇빛에 건조되고 있었다.

장지문에 녹아 엉기고 있는 여름 한낮의 뙤약볕이, 청암부인의 무감한 누른 얼굴 위에 거미줄을 하얗게 슬어냈다. 그래서 그네의 얼굴에는 명주 올이 얽힌 것처럼도 보였다.

강모는 가슴 밑바닥이 어이없이 빠지는 것을 느꼈다.

그곳은 허방이었다.

(할머니. 제가 어찌 해드렸으면 좋겠습니까. 반평생 받기만 하면서 살아왔으니, 이제라도 무엇을 어찌 해드렸으면 좋겠는지 한 말씀만 해 주십시오. 어쩌다가 저는 이런 모양이 되어 버리고 말았을까요. 할머니. 할머니이.)

터지는 울음을 누르며 강모는 손에 들고 있던 명주 수건을 조심스럽게 펼쳤다. 금이 가게 접혀진 그 안에는 미농지로 한 겹 더 싸인 것이 들어 있었다. 뜻밖에도, 그것은 돈 삼백 원이었다. 귀퉁이를 나란히 맞추고 누워 있는 종이돈에서는 물큰 땀냄새가 났다. 할머니의 체취였다.

그리고, 아까 할머니의 희미한 눈빛 속에다 반절이나 덜어 넣었다고 생각하던 그 어둠보다 훨씬 더 크고 깊은 어둠이, 명주 수건에 싸여져 있는 것을 그는 보았다. 청암부인은 강모에게, 그네의 가슴 가장 어두운 곳에 멍들어 있던 어둠을 명주 수건에 싸서 건네준 것이었다.

강모는 손수건을 구겨 쥐었다. 손수건에서 후욱 할머니의 눈물 냄새가 끼쳐 왔다. 그는 허리를 꺾으며 엎드려 울었다.

15 가슴애피

"올다래가 피었는가."

하면서 오류골댁이 면화밭으로 나간다. 그네의 삼베 적삼 잔등이가 후줄근히 들러붙는 것이, 보는 사람도 덥게 한다.

하늘은 아직도 쨍쨍하여 도무지 비 먹을 생각조차 하지 않는다.

강실이는 턱밑으로 흘러내리는 땀을 손등으로 훑어 낸다. 그래도 금시 또 땀이 배어난다. 동여 묶은 가슴의 말기는 아예 젖어 있다. 그런데도 덥다는 생각은 들지 않는다.

그네의 정신이 딴 데 가 있기 때문인가.

소쿠리에 수북히 담겨 있는 애호박과 가지를 한 덩이씩 도마 위에 올려 놓고 납작납작하게 썰던 그네는, 잠시 칼손을 놓고 허리를 젖힌다. 젖힌 그네의 허리 쪽으로 뒤안에서 건듯 부는 실바람 한 가닥이 스치듯 지나간다.

채반 위에 널어 놓은 호박이 벌써 땡볕에 익어 허옇게 빛을 뒤집고 있다. 그 옆의 채반에서도 가지 썰어 말리는 것이 오그라든다. 아무래도 습기 없는 뙤약볕이라 저런 고지나물이 손쉽게 마르는 것 같다.

강실이의 입술도 볕을 받아 말라 있다. 오늘, 날 새고는 아직 한 번도 입을 떼지 않은 탓인지도 모를 일이었다.

"시절이 좋았더라면 청풍(淸風)에 취포(醉飽)할 낙이라도 있겠다마는."

아까 참에 오류골양반 기응은 낫을 들고 집터의 울밑에 우북한 잡초를 베어내며 한숨을 섞어 말했다. 그의 얼굴도 이 여름 들어 많이 축나 있었다. 거멓게 죽은 낯빛에다가 초로(初老)의 흰 머리털까지 얼핏 비치는 모습은 그의 나이를 몇 살은 더 들어 보이게 하였다.

"저것을 어서 시집보내야 할 텐데."

기응의 흰 머리털을 재촉하는 것은 바로 이 근심이었다. 평소에도 별로 말이 없는 오류골댁 내외는 요즘 들어 농사일말고는 오직 강실이의 혼사에 대한 이야기만을 나누는 것이었다. 거기다가 강실이조차 저 지난 해 여름부터는 부쩍 말수가 줄어 부녀 모녀지간에도 기껏 한다는 말이

"진지 잡수시지요."

라든지

"너 안 덥냐?"

같은 것이 고작이었다.

"저것이 제깐에도 속으로 걱정이 되어 저러는 것일까요?"

오류골댁은 날이 갈수록 무거워지는 강실이의 입이, 웬만한 일에는 좀처럼 열리지 않는 것을 보고는 기응에게 그렇게 말했다.

"저라고 왜 걱정이 안될 것인가. 농사도 때가 있고 사람 일도 때가 있는 법인데. 그나저나 큰어머님이라도 예전만 같으시면 지금 같이 속수무책은 아니겠구마는, 집안에 우환이 있고 날씨도 가물어서, 어디 혼사 걱정을 내놓고 허겠는가."

"이러다가 때 놓치면 어쩔 것이오?"

"나이 아직 이십 안팎이니 뭐 그리 늦어 처진 것은 아니라도."

"이 양반 태평허신 것 좀 봐. 그 나이가 적어서 그러시오?"

"누가 적대? 형편이 이렇고 때가 이러니 난들 어쩌는고. 모두들 여기저기서 부황으로 죽어 나가는데. 제 목숨 가리기들 바뻐서 어디 남 일에 발벗고 나서 주는 사람이나 있어야지."

"수천 서방님이나 좀 알어봐 주시면 안 좋겠소⋯⋯?"

그 말에 기응은 대답이 없다. 기표라고 강실이 나이를 모를 리 없겠건만, 이상하게도 이 일에 그는 별반 신경을 써 주는 것 같지 않았다.

기표는 기표대로 무엇엔가 골똘히 몰입되어 있는 성싶었다. 사사로운 집안일이나, 주변 없는 기응을 나무라는 일 외에는 가깝게 속을 털어놓지도 않는 기표였고, 기응 또한 기표가 하는 일을 일일이 알려고도 하지 않았다.

"그 형님이 그렇게 한가로워야지."

"아무리 바쁘다고 큰집 작은집 새에 달랑 질녀 하나 있는 것을."

기응은 담뱃대에 담배가루를 재면서 하늘을 보았다. 푸른 빛이 부옇게 보이는 것이 답답한 가슴을 더욱 막히게 했다.

"짚신도 다 짝이 있다는데, 아무러면 어디 딸자식 여울 데 없을까 봐 수선은……."

"옛말에도 있습디다. 자식 가진 사람은, 부모가 반 중매쟁이 노릇 한다고 말이요."

"그러면 어디 임자가 나서 봐. 부모는 무어 나만 부몬가?"

이번에는 오류골댁이 입을 다물고 만다.

공연히 우욱 눈물이 솟구친다.

(가진 것이 변변한가, 학식이 남다른가. 뒷박만한 초가집 한 채에 싸리 울타리나 겨우 두르고 사는 처지에, 어디서 맞춤맞은 맞자리 낭재(郎材)를 구해 오노. 강실이가 어떤 자식이라고. 세상에 내가 저것을 어떻게 키웠다고…… 이제는 창씬가 무언가를 다 해 버려서 예전같이 양반 가문 내세우는 세상도 못되는 것을.)

기웅은 담뱃대를 마루끝에 딱 따악, 두들겨 털고는 오류골댁을 등지고 헛간 쪽으로 가 버린다.

(한 뱃속의 형제로 나서, 누구는 대종가의 종손이 되어 남노여비를 마음대로 부리고, 누구는 기량이 뛰어나 신식 사람이 되고, 그런데 저 양반은…… 딸자식 하나 있는 것, 제 때 제 나이에 마음 맞는 신랑감 하나를 못 대서…….)

오류골댁은 생전에 안 품던 생각을 울컥 삼킨다.

"분복대로 살지요."

사심없이 안존(安存)한 낯빛으로 말해 오던 그네였다. 그 말은 곧 기웅의 말이기도 했었다. 그러나 강실이의 혼인이 스물이 꽉 차서 늦어지는 요즘에는 그렇지 않았다. 까닭없이 초조하고 마음 한 자락이 밟혀 있는데다가 누군가가 원망스러워지기까지 하는 것이었다.

그 '누군가'에는 동복 형제 이기채와 기표, 그리고 남편인 기응은 물론이고, 심지어는 고르지 못한 분복을 나누어 주신 하늘님까지도 들어 있었다.

(내가 전생에 무슨 죄가 있었던고.)

오류골댁은, 말없이 콩을 까고 있는 강실이를 물끄러미 바라보며 한숨 지었다.

(지난번에 탑동댁이 말한 자리라도 그냥 괜찮은 걸 그랬는가.)

그렇지만 그 집은, 고생이 눈앞에 손금 보듯 보이는 집이었다.

성씨는 반듯하다 하나 기동을 못하는 편모 슬하에 칠남매인가 하는 형제자매의 맏이였다. 논밭 뙈기도 유명무실, 없다는 편이 더 옳은 곳이었다. 낭자(郎子)는 그런대로 야무지다 했었는데.

"아니 키울 적에 고생만으로는 모자라서 그런 자리로 여워 놓고 누구 애를 태울라고."

혼담 말을 들은 기표는 이맛살을 찌푸리며 간단하게 퇴짜를 놓았다.

기응은 그때도 담배만을 피우고 있었다.

"자식 농사도, 추수까지만이 일이 아닙니다. 잘 여물었으면 제 값을 받고 팔아야지 그렇게 입도선매(立稻先賣) 모냥으로 넘길 것이면, 무얼 바라고 공을 들입니까? 강실이만 하면, 딸 덕에 원님 사위도 볼 만한데 짱짱하게 골라야지. 어디 두고 봅시다."

"참 서방님도. 답답한 심정에 그렇게라도 생각을 해 본 것이지요."

오류골댁은 어려움을 무릅쓰고 한 마디 대답했다. 그네의 속에서 아니꼬움과 원망스러움이 치받쳐 오르는 것을 겨우 참으며 한 말이었다.

(말만 그렇게 하지 어디 서둘러 주지도 않으면서. 그러고 지금 조선 천지에 배불리 먹고 호강하는 사람이 어디 흔한가. 너나없이 풀뿌리 캐 먹고 소나무 껍데기 뱃겨 먹는 판국에.)

그러나 그네라고 생각이 없을까.

탑동댁이 말한 정도의 자리에는 강실이를 줄 생각이 없었다.

"구슬이 서 말이면 뭐 허는가. 실에다 꿰어야 보배 아니야? 누가 강실이 용모 범절을 몰라서 이런 말 건네는 거 아니네. 조선에는 낭재가 안 남었다네. 쓸 만한 사람은 다 징용 가고, 학도병 가고, 다 남의 땅에서 죽어 나가는데 어디 가서 신랑감을 잡어 올라는가? 내 딸자식 귀한 것만 생각허다가는 앉은 채로 할망구 만들고 말 테니 두고 보아."

탑동댁은 오류골댁의 시원치 않은 태도가 서운했는지 눈까지 흘겨 보았다. 그래서 그런가. 도무지 마땅한 자리가 나서지 않는 것이다. 몇 군데 말이 없지는 않았는데 모두가 내키지 않는 곳들뿐이었다.

(하나같이 이쪽보다 나을 것이 없는 사람들이니, 이 노릇을 어찌 할꼬. 풍문에라도 좀 괜찮다 싶은 자리에서는 또 우리가 마뜩찮을 것이고, 저쪽에서 하자는 곳은 우리가 아깝고……)

오류골댁은 점점 더 말이 없어지는 강실이가 안쓰럽고 서글펐다.

되든 안되든 처자가 당혼(當婚)하면 매파가 문간이 닳도록 드나드는 법인데, 그것도 시절과 세상 탓인지 발길이 뜨막하여 심사만 울울하였다.

"본디 시집갈 큰애기 있는 집에는 총각 있는 집 사람이 모이기 마련 아니요? 그런 말도 있습디다. 대감마님댁 따님이 당혼하면 부리던 종놈도 넘본다고. 그러니 좀 처진 자리라고 해서 매파 박대허지는 마시오."

하면서 내놓은 신랑감이라는 것은 들어보나마나 서운한 자리였다.

(아무것도 없으면서 가릴 것은 다 가리느라고.)

하는 빈정거림이 금방이라도 상대의 입에서 튀어나올 것만 같아 몹시도 조심하면서 응대하는 오류골댁은 어쩌면 측은해 보이기까지 했다.

한번은 숲말댁이 그런 말을 했었다.

"형님, 청암아짐 좀 보시오. 혈혈단신 한 몸으로 빈 집에 와서도 몇 천 석을 안 이루십디까? 시집을 갈 때야 이쪽이 좀 밑진다 싶게 가더라도, 가서 이루고 살면 될 일, 너무 까스럽게 고르다가 아예 더 늦어서 그도 저도 다 놓치면, 그때 가서는 어쩔라고요?"

"이 사람아, 아무나 청암아짐인가? 다 타고난 능력 따라 사는 것이네. 그 백모님이 어디 예사 어른이신가 말일세. 그리고 그 양반 살아 오신 세월이 아무나 살 수 있는 세월이 아니네."

"다 당허면 살지요. 아, 그야 물론 처음부텀 갖춘 데라면 오죽이나 좋겠소? 그게 어려우니 할 수 있는 껏 해 보자는 것이지요."

(왜 우리 강실이가 어디가 어때서 접어 두고 숙이고 혼인을 해야

한단 말인가. 흠도 티도 없이 키워낸 자식을 왜 그렇게 보내야 되느냐고. 무슨 죄라도 지었다든가?)

오류골댁은 답답하여 가슴을 치고 싶었다.

그때마다 어수룩하고 사람만 좋은 기웅이 원망스러웠다.

그 무렵 거멍굴에는 은밀한 소문이 번지고 있었다.

그것은 소리 죽인 말이었기 때문에 그만큼 한번 들으면 귀에 묻은 말이 지워지지 않는 소문이었다.

"이노무 예편네야. 니 눈꾸녁으로 봤어?"

"본 거이나 진배 없당게 그러네."

"본 것허고 본 거이나 진배 없는 것허고는 천앵지판인디 어쩔라고 그렇게 겁도 없이 주뎅이를 나불거린당가?"

평순네는, 개떡이 된 묵은 솜을 손끝으로 피워낸다. 옹구네의 말을 뭉개 버리며 딴청을 부리지만 귀는 어느 결에 옹구네 쪽으로 기울어지고 있었다.

"내가 무신 말 허면 꼭 그렇게 심지를 박는디 말이여. 머 누구만 얌전허고, 누구는 죄로 갈라고 작정을 했간디? 내가, 없는 말 잣어내든 안했응게. 하이고오, 이노무 몸지. 목구녕이 다 쌔애허네 기양. 저만치 궁뎅이를 돌리고 앉어서 좀 허그라아."

풀풀 날리는 솜먼지를 허옇게 뒤집어쓴 옹구네가 한 손으로는 그것을 허트리며 한 손으로는 코를 막는다.

"그렇게, 씨잘데기 없는 소리 해쌓지 말고 저리 가. 무단히 주둥팽이 까딱 잘못 놀리면 맞어 죽을 텡게."

"그렇게 누가 내놓고 말허간디? 속으다 담어 놓고 있을랑게 나도 못 전디겄길래 자개한테만 말허능고만."

"후여어. 아이구 저 호랭이 물어갈 노무 달구새끼이. 놉으로 댕김서 얻은 보리, 누가 너 줄라고 **삐 빠**지게 일헌 중 아냐아."

평순네가 솜을 피우다 말고 옆에 놓인 간짓대를 들어 마당을 친다. 그 바람에 *꼬꼬댁 꼬꼬꼬* 멍석의 보리를 찍어 먹던 주둥이를 털며 암탉이 종종걸음으로 달아난다.

"날 궂을라면 바람이 먼저 불고, 비 온 담에는 나뭇가지 풀 잎사구가 젖는 것을, 머 누가 갈쳐 줘서 안당가? 땅이 젖었으면, 낮잠 자다 나와서 보드라도 아하 비 왔능갑다 허제잉."

"하앗따아, 여시가 따로 없네. 옹구네는 백여시가 아니라 천여시는 되겄네, 천여시. 암만 그리도 말은 함부로 허능 거 아니여. 거그다가, 소문나면 사람 죽는 일이고만 그려……."

아무래도 큰일은 큰일이었다.

설령 옹구네의 이야기가 사실이 아니라 할지라도, 이미 이렇게 말이 벌어지고 있으니 어차피 헛소문이라도 한 바퀴 돌 모양 아닌가. 공연히 평순네의 가슴이 무겁게 두근거렸다.

"얌전헌 강아지 부뚜막에 올라앉드라고, 옛말 그른 디 하나도 없당게. 하이고매 원 시상으나. 법도 찾고, 도리 찾고, 효자·열녀 다발로 엮어 나는 집안에 무신 망신살이여. 이런 년은 아조 내놓고 사는 노무 인생잉게 추접시럴 것도 없고 머 넘부끄럴 것도 없다마느은."

패앵.

코를 풀어 마당에 던지고 치마귀에 손가락을 문지른 옹구네는, 물 건너 열녀비 쪽으로 길게 눈을 흘긴다. 그러더니 침을 한번 꿀걱 삼키면서 입맛을 다시고는, 평순네의 귀바퀴 가까이에 말을 불어넣는다.

"내가 오짐 누러 다무락 밑으로 안 갔능가아. 칙간에는 누가 들었는 것 같고 급허기는 허고. 거그다가 굿도 한참 신이 나서 아깝드란 말이여. 동녘굴덕 울어쌓고, 죽은 총각 혼신은 또 자개 어머이를 부름서 애간장이 녹게 울어쌓고. 아 참, 굿도 굿도 그런 굿이 없제잉. 그리서, 옳지, 저그 다무락 허물어진 디 있드라, 살쩨기 넘어가서 누고 오자, 그러면 굿도 안 놓치고 오짐도 누고⋯⋯."

그러면서 옹구네는 담을 넘었다. 담이라야 어른의 허리 조금 넘는 낮은 토담이었는데 그나마 무너진 자리는 흙더미가 패어나가, 안팎이 한 마당이나 다름없었다.

그네는 캄캄한 텃밭 쪽으로 엉덩이를 두르고, 곱게 꾸민 신랑 신부 녹의홍상 사모관대 허수아비가 소리 없이 맞절을 하는 마당 풍경을 놓칠세라, 모가지를 길게 뽑아 물고는 쪼그리고 앉았다.

괭괭 괘괭 굉굉 괘괭 괭 괭굉굉

(하앗따아, 굿판 한번 서럽다. 무신 노무 인생살이 살아서도 눈물바람, 죽어서 귀신이 되야도 눈물바람. 오나 가나 울고 우는 굿이구나. 기양 울어 부러라 울어 부러. 애껴 뒀다 가뭄에 쓸라고 참겄냐? 오짐도 누고 나면 씨언허고, 눈물도 쏟고 나면 개법지. 울고 자픈 거 못 울면 울음에도 체형게. 헤기사 머, 울라고 굿허제 웃을라고 굿헌다냐? 에이고오, 시언하다. 한참을 참었네 기양.)

262

옹구네는 몸을 일으키며 치맛자락을 여미었다. 잘 입을래야 입을 것도 없는 동강산이 두루치 자락을 걷어 올리던 그네는 무심코 뒤를 돌아보았다. 누가 보았으면 어쩌나 싶은 무망간의 몸짓이었다.

(아이고매.)

순간 옹구네는 가슴이 덜컥 내려앉았다.

명아주 여뀌가 우거진 담 밑 저만큼에 무슨 희끄무레한 형국을 본 것이었다. 사람인 줄 알았으면 그렇게까지 놀라지는 않았을 텐데.

"귀신인 중 알았제잉. 꼭. 귀신들끼리 맞절하고, 허새비가 뿔겅옷 푸렁옷 입고 혼인허는 굿을 보다 나와서 그랬등갑서. 아이고오 놀래라."

옹구네가 놀란 가슴을 누르며 눈썹을 찡기고 노려본 그 형국은 여자가 분명했다. 그것도 앳된 젊은 여자가.

"내 눈때가 얼매나 매운가는 평순네도 잘 알 거잉만 그리여."

"허든 말이나 해 보시겨."

"니가 귀신이냐, 사람일 테지. 어디 보자, 누가 멋 헐러고 거그 섰냐 싶드랑게. 아니여, 섰능 거이 아니라 앉었드라고, 이러어케 넋을 놓고 무신 혼 나간 사람맹이로."

털썩 땅바닥에 주저앉은 옹구네는 두 팔을 추욱 늘어뜨린 채 하염없이 어딘가를 바라보는 시늉을 하였다.

"꼭 이러고 있드랑게. 척 보먼 몰라? 그 밤중에 무신 일로 텃밭 모퉁이에 우두거니 넋이 빠져서 앉어 있었어? 내가 오짐 누는 것도 아매 몰랐능갑서. 그렁게 사램이 옆서 저를 체다바도 모르고 그렇게 앉어 있었겄제? 나 같으먼 얼릉 다무락 밑으로라도 숨었을 거인디."

"아앗따아, 그리여. 참말로 장허네. 그리서, 시방끄장 몇 번이나 그렇게 다무락 밑이로 헛간 구석지로 찰싹 붙어서 숨어 댕겠능가?"

"이노무 예편네, 말 다헌 거이여 시방?"

"다 안했그만, 왜?"

"알겄다 알겄어. 시암 나먼 너도 숨어 댕기그라. 누가 못허게 허겄나아. 족보 있는 양반댁으 처자도 지 오래비허고 상피붙는 시상에, 이께잇 노무 상년으 신세에 머어이 무서서 절개를 지킨다냐."

"아이고, 저노무 호랭이 물어갈 노무 주둥팽이."

옹구네가 입맛을 쩍 다신다. 다음 이야기를 하겠다는 표시였다.

평순네가 무슨 소리를 하든 무서워할 옹구네가 아니었다.

그네는 숨죽이어 말하는 시늉은 하면서도 간지럼을 타듯 꼬이는 혓바닥을 참지 못한다.

"여름잉게 모시 적삼이든 삼베 적삼이든 안 희겠는가? 어깨가 동그스럼허고 곱닷헌 거이, 그 깡깜헌 중에도 눈에 들어오드라고. 그러고 저러고 헐 거 없이, 내가 척 봉게 그거이 오루꿀덕 강실이여. 내가 머 하루 이틀 봤간디? 걸어가는 그림자만 바도 금방 알제잉. 그리서 내가 후딱 사방을 둘러봤제, 누가 있는가아 허고."

누르팅팅한 묵은 솜이 그나마 납작하게 눌려 개 혓바닥같이 되어 버린 것을 알뜰하게 피워 내던 평순네는, 아예 일손을 놓고 옹구네의 입만 쳐다보았다. 어서어서 솜타는 일을 마치고 우물에 가려니 했던 것도 다 잊어 버린 터였다.

(시상에 무신 그런 일이 다 있으까잉. 쥐도 새도 모르게 헌 일도 바람 타고 소문이 나능 거인디, 저노무 예편네 눈꾸녁에 들케 놨으니

어쩌꼬. 에이, 그렇다고 참말로 무신 일이 있었을라고? 지 년이 오 줌 누러 갔으면 작은아씨도 혹시 그럴라고 갔능가 누가 알어? 아니 여. 그때 굿판에 오루꿀 작은아씨는 안 뵀는디? 멋 헐라고 집 두고 텃밭끄장 나와서 그런당가? 가만 있어 봐. 그날 오루꿀덕은 거 그 굿허는 디 왔었는디? 동녘굴덕이 대 잡고 오루꿀덕이 머 이것저 것 안 물어 보등게비……? 그러면 어머이 따로 딸내미 따로 있었능 게 빈디. 무신 일이까잉.)

"내 말 들어어, 안 들어? 먼 생각을 허고 있당가?"

"으응? 으응, 그리여."

골똘히 자기 생각을 하고 있던 평순네가 쥐어지르는 옹구네 말 에 놀라 엉겁결에 대답한다. 아무래도 그네의 얼굴에는 짙은 두려 움이 덮이고 만다.

"내가 오직이나 눈치가 빠른 사람잉가. 한눈에 휘익 둘러봉게 첨 에는 아무것도 안 뵈야. 오냐, 니가 혼자 매급시 거그 나와서 넋을 놓고 앉었었냐, 옆에 누가 있지, 싶드라고."

괭굉 괭괭 괴괭 괭괭 굉굉 괘갱

옹구네는, 당골네 백단이가 구성지게 불러 넘기는 독경 소리와 징소리가 아까워서, 힐끗 담 너머 마당을 한번 돌아보고는 다시 어 둠 속을 재빠르게 훑어보았다.

그때는 이미 어둠에 눈이 익어, 검은 산자락이며 가까이 서 있 는 상수리나무 밤나무의 둥치들도 머뭇머뭇 분별이 갈 정도였다.

더구나 앉아 있는 사람이 강실이라는데 생각이 짚이자, 솟구치는 호기심 때문에라도 기어이 '누군가'를 알아내지 않고는 못 배길 것 같았다.

"아이고매, 어찌야 옳이여? 그거이 누구겄어?"

"누가 누구여?"

"누구기는 누구여? 강실이 넋 빠지게 헌 남정네지."

쿠웅.

평순네가 가슴이 내려앉는다.

물론 이야기가 이렇게 되고 만다는 것은 처음부터 짐작했지만, 막상 듣고 나니 까닭없이 부르르 등이 떨리는 것이었다.

"누가 듣는고만 왜 그리여? 그렇게 막말 허능 거 아니여어."

"막말이 아니라 내 눈으로 봤당게, 이 눈으로."

"무얼 봤어? 아무것도 본 것 없구마는. 그게 오루꼴 작은아씬가 아닝가도 잘 모르잖이여?"

"왜 몰라, 모르기는? 내 눈꾸녁은 머 뽄으로 달고 댕기간디? 나도 이날 펭상 거멍굴에 어푸러져 삼서, 눈치 하나로 목심 붙이고 연멩 허는 사람이여, 왜?"

"그리서…… 그거이 누구였간디?"

"호랭이 물어갈 노무 예펜네. 저도 알고 자픔서 매급시 똥구녁으로 호박씨를 까고 앉었네. 뺄 거 다 빼고, 충신은 혼자 나고, 알고 자픈 거 다 알고…… 아이고 야야, 뇌꼴시럽다."

"잘 알도 못험서, 무단히 끄집혜 가서 맞어 죽을랑갑다."

"대신 죽어 도라고 안형게 사돈 걱정 말드라고."

266

"그렇게에, 그거이 누구였냐고오."

"대실 새서방님이시다, 왜? 왜 놀래? 하늘 아래 천지간에 귀헌 양반이, 상놈만도 못헌 지서리를 헌 거이 놀라운가? 왜 그렇게 놀래냐고오. 하앗따아, 눈꾸녁에 불 씨겄네."

패앵.

한 손으로 콧날개를 누르며 코를 물어 던진 옹구네가 침까지 타악, 뱉는다. 침 소리가 오지다.

"옹구네, 그런 소리 어디 가서 당최 입 밖에 내들 말어. 참말로 죽고자픈가? 율촌샌님 성품이 대쪽 같고, 청암마님 호령 소리 얼음 같은디, 어쩔라고 그런 소리를 허능 거이여, 시방?"

"잡어가도 즈그 망신이여. 안 그런당가? 곤장을 칠래도 죄목이 있어야고, 죄목을 밝히자먼 즈그 집구석 똥구녁을 뒤집는 꼴이제잉. 양반이라고 부릴 거 하나도 없다아. 집안으 누이동상 못 잊어서 상사뱅이로 죽어간 놈 원한 풀어 주는 날 밤으, 큰집 작은집 오래비 누이가 또 붙어 먹었으니, 그거이 무신 양반이냐? 아이고 꼴사납다. 빛 좋은 개살구지 머. 껍데기만 번지르르. 차라리 나 같은 상년은 팔짜대로 천대받고 팔짜대로 막 살응게 거짓말은 안허지. 즈그들은 헐 짓 다 해 처먹고도 누릴 것은 다아 누린당게. 에이, 던지러라."

처음에는 조심스럽게 숨죽이어 하던 말끝이 암팡지게 팽개쳐진다. 그러면서도 옹구네는 속으로 알고 있다. 원뜸의 대갓집에서 이 소문을 들으면 당장에 말 낸 사람을 뒤져서 찾을 것이다. 그까짓 것 찾는 데 힘들 것도 없다. 거멍굴의 누구든지 잡아다가 덕석말이를 해 보라지. 덕석말이까지 갈 것조차도 없이 그 댁 마당에 끄집혀 들어서기만 해도 제 입으로 먼저 털어 바치고 말 위인들. 누가 감히 그 높은 솟을대문 앞에서 허리를 펼 수가 있단 말인가. 그렇다면 금방 소문의 근거가 자기인 것이 드러나고 말 것이다.

"옹구네."

라고만 밝혀지면 그 다음 자신의 목숨이란 죽어 나가도 할 말 없는 일이다. 그 댁 가문이 먹칠이 되든 환칠이 되든 그것은 자기네들끼리의 일이요, 일단 옹구네는 몰매로 죽게 될 것이다. 버선목처럼 뒤집어 보인다 해도 하릴없는 노릇이요, 천지가 다 아는 일이라고 해도 몰매를 피할 길은 없다. 그래서 옹구네처럼 말을 참지 못하는 아낙이 용케도 이날까지, 그 일만을 꼬깃꼬깃 구겨 넣으며 참아온 것이다.

그런데도 이 말은 남모르게 거멍굴로 번져 나갔다. 듣는 사람은 새하얗게 질려서, 나 혼자만 이 소문을 알고 속으로 삼키리라 결심하였지만, 어느새 한 사람을 건너갔다. 한 사람을 건너간 말은 다음 사람에게로 좀더 은밀히, 좀더 빠르게 건너갔다.

거멍굴에는 또 한 가지의 소문이 들어왔다.

새서방님 강모가 일본 요릿집의 기생을 첩실로 앉혔다는 것이었다.

마침 그때는 대갓집에 종손이 태어난 후라서 온 마을에 희색이 만면하여 거멍굴에까지도 훈김이 돌던 무렵이었다. 그래서 더욱 진진하게, 이 이상한 기생 첩실의 소문이 번진 것이다.

거기다가 이번에는 새서방님이 파직이 되었다는, 깜짝 놀랄 말을 춘복이가 내뱉었다.

"공금을 쓴 거이라. 그것도 삼백 원씩이나. 야아, 삼백 원이면 대관절 논이 몇 마지기고 밭이 몇 마지기냐. 태어나서부터 눈에 뵈능 것은 모다 자개 거이고 손에 잽히능 것은 모다 자개 몫이었응게 공금이라고 머 넘으 돈 같었겄능가. 내 것 아닝 거이 어디 있어야제? 어뜬 사람은 씨를 잘 타서 도적질을 허고도 만사형통이고 어뜬 놈은 개 돼야지마냥으로 똥지게나 지고 살고. 빌어먹을 노무 시상. 이거 무신 이런 노무 시상이 있어."

"그런디 돈 많고 전답 많은 새서방님이 머에다 쓸라고 넘으 돈을 훔쳐 냈이까이?"

옹구네는 모깃불 연기를 한 손으로 밀어내며 춘복이 곁으로 바싹 다가앉는다. 말은 춘복이가 할 것인데 입술은 옹구네가 쫑긋거린다. 공배는 그 옆자리 멍석 위에 비스듬히 누운 채, 메마른 별자리에 물이 좀 오르나 하는 눈으로 하늘을 본다. 물론 귀는 온통 춘복이에게로 쏟아져 있었지만 아는 체하기도 대꾸하기도 싫었다. 애꿎은 곰방대만 빨아대는 그의 볼따귀가 어둠 속이라 더욱 우묵해 보이고 까칠하다.

"에이고, 가뭄도 시절을 아능가. 어쩌자고 석삼 년썩이나 빼싹 말러 갖꼬 모다들 외틀어지고 비틀어지고."

목소리마저도 쉰 듯하다. 쉬었다기보다 푸스스 먼지가 일 것 같은 소리다. 공배네는 평순네와 마주 앉아 다리미질을 하는 중이다. 잠깐 춘복이 말에 귀를 팔았더니 그새 다리미숯 위에 허연 검불이 앉았다.

"아이고, 성님은 더위 죽겄는디 대림질끄장 허니라고 그러시요 잉. 이런 날은 기양 앉어만 있어라도 떠 죽겄그마는. 꽉꽉 밟어서 털어 널어 갖꼬 기양 입어도 허는디, 멋 헐라고 땀 흘림서 대리니라 고오."

옹구네는 공연히 한 마디 참견을 한다.

"아, 기양 입을 거 따로 있고, 대려서 입을 거 따로 있제잉. 아무 껏이나 기양 입간디?"

손잡이를 잡고 두어 번 다리미를 까불어 검불을 뒤집으며 공배 네가 말한다. 불티가 여름밤의 마당에 점점이 반짝이다 스러진다. 그러면서 되살아난 숯불이 벌겋게 이글거린다. 거기다 대고 공배 네는 다시 후우 입김을 불어 좀더 불기운이 일어나게 한다. 벌건 숯 불에 비친 그네의 얼굴이 주홍으로 보인다.

캐갱 크르르.

건넛집 대장장이 금생이네 강아지가 잠결인 듯 짖는 시늉을 하 다가만다. 금생이는 마흔 몇 살의 벙어리였다. 그래도 강아지는 주 인을 닮지 않고 짖어 주니, 신통하다고 할까.

"말복 지내기 전에 저거이 중개라도 되야 주면 잡어먹겄는디 저 건 머 조막만도 못허니 저게 언제 커?"

춘복이는 기다리는 말은 안하고 대신 개장국 타령을 한다.

"하앗따아. 오사게 뜸도 딜이고 있네잉. 무신 사단잉가 모가지 아 푸그만 후딱 말해 부리제."

기다리다 못한 옹구네가 핀잔을 준다.

"말로 허제 왜 찝어까고 그런당교?"

아마 허리를 꼬집혔는지 움찔하더니 춘복이는 목소리를 낮춘다.

"새서방님이, 생김새는 그렇게 각시맹이로 곱상헌디 여색은 남달릉가, 기생을 첩으로 딜있다대?"

"어짜 옳이여? 누가 양반 아니라께미 그짓부텀 허능구만잉."

말을 맞받는 것은 옹구네다. 평순네는 빨래 잡던 손을 공중으로 치켜든다. 다리미가 턱밑까지 달려든 때문이었다.

"본새 남정네라도, 각시맹이로 이쁘장허게 생긴 사람이 색골이라고 않등게비? 무지막지 씨름꾼 장정마냥 생긴 사램이 외나 심도 못 쓰고 밤새도록 잠만 퍼 잔다고 안히여?"

히히히.

아무래도 옹구네는 재미가 나 죽을 것 같은 모양이다. 강실이가 텃밭 귀퉁이에 넋을 놓고 앉아 있던 모습만도 말문을 텄으니 석삼 년 석 달 열흘 어치 이야기는 되는데, 이것은 또 무슨 말인가? 양반 나으리는 좌우로 즐비하게 열 첩을 거느린다더니 그 말이 맞기는 맞는구나.

"기생 첩?"

공배가 곰방대를 마당에 대고 두드려 털어내며 묻는다.

혼인하던 그날부터 웬일인지 각시마님도 마다하고 공방 들렸다는 소문이 몇 년째 파다하던 새서방님, 어찌 꿈결같이 아들 하나를 낳게 해 주어 생각만 해도 다행이다 싶어 하던 끝이라, 아무래도 믿기지 않는 모양이었다.

"첩을 딜인 것은 또 아무것도 아니라."

"또 무신 일이 있간디?"

"양반 한량에 첩실이야 머 쎄고 쎘는 거잉게 놀랠 것도 없는디, 그 여자가 기생인게 공으로 얻어 가질 수가 없었든 거이제. 기생이 란 거이 몸뗑이만 지 꺼이제 쿤이 따로 있능 거 아니요? 본래. 그것 도 머 쪽지고 풍류허는 구식 기생이 아니라 무신 요릿집 여자라등 만. 자세 몰라도 삼백 원잉가 사백 원잉가 퍼다 주고 뻬왔능갑데요. 율촌양반 알먼 다리 몽생이 뿐질러질 거는 불을 디리다 보드끼 뻔 허고, 그렇게 아매 돈 말을 못허고 공금을 집어냈는갑습디다."

"공금? 공금이 머이여?"

"넘으 돈이라 그 말 아닝교?"

"넘으 돈을 집어내다니? 그러면 도적질을 했다 그거여?"

"도적질이제잉."

"이것은 또 무신 소리여? 뚱딴지맹이로."

"뚱딴지는 무신 뚱딴지라요? 암만 자개가 관장허는 돈이라도, 지 꺼 아닌디 집어내다 썼으면 그거이 도적질이제. 양반은 머어이든 지 지 눈에 띠먼 가져 부링게, 사램이건 육축이건 땅뙈기건 먼저 가 지는 놈이 임자였는디, 인자는 그런 시상이 아니라고요."

"아, 집이다가 노적가리 곡석을 산데미로 쟁에 놓고, 문갑으다가 는 논문서 밭문서를 채곡채곡 낟가리맹이로 쟁에 놓고 사는 댁 종 손이, 머이 아숩다고 도적질을 헌당 거이여?"

"그렇게 미쳤다는 거이제잉."

"허허어. 니가 머엇을 잘못 들었능게비다."

"잘못 딛기는, 머 나는 헐 짓 없어서 밀지울 처먹고 헛심 팽기게 헛소리허고 자빠졌간디요?"

272

(허어어. 일은 일이 났구나. 청암마님 쓰러지시드니, 서까래가 주저앉고 지왓장이 와그르르 무너지능갑다. 시상도 뒤숭숭헌디 그 댁이라도 짱짱허게 버티고 받쳐 주시야지 그 밑이서 우리가 사는디. 이 노릇을 어쩔 거인고. 그 집안이 어수선허면 내 속도 시끄럽고, 그 집안이 흔들리면 우리들이라고 무사헐 수 없는디, 멋 헐라고 그런 겁날 일을 대실서방님은 허셨이꼬. 불쌍헌 우리들을 생각해서라도.)

공배는 비스듬히 누워 있던 몸을 반쯤이나 일으키더니 아예 일어나 앉아 버린다.

"없어서 굶어 죽으께미 도적질을 했다먼 가련허기나 허제. 지집 밑구녁으다 처박을라고 관공서에 공금을 훔쳐낸 거잉게 가막소를 가도 싸제잉. 하이간에 교용장히 소란스렀능갑습디다. 어찌 어찌 무마가 되기는 되얐능갑지만, 망신은 망신이고."

"참말로 춘복아. 너 말 그렇게 야박시럽게 허능 거 아니다잉? 지내가다 그 집 처마그늘에 비만 조께 피했어도 그 공덕을 고맙게 아는 거인디, 아 우리가 시방 다 뉘 덕에 이때끄장 요만이라도 살아왔간디, 그런 싸가지 없는 소리를 암통시럽게 허난 말이다, 말이."

"아재는 인자 죽으면 극락왕생허시겄소. 나는 딴 디 가 있을 거잉게, 죽은 담에 안 뵈이그덩 서운타 말으시오."

일어나 앉은 공배와 반대로 춘복이는 벌렁 드러누워 버린다.

팔베개까지 하며 올려다본 하늘에 은하수가 아득하다.

다림질도 거의 끝나 숯불은 이미 가물가물 빛이 스러져 가고 몇 집 건너 당골네 사립문 앞의 방죽에서 머구리 우는 소리만 왁왁거린다. 말을 쏘아내는 춘복이와 그 옆에 바싹 붙어 앉아 검은 눈을 반짝이며 말꼬리를 잡는 옹구네말고는 모두 다 웬일인지 심란하여 잠잠히 앉아 있다. 이따금 애애앵, 날아드는 모기를 손바닥으로 철썩, 때리는 소리와 털럭털럭, 다 떨어진 부채를 부치는 소리만이 밤이 깊은 것을 더욱 느끼게 한다.

"그나저나 골고루 구색 맞춰서 들어앉혀 놓고 지집 거나리는 것만도 양반으로 난 보람은 있겠네."

"골고루라니?"

옹구네가 고개를 뒤로 젖히며 탄식조로 말하는 것을 공배네가 거들어 묻는다. 그때서야 평순네는 옹구네 옆구리를 쿡 지른다.

"아아니요. 기양 해 본 말이요."

강실이 이야기를 슬쩍 섞어 넣으려다 손가락으로 질리는 바람에 옹구네는 입을 다문 것이다.

"정도 줄라먼 한 간디다 주랬다고, 여그 저그다 흘리고 댕기면 목마를 때 떠먹을 물 한 박적이라도 괴이간디? 아, 그런 말도 안 있습디여? 주인 많은 나그네 밥 굶는다고. 여그서는 저그서 먹었겄지 허고, 저그서는 여그서 먹었겄지 허고, 서로 미룸서 밥을 안 준게 굶어야제 벨 수 있어? 그렁게로, 미우나 고우나 한 자리를 파야는 거인디. 매급시 찝적거리기만 허면 생가슴에 원한이나 심어 놓는 거여."

그 말은 춘복이 들으라고 하는 말이 아닌지. 옹구네는 대답 없는 춘복이 쪽으로 고개를 돌리며 한 마디를 더 덧붙인다.

"옛말에도 첩 중에는 기생첩이 지일 무섭다등만 대실아씨도 큰일났네. 글 안해도 독수공방을 못 멘허고 사는디, 인자는 머리크락도 안 볼라고 허겄그만잉. 그렇게 대실서방님은 인자 아조 전주다가 꼬막같이 살림끄장 챙겼을 거 아닝게비?"

여전히 춘복이는 대답이 없었다.

"잔당가?"

"자기는 왜 자요?"

"근디 왜 말을 안히여?"

"내가 가 봤간디요?"

"그러면, 머 공금 빼다 지집 사온 거는 바서 헌 말이었간디?"

"아이고, 나도 모리겄소. 밤도 짚었는디 나는 가서 잘라요."

귀찮은 기색으로 자리에서 일어서는 춘복이를 따라 옹구네도 부채를 챙긴다. 그제서야 평순네도 치마 말기를 추기며

"성님 주무시오."

하고는 주섬주섬 멍석 위를 치운다. 극성스러운 모기들은 모깃불마저 꺼진 터라 마음 놓고 떼를 지어 앵앵거린다.

시늉뿐이어서 닫을 것도 없는 사립문을 나가는 평순네의 발짝 소리가 고샅에 들릴 때, 아직까지 멍석 위에 앉아 있는 공배는 다시 곰방대에 담배를 잰다. 그 옆에서 공배네는 다림질한 빨랫감을 개킨다.

"에에이."

누구에게랄 것도 없이 혀를 찬 공배가 돌아눕는다.

"들으가서 주무시오. 모구가 다 뜯어먹겄소. 그나마 한 방울이나 되까마까 허는 노무 피."

"방이나 한다나."

웬일인지 두 사람은 마음이 무겁다.

"어쩔라고 이렁가 모리겄네. 통 어디 맘 붙일 디가 없고 말이여."

"아 머언 일이 있을랍디여? 춘복이란 놈이나 옹구네 저 예펜네나 다 주뎅이가 암팡진 것들잉게 그렁갑다 허고 말어야제."

"그런다고 없는 말 지어내서 허겄어? 숭년에, 가뭄에, 구설 에…… 이거 어디 시상 어수선해서 살겄다고?"

공배는 풀썩풀썩 연기만 내뱉는다.

중천에서 기울어지고 있는 은하수의 꽁지는 유야무야(有耶無耶), 지워지는 흔적처럼 희미하다.

(은하수도 가물었능가. 어째 물줄기가 시언찮허. 그나저나 춘복이란 놈도 저 주뎅이를 못 참고 오장에서 끓어나는 대로 저렇게 말을 토해야 직성이 풀리니 큰일났다. 들은 사램이 우리들뿐잉게 어디 가서 욍기던 않겄지마는, 지 소가지가 부글거리자머언, 시도 때도 없이 터져 부리기도 헐 거인디, 우선 참는 버릇이 붙어야 목구녕을 못 넘어온 말이 뱃속에서 삭고 썩고 허제, 나오는 대로 저러다가 일 당헌다, 일 당히여. 누구는 머 청춘에 속 안 상허고 세월을 넹 겠다냐…… 속 상허는 것도 힘이 얼매나 팽긴다고 그려. 헤기는 그 것도 다 힘 뻗칠 적으 이얘기다. 너도 인자 나이 먹어 바라. 지 몸뗑이 건사허기도 힘들고, 처자권속 입으 풀칠도 해야고, 살든 자리서 곱게 죽어 갈라면 그렇게 성질대로는 못 사는 거이다. 까딱 잘못허 머언, 이만한 복쪼가리도 쪽박 뚜드러 깨디끼 지 발로 박살내고 마 는 거여. 옛말에도 다 세 치 쎗바닥을 조심허라고 안했능갑서. 태생

이 천허게 난 것을 어쩔 거이냐. 천허면 천헌 대로 흙바닥에 어푸러져서, 이거이 내 팔짠게비다 허고 숨 쥑이고 살어야제. 그나마 청암마님이라도 정정허시고 그 집안 탄탄해야, 이런 목심 하루살이도 신간이 편헐 거 아닝게비. 뛰어 봤자 베룩이지, 상놈의 신세가 하루아침에 당상관(堂上官)이 될 거이냐. 이 철딱서니 없는 자석아.)

공배의 입에서 저절로 한숨이 터져 나온다. 자신도 까닭을 알 수 없는 답답한 심정이 가슴에 매캐하게 차 오른다.

그러나 춘복이는 그렇지 않았다. 물 건너 매안의 문중 마을에서는 그런대로 뚝심 있게 일도 잘하고, 웬만한 일에 분별없이 말을 하지도 않았지만, 일단 거멍굴로 내려오면 짚신짝을 땅바닥에 패대기 치듯 참지 못하고 툭툭, 말을 뱉어 내는 것이었다.

"이노무 자석아, 좀 색여라 색여. 뱃속에 들은 오장육부 창사가 왜 그렇게 꼬불꼬불헌지 아냐? 불끈 성질 치미는 대로 말허지 말고 열두굽이 구곡간장 돌아 나옴서, 생각 한번 해 보고 한 마디 내레놓고, 생각 한번 또 해 보고 한 마디 또 내레놓고, 쉬어감서 말허라고 그렁 거이다. 알겄냐?"

그럴 때마다 공배가 쥐어박는 시늉을 하면서 핀잔을 주었지만

"아앗따아, 아재는 징그럽도 안허요? 그만치 참고 살았으면 원 쇠심줄 창사라도 썩어 부리고, 그 창사가 구리라도 녹아 부렀겄소. 무신 노무 한 시상을 참을라고 산다요? 시상으 나왔으면 머 씨름을 허든지 농사를 짓든지 산을 헐든지, 조께 본때 있게 살다가 죽어야제. 이노무 시상은 멋 헐라고 사는 노무 거이간디, 오나가나 참으라는 소리뿐이여어. 참으면 뱃속에 똥만 차지 무신 삐쭉헌 꼬라지가

있냐고요. 에레서 애비 죽고, 죽은 애비 뒷산마루 묏동에다 파묻어 내비리고는, 자식 새끼도 팽개치고 밤도망 가 부린 에미는 낯바닥 도 모리겄고…… 키워 주신 아재한테는 헐 소리 아니지만, 이런 신 세가 될지 알았으면 차라리 내가 동냥아치가 되는 거이 천만번 속 시언헐 뻔했소. 이노무 신세는 머 생기는 것도 없이 참을 것만 산데 미맹이로 첩첩허니…… 사방팔방 걸리는 거 없이 얻어 먹고 댕기 는 신세가 못될 바에는, 내가 헐 수 있는 거이 머엇이겄소? 그저 내 몸뗑이 달린 것 갖꼬 헐 수 있는 것은 말배끼 더 있냐고요. 내가 속 터져 죽는 꼴을 보시는 것보담 말이라도 퍼내고, 이렇게 사는 거이 안 낫겄소?"

"아이고오, 이 웬수엣놈아. 말 못허고 사는 놈이 조선 천지에 너 하나냐? 너 하나여어? 어찌 사램이 지 속에 있는 말을 다 허고 산다 냐. 너 그러다가 무신 일 저지르고 말겄다. 으엉? 부모를 잘못 만나 인연이 짤루어서 설움기는 한량없지만, 어쩔 거이냐……. 니가 전 상에 지은 복이 그거뿐이고, 그런 부모 태를 빌려서 이 시상으 나왔 으면 벨 수 없지 어쩌겄냐. 부모를 바꾸겄냐아, 신세를 뒤집겄냐. 말이 동냥아치지 그것들은 또 우리만도 못헌 불쌍헌 족속들 아니 냐. 시상에 부럴 거이 없어서 그런 신세에다 비긴다냐. 그래도 내 발 밟을 마당 있고, 내 몸뗑이 드러누울 방부닥 있고 아침에 눈 뜨 면 오손도손 아는 얼굴들이 잘 잤냐고 물어보고, 속 상허면 말도 허 고…… 동냥아치들은 또 우리가 부럽단다."

"아재가 몰라서 그렇제, 우리가 머이 그 사람들허고 달르다요? 동냥아치들은 돌아댕김서 빌어먹고, 우리들은 한 간디서 빌어먹고,

빌어먹는 것은 다 한가지 아니요? 내 손꾸락 내 발부닥 갖꼬 내 땀으로 논밭 농사 다 지었는디, 내 앞에는 쭉쟁이만 노적가리맹이로 쌯이고, 손발 개고 앉었는 양반은 앉은 자리서 나락 섬을 주체 못허는디, 왜 입 두었다 말도 못헌다능 거이요?"

"춘복아, 이놈아. 양반은 머 편헌지 아냐? 그려, 니 말대로 우리가 동냥아치보담 하나도 나슨 것이 없다고 허자. 그런대도 양반 너무 부러 말그라. 그런 말도 안 있냐? 거렁뱅이 맛 딜이면 펭양 감사를 씌워 줘도 도망간다드라. 양반은 또 양반값 허니라고 더워도 못 벗고, 비가 와도 못 뛰어간다. 알겠냐? 세상 일이라능 거이 다 지 분복이 있능 거이다. 쌍놈은 곧 죽을 것 같어도 쌍놈 낙이 있고, 양반은 다 신선맹이라도 넘모르게 속 썩는 일이 한두 가지가 아닝 거여. 양반도 하루 세 끄니, 쌍놈도 하루 세 끄니, 날 새면 일어나고, 날 저물면 잠 자고……. 그러다가 너나없이 저승사자 당도허면 도리 없이 죽어가는 거잉게, 너무 속 낄이지 말어. 사람 근심이란, 이름만 다르제 누구한테나 똑같이 있는 거잉게, 매급시 내 신세만 한탄헐 일도 아니고, 넘으 신세만 부러 헐 일도 아니여어."

"모르겄소. 나도 늙어 꼬부라지면 아재맹이로, 붙들이란 놈 오그려 앉혀 놓고, 참어라, 참어야능 거이여, 헐랑가 모르겄지마는, 아직은 셋바닥에 힘이 뻗쳐서 그렁갑소."

"몸뗑이에 달린 것 중에서 지일 무선 거이 셋바닥잉게."

"알겄소. 알겄어. 셋바닥이 칼날잉게 조심허그라. 니 목구녁 니가 찔른다. 그 담 말은 내가 다 앙게, 인자 그만허시오."

춘복이는 공배가 노상 염불마냥 외는 말을 미리 제가 해 버리며 더 이상 고집을 부리지는 않았으나, 그런 입씨름은 어김없이 또 다시 되풀이되곤 했었다. 그럴 때마다 공배는 질리지도 않는지 같은 말을 되새겨 이르곤 했다.

상놈의 씨, 크면 저도 어쩔 수 없이 상놈 되겠지마는, 그래도 자식이라 애지중지했던 어린 것이 황달을 앓다가 죽어 버린 뒤로, 먼저 간 놈 대신 내버려진 춘복이를 거두어 기른 정이 애틋한 공배로서는, 춘복이한테 하찮은 일도 대수롭게 넘기지 못하고 사사건건 토를 달고 나서게 되는 것이었다. 그런 정을 춘복이도 알고는 있을 것이다.

공배는 긴 한숨을 삼키며 멍석에서 일어난다.

공배네는 마당 귀퉁이의 모깃불 자리를 발로 밟는다.

사그라지던 불씨 몇 낱이 발밑에서 죽는다.

"그런디, 옹구네는 멋 헐라고 저렇게 춘복이만 바싹 따러 댕기는가 모르겄소. 치맛자락을 꼬랑지맹이로 흔들어댐서."

멍석을 두르르 말아 올리던 공배가 담뱃대로 등을 긁는다. 그리고 공배네의 말에 대답을 하는 대신

"에이그으."

하고 만다. 몹시 못마땅한 기색이다. 한 마디 무어라고 해붙였으면 시원할 것을 참는 모양이었다.

"어서어서 춘복이도 장개가얄 거인디. 저렇게 장개는 안 갈란다고 뚝심만 부리고 있응게. 가당찮은 예펜네가 좋아라고 지 차지를 삼능 거 아니겄소."

"호랭이 물어갈 노무 것들."

"수완 좋고 입심 좋겄다, 낯빤대기끄장 뻔뻔해 갖꼬는, 넘부끄런지도 모르고 내둘르고 사는 예펜네가 머엇이 무서서 체면을 보겄소? 저러다가 무신 딱쟁이를 쓰고 달라들랑가. 납짝없이 자식 딸린 홀에미한테 뒤잽히게 생겼는디."

"거 무신 씰닥쟁이 없는 소리를."

"내 말 그른가 보시오 인자. 혹 띠러 갔다가 혹 붙이고 오드라고, 애민 년한테 물려서 넘의 새끼끄장 지 자식 삼게 되고 말 거잉게."

"어허어 참, 말이 씨 된다고 어쩌서 그런 소리를 자꼬 해쌓는당가. 어서 들으가 한 숨이라도 더 자제."

아무래도 공배네는 속이 편치가 않았다.

그것은 공배도 마찬가지였다.

"상놈 신세 나 하나로도 여한 없응게, 아재 나 보고 장개가라, 자식 낳아라, 그런 말씸 허지도 마써요. 지집 없이도 한 펭상 잘 살랑게요. 보나마나 뻔허제. 나 같은 상놈에 부모없는 떠돌이를 사우로 맞는 집구석은 또 오죽헐 거이며, 그런 집의 딸년을 각시라고 맞어서 자식을 나면, 그놈이 커서는 내 속 상허는 이런 시상을 또 살 거인디, 무신 웬수로 신세 쳇바꾸를 돈다요……?"

춘복이는 노상 그렇게 말했다. 만약에 그냥 해 보는 말이었다면 장가를 가도 열두 번은 더 갔을 것이다. 그러나 공배와 공배네가 내미는 것마다 번번히 고개를 흔들어 버린 중매자리를, 나중에는 아예 말도 못 꺼내게 듣는 시늉조차 하지 않았다.

"이 빌어먹을 놈아. 쥐새끼도 암수가 짝을 짓고 개미도 알을 낳는디, 니께잇 놈이 머 잘났다고 천지 조화 속으서 삐져 나올라고 허능 거이여, 시방? 무신 독살시런 생각이여 그거이?"

참지 못한 공배가 춘복이 대가리를 쥐어박았지만, 그는 머리만 한번 털어냈을 뿐 여전히 마찬가지였다.

"사램이 저 헐 도리는 해감서 살어야 복도 받고 낙도 있는 거이제, 너맹이로 모지락시럽게 인생을 살기로 허면, 상놈은 어디 씨가 남어 나겄냐?"

"그렁게 나 같은 놈은 나 하나로 되앗다는 거 아니요오? 상놈은 머 사람 아니고 고샅에 돌팍이간디? 이놈 저놈 오고 감서 아무나 밟고 댕기고, 내키는 대로 집어 들어 팔매질을 허드라도 말도 못허는 노무 것, 무신 요행을 바래고 자식을 낳는단 말이요?"

"아 이놈아, 아무리 상놈이라도 한 펭상 울고만 살든 안헌다."

"어거지로 코뚜레를 헐 수는 없을 거잉게요."

"아나, 니 멋대로 허그라. 니 멋대로 혀. 그런디 이건 알어 두어라. 아무리 안성맞춤 번쩍이는 방짜 놋그륵이라도 지 속으서 녹이 나면, 지가 삭어 부리제 벨 수 있는 중 아냐? 녹은, 쇠도 색이는 것이다. 녹이 독이여. 니 맘속에 독을 품고 있으면 니 신상에 해로와. 니가 뿜어낸 독이 너를 생케 부릴 거잉게, 어쩌든지 순헌 맘 먹어라이. 잉?"

저러다가도 돌아설 날이 있겄지 싶은 마음을 버리지는 않았다.

공배가 무엇보다도 아쉬워한 것은, 대장장이 금생이의 딸 얌례가 비얌굴[巳谷]로 시집을 가 버린 일이었다.

생김새도 그만하면 그런대로 수수하고 성정도 온순하여, 얌례는 "아얏따, 그 집구석에 밤낮으로 쇳덩어리만 뚜드러 재키등만,

딸내미 하나는 그래도 죄용헌 놈으로 씨 받었능갑서. 여그저그 둘
러봐도 얌례만헌 시악시 흔치 않겄는데."
하고 이웃 동네 고리배미까지 소문이 나 칭송을 받는 터였다.

그래서 공배도 은근히 춘복이한테 짝을 지어 주었으면 했던 것
이다. 얌례를 욕심내는 사람으로는 공배말고도 바로 울 너머에 사
는 백정(白丁) 택주가 있었다.

택주는 눈이 바늘같이 가늘고 온 낮바닥에 누런 수염이 소털처
럼 덮여 있는 칼잡이였다. 대대로 그 집에서 나고 죽고 하면서 살아
온 세습의 백장으로, 그는 물 건너 문중 마을의 큰일 작은일이 있을
때마다 소와 돼지를 잡았다. 물론 복날을 당하여서는, 날이 날마다
개를 잡아 대느라고 허리를 펴지 못할 지경이기도 했다. 그럴 때는
개털을 태우는 연기와 노랑내가 온 거멍굴을 자욱하게 뒤덮었다.
자연히 택주네 마당에는 쇠가죽 개가죽이 빨래처럼 널려 있고, 마
루기둥에 매달아 놓은 쇠꼬리에 온 동네 쉬파리가 새파랗게 모여
들게 마련이었다.

"내가 이 까죽으로 얌례 깟신 하나를 맹글어 줘야겄다."
하면서 은근히 혼인 말을 넣는 눈치를 채고는 공배가 애가 닳아
"춘복아, 너 얌례 어쩌드냐?"
하고 몇 번을 떠보아도 춘복이는
"어쩌기는 머어이 어쩐당교?"
하고는 그만이었다.

"저놈의 자식은 달릴 거이 안 달렸능가, 왜 저렇게 사서 벵신 짓
을 헐라고 그러까잉?"

보다 못한 공배네가 핀잔을 주었다.

그러나 얌례는 엉뚱하게도 하루아침에 비얌굴로 가 버리고 만 것이다. 그리고 나서 어찌나 허통하고 서운하던지 한동안은 키운 정이고 무엇이고 춘복이가 밉살스럽기까지 했다.

그런데 이 마당에 와서 꼴같잖은 옹구네가 춘복이한테 다리를 걸고 넘어지다니, 기가 막혀 억장이 무너질 노릇이었다.

거기다 한술 더 뜨는 것은, 춘복이란 놈은 그런 옹구네를 공배 보는 앞에서라도 면박을 좀 주었으면 속이 시원하겠는데, 이건 또 그냥 두고 보는 시늉이니 답답하지 않을 수 없었다.

"지 나이값도 못허고, 자식 새끼 거느린 년이 넘으 숫총각을 넘보고 찌웃대는 꼬라지는 참말로 못 보겠습디다."

"내비두어, 애끼면 똥 된다고 안허등게비. 좋은 시악시 다 놓치고 쇠고집 부리드니만 그 꼴 났지 머, 다 지 팔짜 소관이겄지."

방이나 마당이나 다를 것도 없는 갈자리 방바닥에 등을 부리며 공배는 다시 한숨을 삼킨다. 묵은 흙냄새가 끕끕하게 차 있는 방이지만 그 흙내가 바로 제 몸에서 나는 땀내처럼 낯익었다.

(순허게 살어야는디…… 토를 달고 나서자면 손꾸락 하나도 책(責) 안 잽히고는 까딱 못허능 거이다. 또아리져서 원한 삼을 것도 없고, 치부책으다 적어 놀 것도 없다. 풀어 부러야제. 또랑물에 가서 발이나 싯고 흘러가는 물에다가 풀어 부러야다. 흘러 흘러 가다가 저절로 녹아서 풀어지고 없어지게 떠내레 보내야제. 응어리 두면 못쓴다. 못쓰고말고. 그나저나 떠꺼머리를 못 면허고 죽으면 몽달귀신이 될 거인디, 이 노릇을 어쩌끄나.)

아무래도 공배는 쉽게 잠이 오지 않는다.

잠을 못 이루기는, 물 건너 문중의 강실이도 마찬가지였다.

방안의 등잔불을 끈 지는 이미 오래였지만 오만가지 생각으로 정신이 점점 맑아질 뿐 잠은 오지 않았다. 바로 옆에서 들리던 오류골댁의 숨소리가 깊다. 낮의 일이 고되었던 모양이다. 거기다가 밤은 짧고 날은 더워 땀을 많이 흘리고 나면, 아무래도 여름 사람이란 고단하기 마련이다.

"너는 안 잘래?"

아까 참에 먼저 자리에 누우며, 아직 앉아 있는 딸을 올려다본 오류골댁이 삼베 홑이불 자락을 가슴까지 끌어 덮다 말고 물었다.

강실이는

"곧 잘라요."

하고 대답했다.

그때 오류골댁은 딸의 얼굴이 오늘따라 몹시도 파리해 보이는 것에 내심 놀라, 한쪽 팔굽으로 윗몸을 버틴 채 반쯤 일으키고는

"아가, 너 어디 아프냐?"

하면서 강실이의 낯색을 살폈다.

그러나 강실이는 고개를 한번 힘없이 가로 저을 뿐이었다. 그러면서 머리맡에 놓인 부채를 집어 들고 오류골댁을 부쳐 주었다.

"모기도 없는데 무얼."

"어서 주무세요."

"어디 아프면 아프다고 해라. 속이 안 좋은가?"

"아니요."

"저녁 먹고 나서는 괜찮았지?"

"예."

"여름에는 그저 조심해야지, 찬물 마시고도 탈이 나고, 조끔만 맥을 놓으면 더위 먹고."

그러면서 오류골댁은 모로 돌아눕는다.

모기를 쫓으려는 부채질이니 땀을 식혀 주기에는 힘이 없다.

(저것이 왜 저렇게 안색이 안 좋을까……? 여름에는 누구라도 마르고 바트는 것이지마는…… 혼인 때문에 혹시라도 말 못하고 저 혼자 애가 쓰여 그러는가…… 에미 마음이 이럴 때 저라고 무심헐 리가 없지. 대관절 연분이 어디 가서 숨어 갖꼬 이렇게 안 보일꼬. 여기서는 애간장이 녹게 찾고 있건만, 연분은 어디 낯선 데서 헛눈 팔고 먼 길을 돌고 돌아서 오고 있는고.)

그나저나 당혼하면 처자나 낭재나 신색이 훤해지고 물이 오르면서 남의 눈에도 탐스럽게 보이는 법인데, 어째서 저것은 날이 갈수록 졸아드는지 모르겠다. 여태까지는 별로 보았는데 오늘 밤에 보니 여간 안된 것이 아니구나. 저러면 못쓰는데.

생각이 얽혀들자 오류골댁은 머리 정신이 어지러워지는 것을 누르며

"그만 부치고 어서 자거라."

한다. 강실이는 대답이 없다. 방안을 내리누르는 무거운 더위가 모녀의 사이에 막을 친다. 그것은 근심의 무게만큼 답답하다. 가슴이 눌린다. 그러면서 오류골댁은 미끄러지듯 잠에 빠진다. 근심은 근심대로 눈을 껌벅이며 가슴 한편에 고여 있지만, 고단한 육신은 그

근심까지 쓸어 안고 잠이 드는 것이다. 내일 아침에도 새벽닭이 홰 치는 소리는 근심이 먼저 듣고 깰 것이다.

강실이의 부채끝에 물큰 땀냄새가 묻어난다. 뭉근한 오류골댁의 머릿내 같기도 하다. 오래 쓴 대소쿠리나 바가지에서 묵은 나무 냄 새가 번지듯 오류골댁한테서는 낯익은 체취가 번져났다.

부치던 부채를 놓고 강실이는 오류골댁의 등허리에 손을 대본다. 땀이 축축한 삼베 적삼의 감촉이 손끝에 닿는 순간 그네는 코끝이 매워, 자기도 모르게 어금니를 문다.

물고 있는 잇살로 눈물이 배어 오른다. 금방 입 안에는 배어 오른 눈물이 찐득하게 괸다. 그것을 토해 내듯 강실이는 돌아앉아 등잔 불을 불어 끈다. 작은 불꼬리 하나가 밝혀 주고 있던 방안은 순식간 에 어둠 속으로 쓸려든다. 그러자 등잔의 심지에서 내쫓긴 불꽃은 혓바닥을 날름거리며 강실이의 살갗 속으로 숨는다. 불꽃이 비늘 을 일으킨다. 강실이는 오스스 한기(寒氣)가 들어 어깨를 오그린다. 어둠 속에서 보아도 그네의 어깨는 각이 져 있다. 이미 둥글고 무지 개 같던 살진 어깨가 아니다. 머리 타래조차 힘에 겨워 보일 만큼 비쩍 마른 어깨는, 숨을 쉴 때마다 그대로 내려앉을 것처럼 보인다.

자신의 숨소리가 너무 크지 않았는가 놀란 그네는 고개를 돌려 어머니 오류골댁의 기척을 살피고는 다시 돌아 눕는다. 삼베 홑이 불도 무겁게 느껴진다.

(훌훌 다 걷어 내던지고 나도 아느실 형님마냥 이리저리 떠돌아 다닐 수 있었으면 그나마 좋으련만.)

아느실 형님이란 둔덕 너머 아느실[內谷] 최씨(崔氏) 문중으로 출가해 간 진예(珍艾)를 이름이다.

그 진예가 꿈결같이 이 마을에 나타난 것은 달포 전 늦은 봄이었다. 그러지 않아도 연전(年前)에 강수의 사혼(死婚)이 있고 나서, 진예 걱정을 안한 바 아니었는데, 그쪽에서 별다른 소문이 들려오지 않자 적이 안심을 하던 끝에, 그네가 밭머리 저쪽에 모습을 비친 것이다.

마침 느티나무의 연한 잎을 가루에 섞어 느티떡을 찌고 있던 강실이는, 정지 문간에 이른 진예가 부르는 소리에 소스라쳐 일어섰다. 순간에 웬일인지 반가운 마음보다 가슴이 내려앉아 얼른 입이 떨어지지 않는 것을 가까스로 진정하고는

"형님."

하면서 그네의 두 손을 부여잡았다.

"응. 잘 있었는가."

진예는 손을 잡힌 채 웃었다.

한쪽으로 입술이 기울어지는 엷은 웃음이었다.

"어려서 본 모색이 그대로 있네."

이번에는 강실이가 웃었다.

설핏 얼굴에 스치다 마는 누른 빛이 도는 웃음이었다.

"방으로 좀 들어가시지요. 내, 떡솥에 불 좀 봐 놓고……."

"아니, 나 저 마루에 앉았을라네. 밥만 한 숟가락 먹고는 또 갈 데가 있어서."

진예는 굳이 방으로 들어가라는 강실이의 말을 마다하고 마루끝에 앉았다. 마치 눈치를 보는 사람 같았다.

"다들 어디 가셨는가 부네?"

"예, 밭에."

"으응."

무슨 생각을 하는 것인지 한참이나 고개를 끄덕이던 진예는 문득 강실이를 불렀다. 정지로 들어가려던 그네가 돌아보자

"내가 밥 바구리를 어디다 두고 왔으까……?"

하는 것이었다. 그 얼굴빛이 몹시 근심스러워 보였다.

"밥 바구리요?"

"응."

"그걸 들고 오셨던가요?"

"응."

"어디 들러서 오신 데다 두고 왔는가 부지요."

"아니, 아무 데도 안 들어갔는데."

"거게 무에 들었는데요?"

"……밥."

"밥이요?"

"응."

고개를 비스듬히 떨구고 앉아 손가락을 물끄러미 내려다보며 진예는 대답했다. 할 수 없다는 듯한 낯빛이었다.

그때에야 비로소 강실이는 진예가 예사롭지 않다는 것을 깨달았다. 그래서 얼른 아궁이의 삭정이를 대강 살피고는 사립문 쪽으로 나갔다. 진예가 걱정하던 밥 바구니는 삼베 보자기에 꽁꽁 묶인 채 사립문간에 놓여 있었다. 둥그렇게 휘인 손잡이에 뚜껑까지 덮인

대나무 채롱이었다. 속에는 밥이 하나 가득 담겨 있는지 묵근했다. 그것을 들어올리는 강실이의 마음도 밥 바구니만큼 무겁게 처져 내렸다.

"형님. 여기 있구만요."

"으응."

진예가 알았다는 시늉으로 고개를 끄덕였다.

"여기저기 돌아 댕길라면 배가 고파서."

"어디를 가실라고요?"

"몰라."

"집에서는 형님 여기 오신 거 알고 계신가요?"

"모올라⋯⋯."

"말씀도 안허고 오셨는가요?"

"몰라."

"애기들은 어쩌시고요?"

"⋯⋯."

고개를 수긋하게 숙이고 있던 진예는 강실이의 치맛자락을 별안간에 움켜쥐며 좌우를 훔쳐보는 것이었다.

"형님."

정신차리시오.

왜 이러시는가요. 정신 좀 차리고 찬찬히 말씀해 보시오⋯⋯ 형님.

강실이는 움켜쥔 치맛자락을 끌어당기는 진예의 손을 감싸쥐었다. 그러자 진예는 후두둑, 눈물을 떨어뜨렸다.

"점심은 자셨소⋯⋯?"

눈물 범벅이 된 진예의 얼굴을 가까이 들여다보며 강실이는 떨리는 소리로 묻는다. 진예는 시름없이 고개를 흔든다. 그럴 때 보면 성한 사람과 조금도 다를 바가 없었다. 다만 그네의 눈빛이 몽롱하게 풀린 채 어디라고 할 것 없는 허공에 못박혀 있는 것은 마찬가지였다.

"내 얼른 상 채려 드리께요."

"……내 밥 여기 있어."

진예는 마루끝에 놓인 밥 바구니를 무릎에 끌어올려 두 팔로 보듬었다. 소중한 것을 감추듯이 아예 얼굴까지 삼베 보자기에 파묻는 양이 마치 어린아이들의 탯거리 같았다.

"이리 주시지요. 내가 정지로 가지고 가서 상에다 봐 오께."

강실이가 바구니에 손을 대자 소스라치며 고개를 털어내 버린다. 그리고 아까보다 더욱 안간힘을 쓰며 채롱을 끌어안는다.

"날도 더운데, 밥이 쉬겠네요."

하며 강실이는 억지로 빼앗다시피 밥 바구니를 빼냈다. 그런 그네를 혼자 마루에 앉혀 놓고 돌아서다 말고, 강실이는 목젖에 치미는 뜨거운 김에 허억, 숨이 막히더니 그예 눈물을 쏟고 만다.

진예는 언제 울었는가 싶게 치마귀에 말끔히 얼굴을 닦아 내고는 한가롭게 마당과 토담을 바라보았다.

"……찔레꽃, 참 좋으네……."

토담 귀퉁이에 어우러진 찔레 덩굴에는 하얀 꽃이 벙울벙울 피어나고 있었다. 그것들은 늦은 봄볕에 겨워 독한 향기를 뿜어내며 어질머리를 일으켰다.

어떻게나 야무지게 묶었는지 손톱이 아프게 단단한 밥 보자기의 홀맺음을 풀어 내는 강실이의 손등으로 눈물이 떨어진다.

(어쩌다 그리 되시었소…… 마음 고생이 얼마나 자심했으면 이 지경이 된단 말씀이오…… 그래도 여기는 어찌 잊지 않고 오시었소. 아무도 없는데…… 형님이 만나실 분도 이제 떠나고 없는데. 형님 못 잊으시는 그 혼백은 이제 여기 안 계시오. 저재작년 엊그저께 혼인하여 멀리 멀리 구천으로 떠나셨다오.)

이미 진예는 진예가 아니었다.

그네는 바로 강실이 자신이었던 것이다.

저물어서야 밭에서 돌아온 오류골댁 내외는 한눈에 진예가 성치 않은 것을 알아보았다. 아무리 방으로 들어가자고 권해도 끝내 마루끝에 쪼그리고 있는 그네를 그만 그대로 두고 이만치 평상에 마주앉은 내외는 한숨만 쉴 뿐이었다.

"저것이 실성을 했구만."

"쫓겨나면 어쩔꼬 했드니만."

"차라리 정신이나 성하다면 쫓겨나는 쪽이 백번이라도 낫지 않겠는가. 어느 때는 온당한 벌을 받어 버리는 것이 외나 떳떳헐 때도 있는 법이니. 수모받는 바늘방석보다 차라리 쫓겨나는 것이 나을 때도 있지. 허나, 이것은 제 발로 걸어 나왔으면서 실성까지 했으니 이런 불쌍헌 노릇이 어디 있어?"

"강수 소문이 거기까지 갔든 모양이지요?"

"아 왜 안 들어가? 징 치고, 장구 치고, 굿허고, 왁짜허게 이쪽에서 들으라고 외장쳐서 소문을 낸 셈인데."

오류골댁은 대답을 못한다.

원통하게 죽은 강수의 원혼만 생각했지, 설마 그 일이 엉뚱하게도 진예한테까지 덮어씌워질 줄은 몰랐던 일이었던 탓이다.

"최서방이 거 웬만큼 깡깡헌 사람인가 말이야. 털 뽑아 낸 자리에 그대로 갖다가 박아 놓는 성품 아니던가. 한 치 한 오라기도 틀림이 없는 사람이 오죽했을라고."

"꼬장꼬장헌 줄이야 누가 모른답디까? 그렇다고 사람이 저 지경이 되게 핍박을 하면 되겠소……?"

"다 저 할 탓이지 무어. 형상은 불쌍허게 되었지만, 최서방 쪽에서 보면 당연히 정이 떨어지고 닥달을 할 수도 있는 일이지. 그래, 처지를 바꿔 놓고 생각을 해 봐. 나라도 최서방만큼 안하란 법 없지."

"무슨 말씀을 그렇게 매정하게 허신다요? 사단이야 어디서 생겼든지 일이 심상치 않게 되어 버렸구마는."

"속상허니까 허는 말이지. 누구는 지금 지붕 위에 올라가 춤추게 생겼는가?"

기웅은 부싯돌을 찾는다. 따악, 소리가 나게 쳐도 한번에 불이 붙지 않는 것이 그도 어지간히 산란한 것 같았다.

"부모라도 살아 있다면 좀 덜 짠헐 텐데."

"살아 있으면 무얼 해? 공연히 생사람들 가슴만 더 뒤집는 것이지. 애당초 이런 일이 나지를 말었어야지. 이왕에 저질러진 일인데 이제 와서 부모가 구존해 있으면 무슨 수가 생길 것 같아서? 우세 망신에 복장만 터지고 도리어 애꿎은 부모 속만 상허지."

"그래도 제간에는 우리가 의지라고 생각되었던 모양이지요?"

삼종숙(三從叔).

아버지의 팔촌 형제요, 진예한테는 구촌 아저씨가 되는 기웅이 가장 가까운 살붙이란 말인가. 그 한 가닥 촌수의 언저리에 그나마 마음을 두고 찾아들 만큼 진예는 사위가 적막한 처지에 놓인 셈이었다. 물론 남달리 자상한 오류골댁이 진예를 유독 귀여워한 탓도 있었으리라. 그러나, 꼭 그래서만 그네는 이 마을에 왔을까.

"밥 바구리는 왜 끌어안고 왔을까요? 다른 건 다 놔두고."

"그 속을 어찌 알겠는가. 무슨 포한진 일이 저대로 있을 테지."

"얼른 봐서는 성헌 사람도 같지요?"

"그래서 더 걱정 아닌가……."

"쯔쯧. 전생에 무슨 죄를 짓고 나와 이 모진 꼴들을 당허는고."

한 사람은 비명에 가고, 남은 사람은 실진(失眞)을 하여 저 살던 동네로 흘러들어왔다.

강실이는 감히 이야기에 끼어들지도 못하고 방안에 죽은 듯이 앉아만 있었다. 짓눌리는 숨이 밖으로는 터지지 못하고 속으로 잦아들어, 그네의 몸은 오그라들 것만 같았다.

"날 새거든 사람을 보내야지."

"어디로요?"

"어디라니……? 아느실 제 집으로 데려가야 할 것이 아닌가? 저러다가 영락없이 거리에서 객사하고 말 텐데, 광에다가 가둬 놓든지 어디 골방에라도 오그려 앉혀 놔야지."

"거기서 데릴러 오겠소?"

"안 오면 이쪽에서 데려다 주기라도 해야 하고."

아직도 마루 구석에 웅크린 채, 옆 사람들이 하는 이야기조차도 알아 듣지 못하는 진예를 물끄러미 바라보던 오류골댁이 쯧, 혀를 찼다.

"누가 반가워한다요?"

"아니 무어 반가우라고 손님 가는 일인가? 죽든지 살든지 그 집 귀신이 되어야 하는 노릇이니 그러는 일이지."

"그나저나 큰일났소."

"……큰일이야 진즉에 난 것, 자꾸 말해서 무엇 허누."

기웅이 더 이상 말하지 않고 자리에서 일어나 사랑으로 가 버린 다음에도 오류골댁은 한참이나 앉은 채로 움직일 줄을 몰랐다.

강실이는 진예의 이부자리까지 베개 세 개를 나란히 놓았다.

"최실아, 들어가자."

진예의 어깨를 감싸안듯 하며 오류골댁이 타일러 보았지만, 그네는 움쭉도 하지 않았다.

"들어가아, 바람도 차그만."

한낮의 따가운 햇볕에서는 여름 기운이 끼치다가도 해만 지고 나면 밤바람이 쌀쌀했다. 그것은 매안을 에워싸고 있는 산의 그늘이 밤이면 더욱 깊어지는 탓인지도 모를 일이었다.

막무가내로 버티는 진예를 붙들고 오류골댁과 강실이가 떼밀다시피 하여 가까스로 방문턱을 넘겨 놓았을 때, 별안간에

"내 밥."

하고 진예는 제 앙가슴을 부여안는 것이었다.

"밥?"

오류골댁이 의아하게 되물었다. 강실이는 얼른 알아차리고 정짓간으로 나가 아까 그네가 안고 왔던 밥 바구니를 챙겼다. 변덕스러운 기온에 쉴까 싶어 살강에 올려둔 대소쿠리에는 아직도 밥이 소복한 그대로 있었다. 그것을 내려 보자기를 걷어내고 밥 바구니에 넣는 그네의 손길은 더디고 떨린다.

"내 밥."

진예가 다시 똑같은 말을 한다.

이게 무슨 소리냐? 왜 밥을 찾어? 하는 오류골댁의 목소리가 정지서도 들린다. 강실이는 삼베 보자기로 아까처럼 꽁꽁 묶어 바구니를 들고 방안으로 들어갔다. 그리고 진예의 무릎에 그것을 안겨 주었다. 그제서야 진예는 바구니에 제 얼굴을 묻으며 조용해졌다.

마루끝에 웅크리고 앉아 있을 때도 한사코 내놓지 않으려는 것을 억지로 빼앗다시피 하여 정지에 내다 놓지 않았던가.

"층층이 시어른이요, 돌아보면 시숙, 시아재에다, 동서들 눈치에 저것이 배를 많이 곯았는가 보다."

에이그으, 불쌍헌 것, 무슨 좋은 세상을 보자고 이런 간난신고(艱難辛苦)를 아직 나이 젊은 것이 겪는단 말이냐. 어찌 그리 박명(薄命)한고. 좀 모질게 마음을 먹지, 이왕지사 지나간 일로 그래 창창헌 앞날에 먹물을 들이붓는단 말이냐.

오류골댁은 등잔불을 끄지 못한다. 구석지에 몸을 기대고 앉은 진예는 연신 바깥쪽으로 나가려 하고, 강실이는 그런 진예를 불안하게 바라보았다.

그런 중에도 깜박 잠이 든 모양이었다. 부유스름한 새벽 빛이

296

덧문으로 비쳐드는 것에 놀란 강실이가 눈을 떴다. 선뜻한 느낌이 가슴을 지나가는 것을 누르며 방안을 둘러본 그네는 방안에 진예가 없는 것을 알아챘다. 덧문이 비긋이 열려 있었다.

"어머니, 어머니."

아직도 잠에서 깨지 않은 오류골댁의 어깨를 다급하게 흔드는 강실이의 목소리는 두려움으로 끊어진다.

"왜?"

오류골댁이 소스라치며 몸을 일으켰다. 그리고는 강실이를 보는 대신 방안을 한번 휘 둘러보고는 방문을 열어젖혔다.

바지런한 참새떼가 쩍쩍거리며 살구나무 가지를 차는 소리가 쏟아져 들어왔다. 밤새 이슬에 씻긴 찔레꽃 냄새도 쿡 찔렀다. 그러나 마당에도 진예의 모습은 보이지 않았다.

"이 아이가 어딜 갔는고?"

이불을 걷어낸 오류골댁이 무망간에 손바닥으로 머리를 쓸어 다듬으며 마루로 나섰으나 푸르께하게 밝아오는 마당과 헛간 쪽, 그리고 뒤안 어디서도 사람의 기척은 없었다.

"진예야."

마음이 급하여 소리끝이 잘린다. 강실이는 오류골댁보다 한 걸음 먼저 댓돌로 내려섰다. 그러다가 흠짓 놀라 신발을 꿰다 말고 발을 멈추었다.

"어머니, 여기 신이 그대로 있네요."

"응?"

"신이……."

눈을 몇 번 껌벅거려 눈정신을 가다듬은 오류골댁이 내려다본 댓돌에는 어제 진예가 신고 왔던 신발이 그대로 놓여 있는 것이 아닌가. 그렇다면 진예는 방안에 있어야 하는데 방안에는 없지 않던가. 허나 사랑채를 따로 지을 수 없어서 대청 건너 기웅이 거처하는 사랑방으로 갔을 리는 만무하다.

"이게 웬일까…… 좀 찾아봐라. 대관절 맨발로 어디를 갔으까…… 아이고, 큰일났구나."

"어머니, 방에 밥 바구리 있는가 좀 들여다보시지요."

"밥 바구리?"

그건 왜? 하는 시늉으로 강실이를 바라보던 오류골댁은 순간 짚이는 것이 있었는지 황망히 방안으로 들어가 구석구석을 살펴보았다.

"없다."

그 말이 들려오자 강실이는 진예가 이미 어디론가 가 버린 것을 짐작하였다. 그리고 사립문간 쪽으로 나가 이슬이 걷히지 않은 고샅을 내다보았다. 벌써 누구네 집에선가 불 때는 연기가 푸른 새벽 공기에 맵싸하게 번지고 있었다.

연기에 코끝이 매워진다. 코끝만이 아니라 눈자위도 맵다. 그리고 가슴에 매운 기가 속으로 스며들며 저르르 핏줄이 저렸다.

"어디 발자국이라도 있겠냐……?"

어느결에 등뒤에 다가선 오류골댁이 들판과 밭머리에 자욱한 새벽 안개를 아득하게 바라보았다.

"신도 안 신고 젖은 발로…… 에이그으, 불쌍헌 것."

강실이의 망연한 눈에, 밥 바구니만을 두 팔로 끌어안고 허청허청 밭둑머리 저쪽 어디론가 가고 있는 진예의 모습이 금방이라도 손에 잡힐 듯 선연하게 떠올랐다. 그러다가도 자세히 보려 하면 아예 아무것도 보이지 않았다.

그렇게 꿈결같이 나타났다가 사라진 진예는, 풍문에만, 남원 장(場)에서 보았다는 둥 그것이 아니라 임실 쪽이었다는 둥 뒤숭숭하게 들려올 뿐 확실한 소식은 알 수가 없었다.

"그놈의 신짝, 꼴 뵈기도 싫다. 어디 눈에 안 뵈는 데다 집어 내던져 버려라."

해가 저물고, 날이 새고, 몇 날 며칠을 기다려도 몇 달이 가도 소식이 없는 진예의 신발짝에 눈이 간 기웅이 속에서 끓어 오르는 가래가 걸린 소리로 거칠게 말했다.

"그래도 제 정신 들면 찾으러 올는지 누가 아요? 임자 있는 신을 어디다가 팽개치겠소? 그러다가 참말로 거리 귀신 되어 버리면 어쩔라고. 나는 지금도, 어디를 맨발로 헤매겠지 싶어서 맘이……."

"실성헌 년이 무어 다 떨어진 제 신짝 찾어 다시 올 것 같어서?"

"아, 마음이라도 담어 두면, 그 정성으로 정신이 깨어날는지 모르니 허는 말 아닌가요?"

에에이이, 집구석 되어가는 꼴 허고는.

기웅이 마당에 침을 뱉었다. 평소의 그라면 거친 소리 궂은 소리는 안하는 사람이다. 그러나 웬일인지 그는 점점 모든 일에 역정이 잦아지고 무슨 말을 귀담아 듣거나 대거리하는 일이 줄어들었다. 또 오류골댁 역시 보통 때 같으면 웬만한 일에는 내색을 잘 하지 않는 성품이건만 기웅과는 반대로 말대답을 꼬박꼬박 하기 시작했다.

(나 때문에.)

강실이는 그런 부모의 모습에 가슴이 죄어들어, 날이 갈수록 그늘진 곳으로만 골라 앉는 버릇이 생겨났다. 할 수만 있으면 마주치지 않으려는 것이었다. 그저 무심하게,

"강실아."

하고만 불러도 가슴이 먼저 뛰는 것을 진정하기 어려웠다. 어느 때는 논에서 돌아오는 기웅의 발짝 소리만 들어도 가슴이 덜컥 내려앉았다.

"나다. 왜 사람을 보고 그렇게 놀래냐?"

아무렇지도 않게 마당으로 들어서다가 노랗게 질린 딸의 얼굴에 오히려 놀란 기웅이 의아하게 물은 일조차 있었다.

"저 아이가 요새 어디 아픈 거 아니요? 어째 저렇게 시름시름 사람이 맥이 없는고? 아직 나이 젊은 것이."

"말은 못해도 제 속에 근심이 채인데다가, 여름을 타서 그러겠지요."

"좀 물어 보고 그래 보아. 혹시 가슴애피라도 있는가."

"아이고, 가슴애피는 무슨. 아직 나이 젊고 어린 것이. 제가 무슨 그런 게 생길 만큼 모질게 속상헐 일 있다고."

"딸자식은 애물이라 낳고 나서도 한숨이고, 키울 때는 살얼음 같고, 나이 먹으면 보낼 일이 걱정이고."

그뿐인가. 보내고 나서도 한시 잠깐도 마음이 놓이지 않는 것. 시집살이 매운 줄을 누가 모르리. 그 속에서 부대끼며 살아가는 나날

이 어찌 편하겠는가. 그래서 전생에 죄가 많은 사람이 금생에 여자로 태어난다고 했던가 보다.

그렇다고 품안에 가두어 둘 수도 또한 없는 일이어서, 어찌 되었든 여의살이를 시켜 주어야 부모로서 할 도리는 다하는 셈이 아닌가.

"그나저나 갑갑한 일이네요. 짚신도 짝이 있다고 우스갯소리 할 일이 아니라, 발벗고 찾아댕겨야 무슨 결말이 날는지. 아무리 시절이 흉흉허고 우리 가세 곤란하다고는 허지만, 이렇게까지 마땅한 혼처가 없을까요?"

아닌게 아니라 그러했다.

옛말에도 딸은 귀한 데로 시집 보내고, 며느리는 낮은 곳에서 데려온다는 말이 있지 않은가. 집안 살림 형세가 남만 못하다고 해서 그것이 혼사를 가로막을 만한 흉이 되지는 않을 것이다.

"우리 강실이가 어떻게 키운 아인데, 흠도 티도 없이 빙옥(氷玉)같이 자란 것을 어떻게 아무한테나 줄 수가 있다요……? 고운 용색이나, 범절이나, 어디 빠질 데가 있어서."

"그것을 누가 모른다든가?"

온 문중에서도 다 알고 인근에서도 다 안다. 어려서 자박거리며 걸어 다니기 시작할 때부터도, 강실이의 보얀 얼굴과 고운 탯거리를 귀여워하지 않은 사람이 없었다. 그뿐이랴, 자라나면서 남다르게 어여쁜 자태로 보는 눈을 즐겁게 하더니, 하나하나 익히는 숙덕(淑德) 또한 칭송이 자자했었다. 누구보다도 청암백모님께서 저것을 얼마나 귀애(貴愛)하셨던고. 저렇게 실섭(失攝)만 안하셨더라면 부모가 못다 한 몫을 대신 맡아 해 주셨을 것을, 그저 아비가 못난 탓으로 애꿎은 자식 일이 세월을 썩히며 터덕거리는구나.

그런데 더욱 알다가도 모를 것은 그간 몇 군데 괜찮다 싶은 곳에서 말을 꺼냈다가 그만 흐지부지 되고 만 일이었다.

첫 자리에서 냉큼 호감을 표시하기 민망하여

"좀 생각해 봅시다."

정도로 미루었던 집안 쪽이 슬그머니 그 말을 거두어 버린 적이 여러 번 있었다. 채근하여 묻기도 어렵고, 이쪽에서 서두른다는 것은 더욱이나 체면이 서지 않아서 서운한 대로 단념했던 것이다.

"고슴도치 제 새끼라고는 허지만, 조선에 강실이만한 규수도 흔치 않을 텐데, 늦게 가야 좋은 사주를 타고났는가."

그렇게 말끝을 흐리는 것을 듣는 강실이는 입 안에 신물이 괸다.

창자 어디에서부터 쥐어 틀며 쓰라린 기운이 가슴으로 밀고 올라와 그러는 것이다. 백반(白礬)을 물고 있는 것만큼이나 시고 떫은 침이 금방 한 모금이 된다. 마땅하게 뱉을 수가 없어서 그대로 삼키면 살 속에 생채기가 난 듯 쓰리며 캥겼다. 바늘로 속을 긁어 내는 것도 같았다.

가슴애피. 이 쓰라리고 독한 슬픔.

(소문이 났는가 보다……)

강실이는 입 안의 시디 신 침을 삼켜 넘기듯이, 그 생각을 삼킨다.

새벽이나 한밤중에 눈을 떴을 때, 어김없이 긁히는 가슴패기에서 신물이 넘어오고 그때마다

(오늘은 아버지가 논에 나가셨다가 내 소문을 듣고 오실는지도 몰라.)

하는 두려움이 소름처럼 살갗을 훑고 지나갔다.

아니 그냥 지나가는 것이 아니라 머리 복판에 그 생각은 웅크리고 틀어 앉았다. 그러면 그만이었다. 그 생각이 떠오르기만 하면 덜미를 잡힌 듯 목이 답답해지고 가슴이 뛰어 진정하기 어려웠다. 자던 잠을 깬 끝이라도, 다시는 잠들지 못하고 말았다. 맷돌을 얹어 놓은 것처럼 답답한 가슴은, 일어나 앉아 보아도 숨을 내쉬어 보아도 내려가지 않았다. 그 맷돌의 무거움은, 가슴에 고인 신물의 무게 같기도 하고 걸려 있는 한숨의 무게 같기도 하였다.

아니면 그것은 서러운 사람, 강모의 이름이었는지도 모른다.

(아아, 오라버니.)

강실이는 얼굴을 베개에 묻고 만다. 자칫 울음이 터져 나와 버리면 곁에서 잠든 오류골댁이 깰 것이다. 어금니를 물어, 소리가 터지지 않도록 있는 힘을 다한다. 그런데도 어찌할 수 없는 눈물이 배어나면서 차갑게 베개를 적시었다. 한번 길을 찾은 눈물은 저절로 흘러내리고 또 흘러내린다. 눈물에도 웅어리가 있는 것인지. 이미 베개 속으로 흥건하게 스며든 눈물이 끈끈한 점액인 양 찐득하였다.

(무정한 사람……)

하염없이 솟아오르는 눈물에 섞여 강모의 모습이 젖은 채로 떠올랐다. 그 모습이 어둠에 흥건하였다.

강실이는 어둠을 밀치고 일어나 앉는다. 마치 그대로 누워 있으면 자신을 누르고 있는 어둠이, 그대로 맷돌짝이 되고, 바윗덩이가 되어 짓눌러 버릴 것만 같은 숨가쁜 심정 때문이었다.

그 어둠은 형체도 없는 연기나 안개이면서도 또한 밀어낼 길 없는 뚜렷한 형상을 하고 있었다.

강모.

한 사람의 무게가 한 생애를 능히 눌러 버릴 수도 있는 것, 무슨 질긴 인연과 질긴 업(業)을 타고났길래, 그 이름은 그저 스쳐 지나가지 못하고 서리서리 어둠을 감고 있는가.

각진 강실이의 어깨가 간신이 어둠을 이기고 앉아 있었다.

그 내리누르는 힘을 버티어 보기에는 너무나도 메마른 어깨이다. 어둠은 그네가 숨을 들이쉴 때마다 그네의 몸 속을 점령하여, 삼킬 듯 무너져들다가 숨을 내쉴 때면 한 웅큼씩 밀려났다.

그네는 아직도 깊은 잠에 빠져 있는 어머니 오류골댁의 숨소리를 따라 자신의 토해 내는 한숨을 다스려 보려 한다. 고르게 나누어 조금씩 뱉어 내야 할 한숨은 저절로 터져나와 가누어지지 않는다.

(매정한 사람……)

잦아든 한숨이 핏줄로 스며들면서, 그네 자신이 살도 뼈도 없는 바람 소리 같은 것으로 스러져 막막한 허공으로 떠오르는 것을 느낀다.

(만나보기라도 하였으면, 속에 있는 말이라도 시원하게 쏟아내고, 그 사람 속에 있는 심정, 손톱만치라도 내 들어볼 수만 있다면 오죽이나 좋으랴.)

여한도 없지. 무엇을 더 바라리오. 우리가 서로 무엇이 될 수 있겠는가. 처음부터 아무것도 바라지 않았다. 순한 인연으로 만난 사람들이었다면 물결이 흘러가듯 순리로 흘러갔어야 할 일. 부질없는 마음이 소용돌이 일으키며 솟구쳐 올라, 길도 없는 공중에서 물 밑바닥으로 곤두박질 치는, 이런 허망함에 빠지지는 말았어야 한다.

내 그것을 어찌 모르리.

사촌이면 지극한 사이, 그것만으로도 이승에서 누릴 수 있는 가장 가까운 인연인 것을 새삼스레 돌아보는 강실이는, 자기도 모르는 사이에 등을 구부리며 소리 죽여 운다.

이제는 돌이켜 본다 한들 무엇에 쓰겠는가.

절구에 짓찧은 손가락의 살점처럼 이미 피멍이 든 채로 떨어져 나간 사람과의 인연을, 이리저리 기워 맞추어 다시 이어 보려 하여도 하릴없는 희롱에 불과하게 되다니.

(그대로 있었더라면, 그랬더라면 모든 것은 하나도 다치지 않았으련만. 속눈썹 하나 빠지지 않고 그대로 있으련마는.)

그러나 이미 모든 일은 지나가 버리고 말았다.

되돌아와 어루만지며 다시 나누어 볼 아무런 가닥도 남기지 않고.

강실이는 율촌 큰집의 솟을대문이 검은 아가리를 벌리고 있던 밤을 떠올린다. 그날 밤 어머니 오류골댁이 동녘골아짐네 굿자리로 가면서

"일 보아서 중간에라도 나오게 생겼으면 일어날 것이니 깊은 잠들지 말고 있거라. 데릴러 오마."

하던 말이 지금도 엊그제 저녁의 소리인 양 귓전에 남아 있다.

(깊은 잠 들지 말고…… 데릴러 오마.)

허나 오류골댁은, 딸자식이 잠 못 들고 있는 이 밤에 아무것도 짐작하지 못한 채 혼자서만 자고 있는 것이다.

재작년 여름 그때, 새벽녘에야 강수의 명혼(冥婚)이 대강 마무리

지어졌었다. 주섬주섬 자리를 치우면서 먼저 일어선 오류골댁은, 서둘러 큰집으로 올라갔다.

"강실아…… 강실아……."

큰방 문앞에 서서 낮은 소리로 딸을 부르는 기척에 율촌댁이 문고리를 열고 내다보았다. 율촌댁은 초저녁에 잠깐 동녘골댁 일에 얼굴 비쳤다가 먼저 집으로 왔었다. 청암부인 때문에 오래 앉아 있을 수 없는 탓이었다.

"자네 지금에야 가는가?"

"예."

"들어와."

"내려가 봐야지요. 강실이란년, 여기 있는가요?"

"아니."

율촌댁은 반문하듯이 말꼬리를 세워 대답한다.

목소리에 잠기가 묻어 있지 않은 것으로 보아, 지난 밤에도 앉아 새우다시피 한 모양이었다.

"왜? 여기 온다고 했는가?"

그 말에 오류골댁은 가슴이 쿵, 내려앉았다.

"안 왔는가요?"

"그래. 아니 그게 무슨 말이야? 다녀가지도 않았는데."

"제가 엊저녁에 대문 앞에까지 데려다 주었는데, 여기 안 들어오고 어디를 갔단 말이까요?"

"자네가?"

"예에."

"그럼 그냥 집으로 갔는가 부지 무어, 할머님 편찮으신데 번거로 울까봐, 중정(中情) 깊은 것이 그렇게 했는가 보네."

"아이고, 그런대도 그렇지, 저 혼자 빈 집에 앉혀 놓기가 여간 걸리지 않아서 큰집에다 재울라고 했그마는."

"무슨 일이야 있겠는가? 혼자라고 하지만 온 동네가 한집인데 무어. 무슨 일이야 있을라고? 집에 가면 어련히 있겠지. 그나저나 자네 애썼네. 어서 가서 한숨 자야지?"

"예. 내려가 봐야겠구만요."

"으응. 그러게. 나도 어머님한테 들어가 뵈어야겠네."

"참 큰어머님은 그만허시고요?"

"그러시다네. 더했다 덜했다……."

두 동서는 서로 무겁게 침묵한 채로 잠시 마주 바라보았다.

그때, 닭이 홰치는 소리가 깜짝 놀랄 만큼 갑작스럽게 들렸다.

"아이고 형님, 별 소리에 다 놀래겠네요."

"저것들도 무슨 놀랠 일 있었는가 보네. 그래 이대로 그냥 내려갈라는가?"

"그래야겠어요."

후두르르, 가슴이 떨리는 것을 가까스로 참으며 침착하게 댓돌에 내려선 오류골댁은 율촌댁을 향해서 가겠다는 인사를 하고는 그만 발이 허공에 떠 헛짚고 말았다.

무슨 정신에 중문 대문을 벗어났는지 몰랐다.

(이것이 무슨 일이 난 것 아닐까. 혹시라도 늑대한테 물려가든 안 했겠지 설마.)

염소 새끼, 씨암탉까지도 걸핏하면 물어가던 늑대가 요즈음엔 발길이 뜸했었는데, 엊그저께 토끼 몇 마리를 밤 사이 잃어 버린 숲말댁이

"그 호랭이 물어갈 것들이."

하고 혀를 찼었다. 거기에 생각이 미치자 오류골댁은 더 이상 참지 못하고 내달리다시피 종종걸음을 쳤다. 큰집에서 오류골댁까지는 불과 세 집 건너밖에 되지 않았다. 그런데도 그 길은, 거꾸로 흐르는 물살처럼 그네를 밀어내며 제자리걸음을 하게 했다.

(아이고, 아가.)

사립문을 밀친 오류골댁의 눈에 맨 먼저 들어온 것은 댓돌 위의 강실이 신발이었다. 그 신발짝을 보듬을 듯 달려들어 들여다보는 오류골댁의 입에서

"강실이 안에 있냐?"

하는 말이 터짐과 동시에 손이 문고리를 잡아당겼다.

강실이는 구석지 한쪽에 우두커니 앉아 있었다. 오류골댁이 놀란 사람 형상으로 밀어 닥치는 서슬에, 비칠하며 강실이가 일어섰다.

바깥은 새벽이라 하나 방안에는 아직도 어둠의 그늘이 고여 있었다.

그것이 강실이에게는 얼마나 다행한 일이었는지 모른다.

"집에서 잤냐?"

"······ 예."

"왜? 엊저녁에 그냥 그길로 내려와 버렸드냐?"

"······ 예."

308

"왜?"

강실이는 대답이 없었다. 오류골댁도 딸이 집에 있는 것만으로 이미 근심이 가신 터라 더 묻지 않았다.

다만 이것이 어디 아픈가 싶어

"속이라도 안 좋았든가?"

하고 새로 걱정스럽게 물었다.

강실이는 그만큼 쇠진해 보였던 것이다.

"어디 아퍼서 혼자 잠도 못 자고 그런 거 아니냐?"

"……아니요…….."

"새우젓 국물이라도 좀 떠다 주랴? 체헌 것 같어?"

강실이는 말없이 고개를 저었다.

웬만한 일에는 입을 떼지 않는 강실이의 성격을 아는 오류골댁은

"아픈 것 참는다고 좋을 거 하나도 없느라. 너는 어려서도 배가 잘 아폈어. 그래도 울지도 않고 한쪽에 가서 아픈 자리만 제 손으로 움켜쥐고 앉아서 참어 볼라고 애쓰던 게 노상 안쓰럽드마는. 본래 병은 자랑허라고 안 그러더냐."

여름날은 새벽이 짧다. 잠깐만 한눈 팔면 해가 중천에 떠오르고 마는 것이다. 그래서, 한숨도 눈 붙이지 못한 오류골댁이었지만 아예 누울 생각은 하지 않고 젖혀 둔다.

그 대신에 강실이 쪽으로 다가앉으며

"어디, 속 안 좋으면 손으로 좀 쓸어 주랴?"

해 본다.

강실이가 희끄무레한 그림자처럼 앉은 채로 고개를 흔든다.

"이 애가 하룻밤 새 영 축났는가 보다. 어찌 이리 힘이 없을까……. 너 어디가 아퍼도 단단히 아픈 것 같구마는, 왜 말을 안허냐아. 에미 갑갑허게. 어디가 어떻게 안 좋아아?"

하는 오류골댁 기세에 눌리어 그제서야 강실이는

"어머니, 아무렇지도 않아요. 그냥 좀 울렁거려서……."

하고 몇 마디를 대답한다.

"언제부텀? 엊저녁에는 괜찮았잖으냐? 밥도 잘 먹고."

"……더위를 먹었는가…… 지금은 아까보다는 많이 가라앉았어요."

"그럼 진즉에 그리 말해야지. 큰집에 가서는 네가 없어서 놀래고, 집에 와서는 네가 아퍼서 놀래고…… 하룻밤 새 몇 번 근심이냐 이게. 이리 좀 누워라. 그렇게 체헌 데는 손으로 눌러 주면 좀 가라앉니라."

오류골댁은 베개를 내려 방바닥에 놓으며 강실이의 어깨를 안아 눕힌다. 강실이는 허깨비처럼 가볍게 눕혀진다. 그 힘없는 몸이 오류골댁을 다시 한번 놀라게 했다.

누워 있는 강실이의 가슴에 오류골댁의 손이 닿았다. 강실이는 자기도 모르게 소스라치며 오르르 몸을 떨었다.

"이 애가 단단히 서체(暑滯)를 했구나. 으응?"

강실이에게는 그 목소리조차 아득하게 들렸다. 그러면서 등을 찌르던 명아주 여뀌 꽃대 부러지는 소리가 아우성처럼 귀에 찔려 왔다.

그러고 난 뒤 오늘까지 이 년이 되도록 밥맛을 제대로 찾지 못하고 만 셈이다.

부러진 것이 어찌 꽃대뿐이며, 잃어버린 것이 어찌 밥맛뿐이리.

무거운 것 들어올리다가 허리를 질린 젊은 장정이 끝내 마른 고추 한 근마저도 들지 못하고 마는 것을 강실이는 본 일이 있었다. 겉모습은 예나 다름없이 장대하건만 아무 힘도 못 쓰고 걸음걸이마저 조심하던 일은, 집안 어른들 간에도 자주 거론되었었지.

어려서 본 형상이었는데 이상하게도 그 모습이 이따금씩 떠오르고, 한번 떠오른 모습은 오랫동안 지워지지 않은 채, 그네의 머리 뒤편에 그림자 지는 것이었다.

"거 참. 사람 일 허망헌 거 알다가도 모를 일이지. 그 허리 좀 삐끗했다고, 아무러면 한참 나이 팔팔할 때, 그래 영 힘을 못 찾고 말어? 저 사람 저래 가지고 어디 종이 한 장이나마 제대로 들겄는가?"

아버지 오류골양반이 근심스럽게 하던 말도 귓가에 묻어 남아 있었다. 그런 말이 오래 기억되리라고는 짐작도 하지 못한 일이었는데. 어디 갈피에 묻혀 있던 지나간 날의 말과, 지나간 사람의 형상이 이다지도 선명하게 다시 살아난다는 사실이 의아할 따름이었다.

강실이는 세운 무릎에 고개를 묻은 채로 눈물이 멎기를 기다린다. 마음 놓고 혼자 앉아 울 곳도 없는 처지여서, 가슴패기에 고인 눈물의 응어리가 깊은 밤이나 새벽녘이면 저절로 새어나오고 말았다. 그나마 숨을 죽여 간신히 소리를 참노라면, 밀려 올라오던 울음은 다시 목 안으로 넘어가, 몸 속은 눈물로 그득 차 휘청 어질병을 일으키곤 했다.

어지러운 머리채를 휘어잡고 있는 것은 강모의 컴컴한 그림자였다.

"강모가 왔는가요?"

"그렇다네. 아까 참에 수천양반이랑 같이 큰집으로 올라가데. 좀 들여다볼까 싶드구마는, 무슨 좋은 일도 아니고 해서 그냥 먼 바래기로 보기만 했네."

"소문에는 하도 허황한 것이 많아서 무단히 쓸데없는 말들을 허는거겠지. 짐작만 속으로……."

"아니 땐 굴뚝에 연기 난다던가? 막상 일이 이 지경에 이르고 보니 나도 정신이 산란해서 자네한테 이야기나 할까 허고 왔구만."

"어쩔라고 그랬으까요. 그 애가 암만해도 무슨 신수 액땜을 단단히 허는가 보네요. 후여어. 저놈의 달구새끼. 무어 먹을 게 있다고 꼭 저렇게 마루 위로 올라오는지 모르겠네. 하루 종일 닦아내도 닭 발자욱이 부옇게 찍히니. 강실아. 저 간짓대 이리 가져 오니라. 아주 들고 앉어 있어야겄다."

수천댁과 말을 주고받던 오류골댁이 손짓으로 닭을 쫓았다.

그런데도 강실이는 얼른 일어서지를 못했다. 다리에 힘이 빠지면서 떨리는 탓이었다.

아까 낮에, 올다래 피었는가, 면화밭에 나갔던 오류골댁이 머리에 쓴 무명 수건을 벗어 들고 치맛자락을 두어 번 털며 마당으로 막 들어설 때, 뒤미처 따라온 수천댁이 툇마루 끝에 먼저 앉었다.

두 사람의 얼굴빛은 무거웠다.

강실이는 그때까지도 뙤약볕 아래서 호박과 가지를 썰어 말리고 있었다. 그네의 손등도 땡볕에 익으면서 고지나물 한가지로 말랐다.

"강실아. 어머니가 간짓대 가져 오라고 안허시냐? 그러고, 이렇게 볕 뜨거운 날은 마당 가운데 쪼그리고 앉었는 거 아니다. 더위먹어. 웬만큼 그늘에서 좀 쉬어라. 여보게, 저것이 요새 안색이 영 안 좋데. 속이 허한가? 아프단 말은 못 들었고."

"그렇지 않어도 걱정이네요. 이런 가문 날에는 실헌 사람도 머리 정신이 어지러운데."

마지못하여 일어선 강실이가 헛간 모퉁이에 세워둔 간짓대를 오류골댁에게 건네다주다가 휘청 어지러워 마루 기둥을 붙잡았다. 발이 공중에 뜨면서 머릿속이 노래진 탓이었다.

"거 봐라. 어른 말 안 듣고. 아직 젊으나 젊은 몸이 그렇게 허깨비 같어서 너도 큰일났다."

근심스럽게 혀를 차는 수천댁이 큰집 쪽으로 고개를 돌린다.

"집안 대소가, 무어 몇 식구 되기나 한다든가? 집안 내림이 그런지라 손이 귀해 나서 기껏해야 이 애들뿐인데. 큰집에 시집간 강련이말고는 강모 하나, 작은집에 강실이, 우리한테 강태, 요것뿐인 자식들이 다른 집 열이나 스물이나 되는 몫을 해야 할 것을."

"그나저나, 대실 질부도 마음 고생 좀 허겄구만요. 시앗을 보면 부처님도 돌아앉는다는데, 아무리 대가 찬 사람이라고는 해도 여자 심정은 매일반 아닌가요?"

"아이구. 그거야 말해서 무엇 허는가? 오죽하면 시앗하고는 하품도 안 옮는다고 안 그래? 허나, 그것은 여자 말이고, 열 계집 싫다는 남정네가 어디 있어. 옛말에도 있지 않던가 왜. 하도 여색을 밝히고 두름으로 엮어서 첩실을 들이는 서방님 때문에 속이 상한 본부인이 하루는 그랬더라네. 내가 머리 깎고 중이 되고 말지 이제 더는 못 참겠소, 오늘이 이별하는 날이니 그리 아시오. 그 말을 들은 서방님이 무릎을 치며 반가워, 거 좋은 일이요, 내가 지금까지 수많은 여인을 가까이 하고 거느려 보았지만 그중에 스님은 없었는데 이제는 소원을 풀게 되었소. 그러니 마나님이 얼마나 기가 막혔겠는가. 남자들 속셈은 다 그런 거라데. 단지 요령껏 단속을 해야지 강모 마냥으로 패가를 할 정도가 돼서야 쓰겠어? 거기다가 망신살까지 뻗쳐 놓았으니."

"듣고 보니 그렇기도 허겠네요. 그래도 그렇지. 어디 도무지 말혜길 일이 없을 것 같던 착실한 강모가, 느닷없이 이런 일을 벌일줄이야 누가 알았을까요?"

"짐작한 것이라면 놀래기나 덜하지."

강실이는 아직도 귓속에서 웡웡거리는 어머니와 수천댁의 이야기를 몰아내려고 돌아앉는다. 어둠이 무거워 그만한 움직임도 힘에 겹다.

이대로 앉은 채 돌이라도 되었으면. 그랬으면 좋으련만.

여기서 큰집이 몇 천 리 바깥인가. 이 젖은 베갯머리에 눈물 스미는 소리까지 얼마든지 들릴 만한 거리인데, 그곳은 아득하고 아찔한 절벽의 저쪽 건너편 단애(斷崖)와도 같았다. 그 어둠 속에서 강모가 돌아 눕는다. 옷자락 버석이는 소리가 강실이의 귀에 역력히 들린다. 그의 숨쉬는 소리도 들린다. 그네는 가슴살이 마치어 흑, 한숨을 끊는다.

(오라버니. 나는 오라버니의 무엇인가요…… 숨소리도 들리는 지척에 계시면서 오라버니는 내 소리 무엇을 들으시는가요…… 무슨 기척 듣기는 들으시는가요.)

어여쁜 조카 철재를 안고 의연하게 대청마루에 서 있던 효원의 모습이 강모의 뒤쪽에 비친다. 그네에게서는 알 수 없는 광채가 났다. 서릿발 같은 광채였다. 그 빛에 지질려 강실이는 더욱 깊고 캄캄한 어둠 속으로 떠밀린다. 철재의 희고 둥근 얼굴이 해도 같고 달도 같다. 눈이 부시어 바로 볼 수가 없었다. 다시 보니 철재는 강모였다. 기둥처럼 우뚝 선 효원이 그 두 팔로 강모를 안고 있는 것이다. 무안하고 서러운 강실이가 죄 지은 듯 그 모습을 훔쳐본다. 효원이 손을 들어 저리 가라는 시늉을 한다. 그네의 얼굴은 푸르고도 여염(麗艶)하다. 평소의 효원이 아니었다. 본 일이 없는 얼굴이다. 자태조차도 농숙(濃塾)하여 보는 이를 휘황하게 한다. 무르녹듯 익어 넘치는 몸매에 교태가 어린다. 그네는 강모를 휘어감으며 강모에게 안긴다. 두 사람이 붙안고 선 자리에 요기(妖氣)가 빛난다. 오유끼.

강실이는 머리를 젓는다. 허공에 쓴 글씨를 손짓으로 지우듯, 그네는 머리를 저어 강모를 지우려 한다.

(아아, 오라버니, 제발 나를 좀 놓아 주시요. 나를 생각해서라도 내 마음속에 오지 마시요……. 나는 오라버니를 막아 볼 힘도 없고 도리도 없으니 제발 어디 안 보이는 데로 가 주시요…… 내 속에 마음대로 스며들어 저미게 하지 마시고, 오라버니, 어떻게든 생각 좀 안 떠오르게, 생각 좀 안 떠오르…….)

강모의 모습은 시도 때도 없이 강실이가 눈만 뜨면 뒷머리를 후려치고, 숨만 쉬면 가슴을 찌르는 것이었다.

마치 귀신에 씌인 것처럼 그물을 뒤집어쓰고, 헤어나지 못하게
조이는 이름을 향하여 강실이는 주문을 왼다.

(오라버니. 내 생각에 오지 마시요…… 오지 마시요…… 내 사지
어느 구석에도 흔적 남기지 마시고 제발 거두어 떠나 주시요……
부질없소…… 내가 오라버니한테 야속한 짓 한 일 없건마는 무엇
이 노여워서 뒤도 한번 안 돌아보고 나를 미워한단 말씀이요……
보이는 몸을 감추고 들리는 소리를 막아 버릴 양이면 아예 정도 걸
어 가야지. 무엇 하러 부질없는 그림자만 남아서 내 심정을 덮고 있
으신가요……. 내가 혼자 견딜 일이 아직도 남았는가요.)

캄캄하고 캄캄하여라. 뒤덮인 그림자 때문에 하늘을 보아도 캄캄
하고, 들판을 내다보아도 캄캄하였다. 돌아앉아도, 일어서도, 손을
내밀어 보아도 모든 것은 암담하여, 이가 시리게 고적했다.

(내 일신이 이럴진대 내 앞에 남은 한평생이라는 것이 어찌 광명
스러우리. 목숨을 보존하고 있는 형상만도 뻔뻔한 노릇이다. 하물
며 내 무슨 영화를 바라랴. 아마도 나는 천하디 천한 사람이 되고
말 것이다. 이 궂은 명운을 부모님께 보여 드려야 하는 일이 불효
중의 불효로구나. 허나, 난들 나를 어찌하랴.)

강실이는 그대로 방바닥에 고꾸라진다. 무거운 어둠이 자기를 내
리덮는다. 아직도 날이 새려면 멀고 먼 한밤중. 서리를 틀고 목을
내리누르는 캄캄한 어둠은 구렁이처럼 그네의 가슴에 또아리를 짓
는다.

제 2 권

지은이 최명희
펴낸이 최용범
펴낸곳 주식회사 매 안
　　　　도서출판 매 안

등 록 2004년 7월12일 제300-2004-120호
주 소 137-903 서울 서초구 잠원동 24-6
　　　　www.honbul.kr
Tel & F 02-537-2911
Moble 010-3796-5933
e-mail maeumjaly@honbul.kr

제 1 판 제 1 쇄 1996 년 12월 5 일
제 1 판 제 53쇄 2005 년 10월 25일
제 2 판 제 41쇄 2023년 8 월 8 일

ISBN 978-89-93607-02-4 04810
ISBN 978-89-93607-00-0 (전10권)